감자, 배따라기

김동인

일 신 서 적 출 판 사

김동인 단편집

차례

김동인 (金東仁 : 1900~1951)

호는 금동(琴童). 평남 평양 상수리에서 출생. 1914년 도일하여 도쿄 메이지학원 중학부와 가와바타 미술학교를 졸업하였으며 1919년 주요한 · 전영택 · 김환종과 일본 요코하마에서 한국 최초의 순문예지 〈창조〉를 자비로 창간하고 여기에 처녀작 「약한 자의 슬픔」을 발표하였다. 20년 〈창조〉 2호에 「배따라기」를 발표하였고 23년에는 「태형」을 발표했고 이듬해 4월 〈창조〉 후신인 〈영대〉를 발간하고 〈조선문단〉 1월호에 「감자」를 발표하였다. 그는 단편소설을 통한 간결하고 현대적인 문체로 문장혁신에 공헌하였다. 이광수의 계몽주의적 경향에 맞서 사실주의적 수법을 사용하였으며 25년대 유행하던 신경향파 내지 프로문학에 맞서 예술지상주의를 표방하고 순수문학운동을 벌였다. 24년 첫 창작집 〈목숨〉을 출판하였고 29년 장편소설 「젊은 그들」을 동아일보에 연재하고 31년 서울 행촌동으로 이사하여 「광염 소나타」, 「결혼식」 등을 썼다. 33년에는 조선일보에 「운현궁의 봄」을 연재하는 한편 학예부장으로 입사하였으나 곧 사임하였다. 35년부터 「왕부(王府)의 낙조(落照)」 등을 발표하고 월간지 〈야담(野談)〉을 발간하기도 했다. 46년에는 장편 역사소설 「을지문덕」과 단편 「망국일기」의 집필에 착수하였으나 극심한 생활고로 중단하고 6 · 25사변 중에 숙환으로 서울에서 운명했다. 소설 외에 평론에도 일가견을 갖고 있었는데 특히 「춘원연구」는 역작으로 손꼽힌다. 사상계사(思想界社)에서 그를 기념하기 위해 동인문학상을 제정해 시상하기도 하였다.

목숨

나는 M이 죽은 줄만 알았다.

그가 이상한 병에 걸리기는 다섯 달 전쯤이다. 처음에는 입맛이 없어져서 음식을 못 먹었다. 그러나 배는 차차 불러지고, 배만 불러질 뿐 아니라 온몸이 부으며 그의 얼굴은 바늘 끝으로 찌르면 물이라도 서너 그릇 쏟아질 것 같이 누렇게 되었다. 그의 말을 들으면 배도 그 이상으로 되었다 한다. 그렇다고 몸 어디가 아프냐 하면 그렇지도 않고, 다만 어지럽고 때때로 구역질이 날 뿐이다.

그는 S병원에 다니면서 약을 먹었다. 그러나 병은 조금도 낫지 않고 점점 더하여 갈 뿐이다. 마침내 그는 S병원에 입원하였다.

나는 매일 그를 찾아가 보았다. 그는 언제든지 안락의자에 걸터앉아 있다가 내가 가면 기뻐서 맞고, 곧 담배를 달라 한다. 예수교 병원이라 입원 환자에게 담배 먹는 것을 금하므로 그는 내가 가야만 담배를 먹는다. 간호부는 그와 서로 아는 처지이므로, 다만 웃은 뒤에 머리를 돌리고 하였다. 그의 뛰노는 성질은, 병원 안에 가만히 갇혀 있는 사람이 무한 건디기 힘드는 것 같았다.

그러는 동안, 나는 좀 여행을 할 일이 있어서, 그 준비로 며칠 동안 병원에 못 갔다가, 사나흘 뒤에 작별을 하러 가니까 그의 병은 갑자기 더하여 면회까지 사절한다. 원장은 마지막 그에게 죽음을 선고하였단 말을 들었다. 나는 그만 집으로 돌아왔다.

'그가 죽는다. 그 활기가 몸 안에 차고 남아서, 주위의 대기(大氣)에까지 활기를 휘날리던 그가 죽는다. 믿을 수 없다. 사람의 목숨이란……'

나와 그의 사귐은 때는 짧았다. 그러나 깊었다. 나는 곤충학을 연구하고 있었는데 그는 한 예술가로서 시인이었다. 다시 말하자면, 나와 그는 과학과 예술의 두 끝에 대립하여 있었다. 그렇지만, 그와 나 사이에는 공통점이 있었다. 자연을 끝까지 개척하여 우리 '사람'의 정력뿐으로 된 세계를 만들어 보겠다는 과학자인 나와, 참자기의 모양을 표현하고야 말겠다는 예술가인 그와는, 제이(第二)의 자기를 만들어놓는다는 데 공통점이 있다. 나와 그의 사귀임이 때는 짧았으되 깊은 것은, 이와 같이 서로 주지(主旨)상의 공통점을 이해한 데 있었으리라. 그가 죽음의 선고를 받았다는 말을 들은 때에 놀란 것은 '사회를 위하여 한 아까운 천재를 잃어버리는 것이 슬프므로―'라고 말하고는 싶지만, 기실로는 이만큼 서로 통정한 벗(내게는 M만큼 서로 이해하는 벗이 다시 없다)을 잃어버리는 것이 나 자신을 위하여 싫었다.

이튿날 나는 마침내 되게 앓는 벗을 버려두고, 오래 벼르던 여행을 강원도 넓은 벌로 떠났다. 나의 여행의 목적은 곤충채집이었다.

포충망(捕蟲網)과 독호(毒壺)를 가지고, 벌판을 이리저리 두 달 동안 돌아다니면서, 학계(學界)에 쉽지 않은 곤충을 여러 가지를 얻었다. 이로 말미암아 M을 죽어가는 대로 내버려두고 얼마 동안 잊고 있었다.

여행을 끝내고 돌아오매 책상 위에 여러 장의 편지가 있는데 그 가운데는 M의 것도 있었다.

나는 죽는다. 원장까지 할 수 없다 한다. 나는 살아 있는 모든 사람을 미워한다. 그들에게도 하루바삐 나와 같은 경우가 이르기를 바란다. 자네에게도―그러나 나는 죽기 전에 이 대필로 쓴 편지로라도 자네에게 작별을 안 할 수가 없다. 나는 자네를 '살아 있는 사람' 으로서 미워하지만, 또 동시에 사랑하는 벗으로서는 죽기까지 잊을 수가 없다. 나의 이 편벽된 마음을 자네는 용서할 줄 믿는다.

이와 같은 뜻의 M의 글씨가 아닌 글로 병원 용전(用箋)에 씌어 있다.

나는 형용할 수 없는 외로움을 맛보면서 이 편지를 쓰던 당시의 일을 머릿속에 그려보았다.

M은 뚱뚱 부은 몸집을 억지로 한 팔로 의지하고 반만큼 일어나서 대필인(代筆人)에게 구술(口述)을 한다. 낯을 찡그리고 목쉰 소리로 끊어지는 듯이……. 그리고 구술을 끝낸 뒤에 맥난 몸을 다시 덜썩 병상 위에 놓은 뒤에 눈을 감는다. 이제 곧 이를 '죽음' 은 생각 안 나고 그는 삶에 대한 끝없는 집착만 깨닫는다.

'나는 왜 죽느냐? 모든 사람은, 사람뿐 아니라 모든 동물은, 식물은, 심지어 뫼, 시내, 또는 바위까지래도 살아 있는데, 나는 왜 죽느냐? 전차가 다닌다. 에잇! 골난다. 모두 다 이 세상이 끝나버려라, 없어져라! 나와 함께 없어져 버려라!'

끝까지 흥분된 그는 벌떡 일어나 앉는다. 누렇게 부은 얼굴에는 그대로 남아 있던 피가 모여서 새빨갛게 충혈이 된다…….

'아아, M은 죽었나!'

벗을 생각하는 정인지 사람을 불쌍히 여기는 마음인지 눈에는 뜨거운 눈물이 떠올랐다.

남보다 곱이나 삶에 집착성이 있던 M은, 남보다 곱 죽음을 싫어하였을 것은 정한 일이다. 그런 M이 자기에게 죽음이 이르렀을 때에, 온 천하여 없어져 버려라고 고함친 것이 무슨 이상한 일일까?

나는 곧 전화로 S병원에 M의 무덤을 물어보았다. 벗의 혼을 위로하려는 정보다는 나의 양심에, M에 대한 우정을 시인시키기 위하여 그의 무덤에 한 잔술이라도 붓지 않을 수가 없었다. 병원측의 회답은 요령을 얻을 수가 없었다. M이라는 사람이 입원은 하였었지만, 다 나아서 퇴원하였다 한다. 이름 같은 딴사람인가 하여 다시 물어보았지만, 자기는 아직 견습 간호원이니까 똑똑히 모른다 하므로 원장을 찾으니 원장은 여행 중이요, 대진(代診)은 병 중이요, P라 하는 간호부는 다른 병원으로 갔다 한다.

나는 하릴없이 어지러운 머리로 교자에 돌아왔다.

'M이 살았어? M이 죽고도 살았어? 죽음은 즉 삶의 밑이란 말인가……'

이리하여 이렁저렁 한 달이 지나서, 요 며칠 전의 일이다.

한 달 동안을 생각하여도, 평안북도 이상으로 생각 안 나는 M의 고향을 또 생각하며 앉아 있을 때에 사환애가 들어와서, 꼭 M과 같은 사람이 찾아왔다 한다.

'M은 안 죽었다. 그러나 이런 일이 능히 있을까? 원장이 내어던진 환자를 누가 살렸을까? 그가 살았다! 견습 간호원의 전화—M이 죽으면 신문에도 날 터인데 나는 못 보았다. 그는 살았다.'

한 초 동안에 이만큼 정돈된 생각이 머리에 지나가며, 흩어진 머리카락을 본능적으로 거슬며 나는 문으로 뛰어갔다. 문에 이르렀을 때에 M의 모양은 미처 못 보았지만, M에게서 난 듯한 활기를 그 근처 대기 중에서 맛볼 수가 있었다. 나는 문을 박차고 뛰어나가서 마주치는 사람을 붙들었다.

"왔구만, 왔구만! 죽지 않고 튼튼해서……"

"그만 안 죽었네."

M의 목소리다. 나는 눈을 들어서 M을 보았다. 눈물 괸 내 눈으로도,

'언제 병을 앓았나?'

하는 듯한 혈기가 가득 찬 그의 얼굴을 알아볼 수가 있었다.

그는 정다운 웃음을 띠고 나를 들여다본다.

"자, 아무튼 들어가세."

나는 M을 안다시피 하여 응접실로 들어와서 함께 앉았다. 나는 마침내 그에게 물었다.

"그런데 웬일이야?"

그는 대답없이 물끄러미 나를 보고 있다. 그 '웬일'을 설명치 않을 수가 없었다.

"죽은 사람이 다시 살아나다니⋯⋯."

"자네, 내 편지 보았나?"

"보았네."

"죽은 줄 알았나?"

"죽은 줄 알지 않구! 오 분 전까지도 자네는 내 머리에는 송장이었었네."

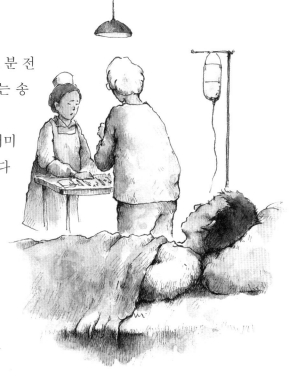

그는 웃으면서 물끄러미 내 얼굴을 들여다보고 있다가 말한다.

"사람의 목숨 한 개에 금 일전(一錢)의 정가가 붙어야겠네."

이번은 내가 물끄러미 그를 돌아보지 않을 수가 없었다. 그는 설명하였다.

"이 내 감상 일기(感想日記)를 보면 알겠지. 어떻든 난 다시 살았네. 한 달 전에 퇴원해서, 한 달 동안을 유쾌한 여행을 하고, 지금은 전의 곱 되는 왕성한 원기를 회복해 가지고 자네 앞에 나타나지 않았나? 가장 분명한 사실이네."

"그 원고 이리 주게."

"보게!"

그는 그의 특색인 악필(惡筆)로써 원고 용지에 되는대로 쓴 원고를 한 뭉치 내어놓는다.

나는 그것을 탁 채어서, 마치 목마를 때에 냉수 마시듯 읽기 시작하였다.

병상 일기(M의 감상 일기)

조각글 1

생각다 못하여 벗들의 권고를 들어서 나는 그리 아프지 않되 불유쾌하게 배가 저릿저릿하고 구역이 연하여 나오는 병의 몸을 억지로 인력거에 싣고 우리의 눈에는 현세(現世) 지옥으로 비치는 병원으로, 입원차로 향하였다.

인력거의 껌바퀴가 돌을 차고 들썩들썩 올라뛸 때마다 그 불유쾌한, 오히려 몹시 아픈 편이 시원할 만한 배의 경련이 일어나며, 구역이 목까지 나와 걸려서 돌아간다.

하늘은 망원경을 거꾸로 내다보는 것 같이 조그맣고, 그 빛은 송화빛 이상으로 노랗고 잿빛 이상으로 어둡다. 끝없이 높은 것 같기도 하고, 또는 곧 머리 위에서 누르는 것 같기도 하다.

그리고 거기는 샛노란 괴상한 구름이 속력을 다하여 인력거와 경주하자는 듯이 남쪽으로 달아난다. 샛노란 해는 꼭 이마 맞은편에 바로 보아도 눈이 부시지 않도록 어둡게 걸려 있다. 구름은 약간 있지만 흐릿한 봄날 치고는 맑은 셈이다. 그러나 내 눈에는 겨울보다도 어두웠다.

해도 어둡거니와 그보다 더 어두운 것은 나의 머리다. 별도 어둡고 무겁고, 내 살이라도 똑똑히 알지 못하리만큼 온전히 나의 몸과는 상관없는 살덩이가 염치없이 몸집 위에 올라앉아 있고, 몸집과 머리를 연한 그 이상한 무엇인지 모를 흐늘흐늘하는, 앞으로 늘어진 것에서는 그치지 않고 구역이 난다. 구역이 나면서도 그것이 토하여지면 오히려 낫겠지만, 이 구역은…… 그것은 영문 모를 것으로서, 몸속에서 만나고 침은 뱉으면 몇 초가 못 되어 입으로 다시 차고, 또 뱉으면 또다시 차고 하며, 가슴에서 일어난 구역을 꿀꺽덕 참으면, 그 구역은 배로 내려가서 한참 배에서 돌아가다가, 돌아서서 머리로 가서는 모든 감각을 없이하며, 도로 돌아서서 손가락으로 가서는 거기 경련을 일으킨다.

'죽어라!'

나는 저주한 뒤에 눈을 감았다. 눈을 감아서 밖의 감각이 적어지니, 죽게 불유쾌하던 그 경련과 구역이 아픔으로 변하고 만다. 경련보다는 아픔이 나은지 모르겠다. 숨을 편히 쉴 수가 있다.

'이것이다. 사람이란 눈을 감은 뒤에야 처음으로 낙을 얻는다.'

나로서는 뜻을 모를 생각을 한 뒤에, 기껏 먼지 많은 공기를 들이마셨다.

인력거는 경종을 연하여 울리며, 험한 길을 돌을 차고 올라뛰면서 멀리 서천축(西天竺)까지라도 가는지 한없이 한없이 달아난다. 열한 시 반에 인력거에 올라서 아직 오포 소리를 못 들었지만, 내게는 하루를 지나서 그 이튿날 저녁이라도 된 것 같다. 시간을 좀 알고 싶지만 내 손에서 내 포켓까지는 너무도 거리가 멀므로 못하였다.

참다 못하여 눈을 떴다.

경종에 놀라서 후다닥후다닥 가로 뛰는 사람들은, 마치 우리가 흔히 상상하는 바 지옥의 요귀들이 염라대왕 앞에서 춤을 출 때의 뛰는 모양 그것이다.

"재미있다!"

나는 중얼거렸다.

하늘의 요귀들이 모두 내려와서 나를 간지럼 시키지나 않는지, 온몸에 참지 못할 경련이 일어나고 땀구멍마다 구역이 난다. 칼이라도 하나 있으면, 인력거에서 뛰어내려서 여남은 사람 찔러 죽이지 않고는 못 견디리만큼 긴장되었다.

내가 이 병―의사도 모르는―을 듣기는 두 달 전이다. 처음에는 음식이 먹기 싫었다. 배는 언제든지 불러 있었다. 소화가 잘 된다는 빵을 먹어보았지만 그것도 곧 도로 입으로 나왔다. 배는 애 밴 계집의 배같이 차차 불러오다가 얼마 지나서는 그것이 마치 잘 익은 앵두와 같이 새빨갛고 말쑥하게 되어서 바늘로 찌르면 눈에 눈물 맺히듯 물방울이라도 맺힐 듯이 되고, 그와 함께 그 반대로 얼굴에는 눈에 충혈된 밖에는 핏기운 없이, 노랗다 못하여 파랗게까지 되었다. 머리는 차차 무거워져서 마지막에는 온몸의 무게가 머리로 모였다가, 지금은 머리와 몸집은 온전한 두 개체가 되었다. 나는 때때로 머리를 어디다가 처치할까 생각하였다.

정신은 하나도 없었다. 이전에 공상에 나타났던 일과 실제의 일을 막 섞어서 나는 참행복의 즐거움도 누려보고, 어떤 때는 그와 반대로 끝없는 슬픔으로 속을 썩여보기도 하였다. 때때로 현실의 병 중인 내가 생각할 때는 머리에서부터 냉수를 끼얹는 것 같은 소름과 어떻다 형용할 수 없는 무서움이 마음을 깨문다.

진찰한 의사는 누구든 아무 표정없이 돌아서고 약은 물과 가루뿐이다.

입원—마침내 나는 피할 수 없이 여기 마주치게 되었다.

망원경으로 보는 것 같이 조그맣고 샛노란 하늘은 흔들리고 죽음의 이상하게 범벅된 거리는 그 하늘 아래서, 아니 하늘 위에서—어딘지 모를 데서 목마른 소리로 지껄이고 있다. 구역을 참다 못하여 눈을 또 감았다. 인력거는 그냥 한없이 달아간다. 눈가죽을 꿰고 햇빛은 주홍빛이 되어 피곤한 눈을 더욱 괴롭게 한다.

오포의 쾅하는 소리를 들으려 눈을 뜨니, 인력거는 채를 놓으며, 눈앞에는 S병원의 시뻘건 집이 우뚝 서 있다. 나는 흡력으로 말미암아 스르륵 병원 안에 달려들어 갔다.

조각글 2

마치 지옥이다.

처참, 산비(酸鼻), 어떻다고 형용할 수가 없다.

"우, 우, 우!"

외마디의 신음하는 소리―.

"아유, 아유, 아……유!"

단말마의 부르짖음―.

시끄러운 전차 소리도 없어지고, 맞은편에서 생각나는 듯이 때때로 울리는 기차의 고동 소리만 들릴 때에 아래, 위, 결방―할 것 없이 십 리 밖 사방에서 울리어오는 듯한 귀곡성―이것이 지옥이 아니고 무엇이랴? 전갈의 공격을 받는 죄인들이 부르짖음이 아니고 무엇이랴? 무섭다든 어쩌든 형용할 수가 없다. 떨린다. 맹렬히 달아나는 기차의 떨리는 투다.

'그렇다! 나는 달아난다.'

나는 생각하였다.

'죽음을 향하여 맹렬히 달아난다. 힘껏 뛰어라. 그러다가 악마를 만나거든 때려라. 악마는 푸른빛이다. 네 붉은빛으로 그 푸른빛을 지워버려라. 그러면 자줏빛 불꽃이 핀다.'

"아이, 사람 살려!"

가까운 어느 방에선가 고함친다.

'바보! 자줏빛 불꽃으로 싸워라!'

"후!"

그 사람은 또 소리를 지른다.

'담배가 있었것다…….'

나는 벌떡 일어나서 자리옷채로 침대에서 내려서, 밖에서 들어

오는 반사빛으로 침대 자리 한 편 귀를 들치고 아까 먹다가 감추어
둔 담배를 꺼내어 붙여 물고 안락의자에 가서 걸터앉았다. 담배는
맛있는 것이다. 담배를 위생에 해롭다 어떻다 하는 의사들은 바보
다. 담배는 정신적 위생에 이로운 그 대표적인 것이다.

　나는 폐로 기껏 들이마셨던 담뱃내를, 코로 입으로 밤의 고요함
을 향하여 내뿜었다. 그것에 놀란 듯이 기적 소리가 한 번 날카롭게
난다. 누구인지 큰소리로 하품을 한다.

　목숨의 뿌리까지 토하는 하품이다. 즉 거기 연하여 무서운 소리
가 귀를 친다.

　"아, 아, 아, 아, 아유 죽겠다! 후……."

　무서운 물건이 눈에 머리에 떠오른다―머리 쪼개진 사람이 침대
위에 누워 있다. 얼굴은 외편 뺨 밖에는 모두 피가 져서 시커멓게 되
어 있다. 머리에서 이마에 걸쳐서 붕대를 하고, 그 아래 시커먼 살 가
운데 새빨갛게 된 눈만 반짝반짝한다. 표정 같은 것은 온전히 없고,
다만 입을 반만큼 벌리고 있을 따름이다. 이는 빠져 없어졌다. 소리
를 낼 때도 입은 못 움직인다. 혀만 끓는 기름같이 뛰놀 따름이다.

　우르륵 몸이 떨린다.

　그 곁 침대에는 팔을 자른 사람이 붕대 속에 감추인 조그만 팔을
보이지 않을 정도로 움직이고 있다. 또 그 곁에는 배쩬 사람이 있다.

　형형색색의 부르짖음이 거기서 삶과 산 사람을 저주하고 있다.
마치 무간지옥(無間地獄)의 축소도(縮小圖). 아니, 확대도(擴大圖)다.

　"죽어라!"

　나는 큰소리로 고함쳤다.

　"죽겠다!"

　누가 거기 대답같이 부르짖는다.

'그렇지만 죽음이란 무엇인가?'

나는 생각하였다.

'죽음은 갈색(褐色)이다. 그렇지만 그 이상으로 갈색이다. 갈색이다.'

알 수 없다. 나의 머리가 대단히 나쁘게 된 것을 마음껏 깨달았다.

'죽음은 갈색이다. 그리구……'

더 모르게 된다.

"아이, 죽겠구나!"

꽤 멀리서 조그만 소리가 들린다.

즉, 대단히 잔인한 일을 하여보고 싶은 막지 못할 충동이 마음속에 일어난다.

'죽여줄라. 기다려라. 그편이 너희들에게는 오히려 편하리라.'

펜나이프가 가지고 온 원고 용지 틈에 있는 것이 생각나서 안락의자에서 휘들휘들 일어섰다. 아직껏 흐릿흐릿 보이던 갈색 기둥과 흰 석회벽이 시커먼, 아니 시퍼런 끝없는 넓은 대기로 변할 때에 나는 생각하였다.

'넘어진다!'

그 생각이 머리에 채 인상되기 전에 눈앞이 번쩍하면서, 나는 쾅 그 자리에 넘어졌다.

조각글 3

아직까지 똑똑히 기억한다.

입원한 지 열이레째 되는 밤이다. 나는 곤충을 만지고 있는 W를 걸핏 보면서 잠이 들었다.

16

아마 새벽 다섯 시쯤 되었겠지. 형님 형님 부르는 나의 아우의 소리를 들었다.

집은 입원하기 전에 내가 있던 사주인집이지만, 저편 방에는 동경 있을 아우도 있고 고향에 계실 어머니도 있는 모양이다.

나는 곧,

"왜?"

하고 대답하였다.

그 뒤에는 아무 소리 없다.

한참 기다렸다.

또—

"형님, 형님!"

하는 소리…….

"왜?"

나는 또 대답하였다.

한참 기다렸지만 또 아무 소리 없다.

나는 벌떡 일어서서 곁방 문을 탁 열었다. 거기는 어머니도 없고 아우도 없다. 뿐만 아니라, 세간이라고는 하나도 없고 텅 빈 방에 전등빛만 밝게 빛난다.

나는 꼿꼿이 섰다. 온몸에 소름이 쪽 인다.

이삼 초 동안 이렇게 서 있던 나는 자리에 누우려고 빨리 돌아섰다.

그때에 아무것도 없던 저 모퉁이에 이상한 괴물이 나타났다.

갈색의 악마다. 뺨과 입 좌우편은 아래로 늘어지고 눈은 멀거니 정기 없고, 그러나 그 속에는 바늘을 감춘 듯한 날카로움이 있다.

'갈색이다, 갈색이다!'

나는 속으로 부르짖었다.

그런즉 그 악마는 목쉰 소리로,

"하, 하하하하!"

웃기 시작하였다.

나는 갑자기 대담하게 그에게 물었다.

"무얼 하러 왔느냐?"

"무얼 하러? 나는 여기 못 온대든?"

"못 오지, 못 와!"

"아니, 그렇게 성내지는 말기로 하세. 곁방 사람 데리러 왔다가 너한테 좀 들르러 왔다."

"들러볼 필요가 없다."

"아니 넌 언제나 우리한테 와서 내 부하가 될지, 그걸 좀 보러 왔다."

"난 안 된다. 결단코 네 부하는 안 된다."

"하하하하!"

그는 목쉰 소리로, 방 안의 모든 물건이 쪼개져나갈 듯이 웃었다.

"그럼 우리 상관이 될 작정으로 있니?"

"상관도 안 된다. 나는 결코 너희들 있는 데는 가지 않는다."

"며칠 동안이나?"

"며칠? 한 달, 두 달, 일 년, 오 년, 십 년, 이십 년, 오십 년, 나 죽기까지—."

"언제나 죽을 것 같으냐?"

"그거야 하느님이 알지."

"흥, 하느님? 그건 참말루는 내가 안단다."

"거짓말이야!"

"그거야, 지내 보면 알걸. 하하하하하! 우리 그러지 말구 서로 좋도록 잘 타협해보세. 그래—."

"타협도 쓸데없어!"

"그래서, 자네가 이 다음에 우리 나라에 오면, 난 자네께 훌륭한 권세를 줄 테니……."

"넌 날 꾀니?"

"그때는 자네께 부러울 것이 무엇이야?"

"사람은 떡으로만 살지 않는다!"

"그럼, 또 무얼루 사노?"

"자기의 발랄(潑剌)한 힘으로, 삶으로!"

"그 발랄한 삶을 네가 '다스리는 권세'를 잡았을 때에 쓰면 오죽 좋으냐?"

"난 네 권세 아래 깔리기가 싫다!"

"그것이다—사람이란 것의 제일 약한 점은…… 사람은 다 한낱 권리 다툼에 자기의 모든 장래와 목숨을 희생한다. 너두 역시 약한 물건이다."

"아니다, 사람의 제일 위대한 점이 거기 있다!"

"하하하하! 사람에게두 위대한 점이 있니? 그것은 우리 사회에선 제일 약한 자의 하는 일인데……."

"그럼 너희 악마 사회의 제일 강한 자의 하는 일은 무엇이냐?"

"알고 싶니?"

악마는 씩씩 웃고 있다.

"알기 싫다, 듣기도 싫다."

"그럼 왜 물었느냐?"

"다만 물어본 뿐이다."

"그럼 설명 안 해도 되겠지?"

"안 해도? 내가 물어본 뒤엔 설명하구야 견딘다."

"하하하하! 역시 듣고 싶긴 한 게로구나? 우리 사회에서 제일 강한 자가 하는 일은, '마음에 하고 싶은 것은 꼭 하고야 만다'는 것이다. 알았니?"

"그러기에 나도 너희한테 가기 싫기에, 꼭 안 가고야 말겠단 말이다."

"그게 사람의 지기 싫어하는 좀스러운 성격이란 말이다. 자, 마음속엔 가구 싶지?"

"난 다 싫다. 다만 빨리 물러가기만 기다린다."

"넌 내가 있는 것이 그리 싫으냐?"

악마는 노기를 띠고 묻는다.

"그렇다!"

"싫으면 이럴헐 뿐이다."

하면서, 그는 수리의 발톱 같은 손을 벌리고 내게로 다가온다.

"앗! 앗!"

나는 조그만 부르짖음을 내었다.

이 순간, 이것이 꿈이로다 하는 생각이 머리에 떠올랐다. 나는 온몸의 힘을 눈으로 모으고 눈을 힘껏 벌렸다.

꿈이다 하면서 나는 어두운 길을 자꾸 걸었다. 방향도 없다. 다만 도망하여야 될 것 같아서 자꾸 걸었다.

저편 앞에는 빛이 보인다. 그 빛을 향하여 나는 무한히 걸었다. 끝이 없다. 얼마나 걸어야 끝날지, 당초에 알 수 없다. 몇 시간, 아니 며칠을 걸었는지 모르겠다. 겨우 그 빛 있는 데 가서 거기를 보니 이 세상에도 이런 집이 있었는가 할 만한 광대한 궁전이 있다. 나는 그 궁전 안에 들어갔다. 어디가 출입문인지 알 수 없는 집이

다. 나는 한참 돌다가 허락도 없이 남의 집에 들어온 것은 그른 일이라 생각나서 돌아서서 나가려 할 때에,

"M, 왜 나가나? 들어오게!"

하는 소리가 들렸다.

나는 그편을 보았다. 낮은 익되 누구인지 모를 사람이다.

"자넨 누군가?"

"나? 아까두 만나보지 않았나? 자넨 정신두 없네."

나는 다시 그를 보았다.

악마다. 갈색 악마다.

나는,

"어딜 가니?"

하는 소리를 들으면서, 돌아서서 어두움을 향하여 자꾸 달아났다.

이리하여 얼마나 뛰었는지, 저편 앞에 큰 집이 있으므로, 구하여 달래려 나는 그 집으로 뛰어들어갔다.

그 집은 아까 그 궁전이다. 어디로 돌아서 나는 아까 거기로 돌아왔다.

나는 또 돌아서서 달아났다.

몇 번 이랬는지 모르겠다. 그러나 이르는 집은 모두 아까 그 집이다.

나는 어찌할 줄도 몰라서 또 달아났다. 동편 하늘은 차차 밝아온다.

저편의 누가 콧소리를 하면서 온다.

"사람 살려!"

하면서 나는 그에게로 뛰어갔다. 그건 늙은이다. 그리고도 나의 아우다.

"형님, 왜 이러시우!"

"사람 살려라!"

그는 내 설명을 안 듣고도 벌써 아는 듯이, 자기가 아는 권세의 무한 큰 사람이 있는데, 거기 가서 구원을 청하자고 한다.

둘이서는 그리로 뛰어갔다.

참 훌륭한 집이다. 아우는 나를 거기 서 있으라고 한 뒤에 자기 혼자 먼저 들어가서 주인을 데리고 나온다.

그 역시 갈색의 악마다.

"너는 나를 왜 이리 쫓아다니지?"

나는 악마에게 고함쳤다.

"내가 널 쫓아다녀? 네가 날 찾아오지 않았니?"

그는 말한다.

"죽여주리라."

하면서, 나는 어느덧 차고 있던 검을 빼어 쥐었다.

"왜 그러세요?"

아우가 고함친다.

"이놈! 너도 저놈의 부하로구나?"

하면서, 나는 아우부터 먼저 치려 하였다. 어느 틈에 그는 나의 목을 쥐고 흔들기 시작한다.

"사람 살려!"

고함치면서 나는 눈을 떴다.

"왜 그러세요?"

간호부가 나를 흔든다.

나는 술 취한 것 같은 눈으로, 간호부의 자다 깬 혈기 좋은 얼굴을 쳐다보았다.

병이 갑자기 더하여지기는 이날부터이다.

조각글 4

오늘 원장에게 더 할 수 없다는 선고를 받았다.

오후 두 시쯤이다. 견디지 못할 구역을 땀구멍마다 깨달으면서 잘 때에 슬리퍼를 끌면서 오는 몇 사람의 발소리가 들렸다. 구둣소리(원장의 것)도 들렸다.

가분가분 가만히 나는 것은 어젯밤에 고향에서 올라온 나의 어머니다. 대진(代診)의 발소리도 났다. 마지막에 독일학자(獨逸學者)같이 뚜거덕뚜거덕하면서도 즐즐 끄는 소리는 코 위에 안경을 붙이고, 그 안경이 내려질 것을 두려워하는 듯이 머리를 잔뜩 젖히고 한 손은 진찰부에 놓고 한 손은 저으면서 오는, 양인인 원장의 발소리다. 나는 그 발소리를 들을 때마다 눈살이 찌푸려지는 것을 깨닫는다. 발소리뿐으로도 거만하게 울린다.

나는 움직이기가 싫으므로 그냥 눈을 감고 코를 골며 있었다.

석탄산과 알콜 냄새가 물컥 나며, 선뜻한 손이 내 손을 잡는다. 나는 그냥 코를 골며 있었다. 귀 밑에서 째각째각하는 시계 소리가 들린다.

좀 있다가 내 손을 놓은 그는, 자리옷 자락을 들치고 배를 만져본다. 싫고도 우습고도 상쾌한 맛이 난다.

그 뒤에 체온을 보고 나서 그는 혀를 찬다.

'무슨 일이냐, 무슨 일이냐?'

나는 눈을 감은 채로 머리로 원장을 보았다. 낯을 찡그린 모양이다. 눈살을 찌푸린 모양이다. 수염을 꼬는 모양이다.

'무슨 일이냐?'

세 사람의 발소리는 도로 문으로 나가다가 문 앞에 선 모양이다.

그 뒤에 한참 들리지 않는 작은 소리가 사귀어졌다. 나는 모든 신경을 귀로 모으고 들으려 하였지만 들리지 않았다.

"그애가 , 그애가, 그 튼튼하던 애가, M의⋯⋯."

좀 있다가 어머니의 날카로운 소리가 들린다.

"가만가만히! 병인이 들었다는 안 되겠소."

양인의 말소리가 어머니의 말에 의하여 난다.

'하하하!'

나는 생각하였다. 놀라지도 않았다. 덤비지도 않았다.

'원장의 속삭임은 그것이겠지! 어머니의 놀람도 그것이겠지!'

즉, 차차 차차 심장의 뚜거덕뚜거덕하는 소리가 커간다. 차차 차차 놀라기 시작하였다.

'내 병은 나을 수 없느냐?'

원장의 아니꼬운 슬리퍼 소리만 저편으로 간다.

"그애가⋯⋯."

어머니의 소리가 날 때에, '나의 소학교 때의 벗인 대진(代診) R은, 그 말을 못하게 하려 소곤거린다.

"어머님, 걱정 마세요. 하늘이 무너져두 솟아날 구멍이 있다지요? 아무런들 ⋯⋯."

그들은 내 침대로 가까이 온다. 나는 눈을 번쩍 떴다. 그들은 놀라는 모양이다.

"어떤가? 좀 낫지?"

이렇게 대진 R은 묻는다.

"다 나아서 퇴원까지 하게 됐네."

나는 천장을 바라보면서 대답하였다. 이러지 않기를 원하였지만 목소리는 조금 떨린다.

"이제 며칠 있으면 다 낫지!"

"흥 ! 며칠?"

나는 아무 표정 없이 그의 말을 부인하였다. 어머니는 아무 말 없이 서 있을 뿐이다. R의 부인하는 소리가 들린다.

"설마 자네 같은 튼튼한 사람이 죽으면 이 세상에 살 사람이 있겠나?"

나는 천장을 계산하기 시작하였다. 동서로 좀 장방형으로 된 천장을 정사각형으로 고치려면 동서에서 몇 치를 떼어서 붙여야 할지, 나는 이젠 잘 아는 바이다. 그것을 한참 계산하다가 나는 또 물었다.

"그래두, 아까 원장이 그러더만, 죽으리라구……."

대답이 없다. 어머니의 울음은 느낌으로 변하였다.

한참 있다가 R은 말한다.

"다 들었나?"

"것두 못 들으면 귀머거리지."

나는 공연히 성이 나서 R에게 분풀이를 하였다.

"아아 ! M, 걱정 말게, 하늘이 무너져두 솟아날 구멍은 있으니. 사람의 목숨이 그리 싼 줄 아나?"

이렇게 있다가 R은 말했다.

"사람의 목숨이 그리 비싼 줄 아나?"

그는 대답이 없다. 나는 두 번째 그에게 같은 말을 물었다.

"R, R! 정말루 말해주게. 사람 살리는 줄 알구 정말루 말해주게. 죽겠으면 죽을 준비두 상당히 해야겠기에 말이네."

"난 모르겠네. 내 생각 같아서는 걱정없는데, 원장은 할 수 없다니 모르겠네."

그는 이렇게 말하고, 어떻든 그리 마음쓰지 말고 있으라고 한 뒤에 어머니와 함께 나갔다.

　나는 천장을 바라보았다. 거리에는 전차, 인력거, 자동차들의 지나가는 소리, 지껄이는 사람의 소란으로 삶을 즐기는 것은 보지 않아도 알 수 있다. 그런데 벽 하나 사이 하고 있는 여기는,

　"음, 음, 우, 우!"

　삶을 부러워하다 못하여 저주하는 소리로 변한 소리가 찼으니 얼마나 아이러니한 일이냐? 자동차의 지나가는 소리와 함께 방이 좀 흔들린다.

　저 자동차 안에도 사람이 탔겠지? 나보다 삶을 즐길 줄 모르는 자, 나보다 삶에 대한 집착이 적은 자, 혹은 옆에 계집이라도 끼고 가는지도 모르겠다. 음, 골난다. 그보다 더 살 필요가 있고, 그보다 더 살 줄 아는 나는, 이 내 모양은…… 무슨 모순된 일이냐?

　생각할 필요도 없다. 나는 죽는다. 이삼 일 뒤에, 혹은 오늘이라도—.

　나는 벌떡 일어나서, 머리맡에 있던 잉크병을 쥐어서 거리로 향한 문을 향해 내어던졌다. 병은 문에 맞고 깨어져서 푸른 물을 사면으로 뿌리면서 떨어진다.

　"하하하하!"

　나는 웃다가 놀라서 몸을 꼭 모았다. 사흘 전 꿈에 들은 그 악마의 웃음소리—목 쉬고도 모든 물건이 쪼개어나갈 듯한—를 내 웃음 속에서 발견하였다. 나는 도로 누웠다. 그는 오히려 천연히 천장을 바라보았다.

　'죽음'이란 이상한 범벅된 물건은 아무리 하여도 머릿속에 들어앉지 않는다. 이상하다.

　"내가 죽는다?"

나는 퀘스천마크를 붙여서 생각하여보았다. 아무리 하여도 이상하다.

그것은 마치 기름에 물 한 방울 들어간 것 같다. 아니, 물에 기름 한 방울 들어간 것 같다.

"나는 죽는다?"

나는 다시 생각하였다. 즉, 차차 차차 무거운 '죽음' 이라는 것이 머리에 들어앉는다.

'나는 죽는다. 왜? 나는 살고 싶은데 왜 죽어? 누가 나를 죽여? 살겠다는 나를 누가 죽여? 모든 사람은 죽어라! 그러나―나는 그냥 살고 싶다. 나의 발랄한 생기(生氣), 힘, 정력, 이것들을 마음껏 이 세상에 뿌려보기 전에 내가 왜 죽어? 나의 활동은 아직 앞에 있다. 그것을 버리고 내가 왜 죽어? 나는 결단코 안 죽으리라. 원장의 말이 대체 무에냐? 그러나―아아! 나는 죽는가? 나의 이 끝없는 정력을 써보기도 전에, 나의 이 뛰노는 피를 뿌려보기도 전에, 나의 이 떠오르는 생기를 헤쳐보기도 전에―'

즉, 갑자기 슬픈 것 같은, 노여운 것 같은 이상한 감정이 나의 어지러운 머리를 긁어쥔다.

"죽는다!"

나는 고함쳤다. 그 뒤에 맥없이 눈을 감았다.

조각글 5

담배가 먹고 싶다. 견디지 못하도록 먹고 싶다.

문으로 내다보이는 저편 앞에 내나는 굴뚝을 보면 그것이라도 먹고 싶다.

담배는 부스러기도 없다. 성냥도 있을 까닭이 없다. 누구든 담배

한 개비 주는 사람은 없느냐?

아아! 마침내 담배도 먹어보지 못하고 죽어버리는가?

조각글 6

수술하였다. 배를 쨴 뒤에 무엇이라나를 꺼냈고, 무슨 쇠를 안으로 대고 얽어매었다 한다.

수술하기는 오전 열 시쯤이다. 나는 수술실로 가서 수술상 위에 백정에게 끌리어가는 양의 마음으로 올라 누웠다. 원장은 내 목숨을 더 보증치 못하겠다 하되 나의 벗 대진(代診) R이, 아무래도 죽을 테면 마지막 수단을 써보자고 배를 수술하게 된 것이다.

R은 수술옷을 갈아입은 뒤에 메스, 가위, 집게, 이상하게 생긴 갈고리들을 소독한다. 마음은 아무래도 내 몸 속에 들어가 있지 않는다. 어떤 때는 소독을 하고 있는 R도 보고, 또 어떤 때는 내 몸에서 두세 자 떠서 나를 내려다보기도 한다. 이리 한참 나를 내려다보던 나의 마음은 또 R에게 향하였다. R은 내게 등을 향하고 간호부와 그냥 기구를 만지고 있다.

'무엇을 저리 오래 하나? 아니, 더 오래 해라. 할 수만 있으면 내년까지라도 하여라.'

내 마음은 참다 못하여 떠가서 R의 맞은편에 갔다. R은 메스를 소독하고 있다. 잘 들게 생겼다. 저것이 내 배를 쭉쭉 쨀 것인가, 생각하매 무서워진다. 그것으로 견주면 이 세상 모든 물건이 겨냥만 하여도 썩썩 잘라질 것 같이 잘 들게 생겼다.

마음이 내려앉지를 않는다.

'몇 시간이나 걸리는가?'

R의 맞은편에 있던 나의 마음은 이런 생각을 하면서 돌아왔다. 그러나 내 몸 속에는 역시 안 들어가고 이상하게 떨고 있다.

나는 일어날까 생각하였다. 마음이 수술대에 붙어 있지 않는다.

한 삼십 분이나 걸린 뒤에 조수 몇 사람이 들어오며 R과 간호부는 내게로 온다.

마음은 화다닥 내 몸 속에 뛰어들어와서 숨었다. 나는 힘껏 눈을 감았다. 달각달각하는 소리가 들리다가 무엇이 입과 코를 딱 막는다.

'괴롭다!'

생각할 동안, 에테르의 향기로운 냄새가 코를 찌른다.

마음은 차차 평화스러이 몸에서 떠올라간다. 머릿속에는 서늘한 바람이 불면서 차차 차차 재미스러워온다. 그 뒤는 모르겠다.

잠들 때에 눈에 얼핏 보인 것은 의사도 아니요, 죽음도 아니요, 또는 삶도 아니요, 무럭무럭 사람의 코 같은 데서 나오는 담뱃내였다.

나는 어두운 길을 무한히 걸었다.

'나는 시방 어디로 가는고?'

─나는 생각하였다.

'응, 악마한테 간댔것다?'

똑똑히 생각나는, 악마한테 가는 길을 더듬어서 나는 어둡고도 밝은 길을 걸었다.

나는 어느덧 그의 광대한 집에 이르러서 훌륭한 그의 응접실에 그와 마주앉았다. 그는 오늘은 사람의 모양―젊은이의―을 하고 빛나는 옷을 입고, 허리띠에는 큰 불붙는 돌을 차고 있다.

"왔나?"

"왔네."

"무얼 하러 왔나?"

"좀 부탁할 게 있어서 왔네."

"무얼?"

"그런데 자네, 전에 잘 타협해보자구 안 그랬나? 거기……."

"하하하하? 사람이란 뜻밖에 정직한 물건이야. 거짓말이야, 그건 다……."

성도 안 난다. 나는 다시 물었다.

"거짓말이야?"

"그럼! 거짓말하면 나쁜가?"

"나쁘잖구!"

"그건, 인간 사회에서나 하는 말이라네."

"그럼, 자네네 사회에선 뭐라구 하나?"

물어보기가 부끄럽지 않다.

"우리? 우리 사회에선 속이는 자는 영리하고, 속는 자는 어리석 다지."

"악마 사회는 다르다."

나는 웃었다.

"그럼 난 가겠네."

"왜? 자넨 나한데 물어볼 일이 있지 않나?"

그 말을 들으니 물어볼 말이 있는 듯하다.

"응, 있네. 가만, 무에던가……."

"생각해보게."

한참 생각하였다. 그리고 물었다.

"나 죽은 뒤엔 뭣이 되겠나?"

"되긴 무엇이 돼? 다만 내세에 갈 뿐이지."

"내세…… 천국? 지옥?"

"하하하하하! 아무렇게도 해석해두 좋으네. 그저 전세와 같은 내세가 있는 줄만 알면……."

"전세?"

그럴 듯하다.

"그럼? 전세—뱃속 살림 몇 달, 또 그 전세, 정액 생활 며칠, 또 그 전세도 있구……."

그럴 듯하다.

"이제 영(靈)이란 것이 몸집을 벗어버리구 내세루 갈 것은 정한 일이 아닌가? 그 뒤엔 또 내세루 가구—."

"그럼 자넨 무언가? 천국두 없구 지옥두 없으면, 자네가 있을 필요는 무언가?"

"나? 우리 악마라는 것을 그렇게 해석하면 우린 울겠네. 우리는 즉 사람의 정(精)이구 사람의 본능이지."

그럴 듯하다. 즉, 무엇이 기쁜지 차차 차차 기뻐온다. 나는 일어서서 춤을 추기 시작하였다. 발이 땅에 붙지 않는다.

한참 재미있게 출 때에 누가 내 뱃을 잡아당긴다.

"누구냐?"

"자네 아닌가?"

악마가 대답하였다

"내다, 네 뱃을 잡아당긴 자는. 술이나 먹구, 춤추게."

나는 그에게 술을 실컷 얻어먹는 뒤에 어두운 길로 나섰다.

나는 어느 전장(戰場)에 갔다. 무변광야다. 대포 소리는 나지만 어디서 나는지는 모르겠다. 나 있는 데는 대단히 밝되 저편은 밤과 같다. 총알이 하나 내 배에 맞았다. 나는 거꾸려졌다. 총 맞은 데가 가렵다.

누가 와서 밸을 잡아당긴다. 나는 벌떡 일어서서 도로 어두운 데로 향하였다.

비슷비슷한 꿈을 수십 개 꾼 뒤에 깨었다.

나는 어느덧 내 침대 위에 있고 밤이 되었다.

조각글 7

입원한 지 두 달, 수술한 지 한 달 만에 겨우 퇴원하게 되었다. 조선 유수의 의학자라는 사람에게 죽음의 선고를 받았던 나는, 그래도 다시 살아서 퇴원하게 되었다.

사 년 만에 너울너울한 조선옷을 입고, 나는 평안히 안락의자에 걸터앉았다.

나는 살아났다.

거짓말 같다.

나는 퇴원한다.

더욱 거짓말 같다.

내 죽은 혼이 그래도 아직 인간 사회에 마음이 남아서 헤맨다.

이것이 겨우 정말 같다.

전차가 지나간다.

저것도 다시 탈 수 있다.

사람들이 다닌다.

나도 저 사람과 같이 되었다.

아아, 이것이 참말인가?

담배를 먹을 수 있다.

여기 이르러서는 다만 공축할 밖에는 도리가 없었다.

"기차 시간 되었네."

"자, 이젠 가자!"

R의 소리와 어머니의 소리가 함께 내 귀를 친다.

"다시 살아서 여행을 떠난다. 거짓말이다. 거짓말이다."

하면서 나는 그들을 따랐다.

그러나 R과 S의 작별을 받고, 어머니와 함께 큰거리에 나서서, 저편에 와글거리는 사람떼를 볼 때에 조금씩 머리에 기쁨이 떠오른다.

나는 만날 죽음과 삶 사이에 떠돌며 무서운 소리로 부르짖는 저 무리들에게도 하루바삐 나와 같은 기쁜 경우가 이르기를 바라면서 너울너울, 어머니와 함께 사람들 틈을 꿰면서 담배를 붙여 물었다.

나는 읽기를 끝내고 M은 내 책상 위에서 어떤 잡지를 들고 보고 있다.

무슨 일이냐? 사람의 목숨을 이와 같이 보증할 수가 없느냐? 내가 만날 다루는 곤충도 빛깔로 살로 그들의 목숨을 보증하며, 짐승들도 그들의 체질로 목숨을 보증할 수가 있는데, 만물의 영(靈)이라는 사람의 목숨이 이렇게까지 철저히 자기로서는 보증할 수가 없고 위험키 짝없는 의사의 일거수일투족(一擧手一投足)에 달렸다고야, 이것이 무슨 일이냐? M으로서 만약 대진 R이라는 벗이 없었던들 오늘날 저와 같이 생기로 찬 몸을 얻어가지고 다시 나타났을 수가 있을까?

나는 M을 찾았다.

"M!"

"다 보았나?"

"사람의 목숨이 이렇게까지 보증할 수 없는 물건이란 말인가?"

"이 세상에 의사의 오진으로 몇천만 사람이 아까운 목숨을 버렸을지 생각하면 무섭네."

"자넨 다행이네. 살아나서⋯⋯."

"살아났지, 그렇지 않으면 죽었을 것을⋯⋯."

나는 그의 말을 이었다.

"그래!"

나는 좀 높은 지대에 있는 우리 집에서 내려다보이는 장안을 둘러보았다. 거기 먼지가 뽀얀 것은, 억조창생이 삶을 즐기는 것을 나타낸다. 아아! 그러나 그들의 목숨을 누가 보증할까? 의사의 조그만 오진으로 그들은 금년으로라도 이달로라도 죽은지를 모를 것을—나는 다시 M을 보았다.

'건강', 그것의 상징이라는 듯한 그의 둥그런 얼굴은 빛나는 눈으로써 나를 보고 있다.

「1920년」

 배따라기

좋은 일기이다.

좋은 일이라도, 하늘에 구름 한 점 없는―우리 '사람'으로서는
감히 접근도 못할 위엄을 가지고, 높이서 우리 조그만 사람을 비웃
는 듯이 내려다보는 그런 교만한 하늘이 아니고, 가장 우리 '사람'
의 이해자인 듯이 낮추 뭉글뭉글 엉기는 분홍빛 구름으로써 우리와
서로 손목을 잡자는 그런 하늘이다. 사랑의 하늘이다.
　나는 잠시도 멎지 않고 푸른 물을 황해로 부어내리는 대동강을
향한, 모란봉 기슭 새파랗게 돋아나는 풀 위에 딩굴고 있었다.

이날은 삼월 삼질, 대동강에 첫 뱃놀이를 하는 날이다. 까맣게 내
려다보이는 물 위에는, 결결이 반짝이는 물결을 푸는 놀잇배들을
타고 넘으며 거기서는 봄향기에 취한 형형색색의 선율이 우단보다
도 부드러운 봄 공기를 흔들면서 날아온다. 그리고 거기서 기생들
의 노래와 함께 날아오는 조선 아악(雅樂)은 느리게, 길게, 유창하
게, 부드럽게 그리고 또 애처롭게―모든 봄의 정다움과 끝까지 조
화하지 않고는 안 두겠다는 듯이 대동강에 흐르는 시꺼먼 봄물, 청
류벽에 돋아나는 푸르는 풀어음, 심지어 사람의 가슴속에 봄에 뛰
노는 불붙는 핏줄기까지라도, 습기 많은 봄 공기를 다리 놓고 떨리
지 않고는 두지 않는다.
　봄이다. 봄이 왔다.
　부드럽게 부는 조그만 바람이 시꺼먼 조선솔을 꿰며, 또는 돌아

나는 풀을 스치고 지나갈 때의 그 음악은 다른 데서는 듣지 못할 아름다운 음악이다.

아아, 사람을 취케 하는 푸르른 봄의 아름다움이여! 열다섯 살부터의 동경(東京) 생활에 마음껏 이런 봄을 보지 못하였던 나는, 늘 이것을 보는 사람마다 곱 이상의 감명을 여기서 받지 않을 수 없다.

평양성 내에는, 겨우 툭툭 터진 땅을 헤치면 파릇파릇 돋아나려는 버들의 어음으로 봄이 온 줄 알 뿐, 아직 완전히 봄이 안 이르렀지만, 이 모란봉 일대와 대동강을 넘어 보이는 가나안 옥토를 연상시키는 장림(長林)에는 마음껏 봄의 정다움이 이르렀다.

그리고 또 꽤 자란 밀보리들로 새파랗게 장식한 장림의 그 푸른 빛, 만족한 웃음을 띠고 그 벌에 서서 내다보는 농부의 모양은 보지 않아도 생각할 수가 있다.

구름은 자꾸 하늘을 날아다니는 모양이다. 그 밀 위에 비치었던 구름의 그림자는 그 구름과 함께 저편으로 물러가며 거기는 세계를 아까 만들어 놓은 것 같은 새로운 녹빛이 퍼져나간다. 바람이나 조금 부는 때는 그 잘 자란 밀들은 물결같이 누웠다 일어났다, 일록 일청으로 춤을 춘다. 그리고 봄의 한가함을 찬송하는 솔개들은 높은 하늘에서 동그라미를 그리면서 더욱 더 아름다운 봄의 향기로운 정취를 더한다.

"따스한 봄정에 솟아나리라. 따스한 봄정에 솟아나리라."

나는 두어 번 소리나게 읊은 뒤에 담배를 붙여 물었다. 담뱃내는 무럭무럭 하늘로 올라간다.

하늘에도 봄이 왔다.

하늘은 낮았다. 모란봉 꼭대기에 올라가면 넉넉히 만질 수가 있으리만큼 하늘은 낮았다. 그리고 그 낮은 하늘보다는 오히려 더 높

이 있는 듯한 분홍빛 구름은 몽글몽글 엉기면서 이리저리 날아다닌다.

나는 이러한 아름다운 봄 경치에 이렇게 마음껏 봄의 속삭임을 들을 때는 언제든 유토피아를 아니 생각할 수 없다. 우리가 시시각각으로 애를 쓰며 수고하는 것은―그 목적은 무엇인가? 역시 유토피아 건설에 있지 않을까? 유토피아를 생각할 때는 언제든 그 '위대한 인격의 소유자'며 '사람의 위대함을 끝까지 즐긴' 진나라 시황(秦始皇)을 생각지 않을 수 없다.

우리가 어찌하면 죽지를 아니할까 하여, 소년 삼백을 배를 태워 불사약을 구하러 떠나 보내며, 예술의 사치를 다하여 아방궁을 지으며, 매일 신하 몇천 명과 잔치로써 즐기며, 이리하여 여기 한 유토피아를 세우려던 시황은, 몇만의 역사가가 어떻다고 욕을 하든, 그는 정말로 인생의 향락자며 역사 이후의 제일 큰 위인이라고 할 수가 있다. 그만한 순전한 용기있는 사람이 있고야 우리 인류의 역사는 끝이 날지라도 한 사람을 가졌었다고 할 수 있다.

"큰 사람이었었다."

하면서 나는 머리를 들었다.

이때다. 기자묘 근처에서 무슨 슬픈 음률이 봄 공기를 진동시키며 날아오는 것이 들렸다.

나는 무심코 귀를 기울였다.

'영유 배따라기'다. 그것도 웬만한 광대나 기생은 발꿈치에도 미치지 못하리만큼―그만큼 그 배따라기의 주인은 잘 부르는 사람이었다.

비나이다. 비나이다.

산천후토 일월성신 하나님 전 비나이다.

실날 같은 우리 목숨 살려 달라 비나이다.

에―야, 어그여지야.

여기까지 이르렀을 때에 저편 아래 물에서 장고(長鼓) 소리와 함께 기생의 노래가 울리어오며 배따라기는 그만 안 들리게 되었다. 나는 이 년 전 한여름을 영유서 지내본 일이 있다. 배따라기의 본고장인 영유를 몇 달 있어본 사람은 그 배따라기에 대하여 언제든 한 속절없는 애처로움을 깨달을 것이다.

영유, 이름은 모르지만 산에 올라가서 내려다보면 앞은 망망한 황해이니, 그곳 저녁때의 경치는 한번 본 사람은 영구히 잊을 수가 없으리라. 불덩이 같은 커다란 시뻘건 해가 남실남실 넘치는 바다에 도로 빠질 듯 도로 솟아오를 듯 춤을 추며, 거기서 때때로 보이지 않는 배에서 배따라기만 슬프게 날아오는 것을 들을 때엔 눈물 많은 나는 때때로 눈물을 흘렸다. 이로 보아서 어떤 원의 아내가 자기의 모든 영화를 낡은 신 같이 내어던지고 뱃사람과 정처없는 물길을 떠났다 함도 믿지 못할 말이랄 수가 없다.

영유서 돌아온 뒤에도 그 '배따라기'는 내 마음에 깊이 새기어져 잊을 수가 없었고, 언제 한번 영유를 가서 그 노래를 한번 들어보고 그 경치를 다시 한번 보고 싶은 생각이 늘 떠나지를 않았다.

장고 소리와 기생의 소리는 멎고 배따라기만 구슬프게 날아온다. 결결이 부는 바람으로 말미암아 때때로는 들을 수가 없으되, 나의 기억과 곡조를 종합하여 들은 배따라기는 이 대목이다―

강변에 나왔다가
나를 보더니만
혼비백산하여
꿈인지 생시인지
와르륵 달려들어
섬섬옥수로 부여잡고
호천망극 하는 말이
'하늘로서 떨어지며
땅으로서 솟아났다
바람결에 묻어오고
구름길에 싸여왔나'
이리 서로 붙들고 울음 울 제
인리 제인이며
일가친척이 모두 모여

여기까지 들은 나는 마침내 참지 못하고 벌떡 일어서서 소나무 가지에 걸었던 모자를 내려 쓰고 그곳을 찾으러 모란봉 꼭대기에 올라섰다. 꼭대기는 좀더 노랫소리가 잘 들린다. 그는 배따라기의 맨 마지막, 여기를 부른다.

밥을 빌어서
죽을 쑬지라도
제발 덕분에
뱃놈 노릇은 하지 말아
에—야 어그여지야—

그의 소리로써 방향을 찾으려던 나는 그만 자리에 섰다.

"어딘가? 기자묘? 혹은 을밀대?"

그러나 나는 오래 서 있을 수가 없었다. 나는 어떻든 찾아보자 하고 현무문으로 가서 문 밖에 썩 나섰다. 기자묘의 깊은 솔밭은 눈앞에 쫙 퍼진다.

"어딘가?"

나는 또 물어보았다.

이때에 그는 또다시 배따라기를 시초부터 부른다. 그 소리는 왼편에서 온다.

왼편이구나 하면서, 소리나는 곳을 더듬어서 소나무 틈으로 한참 돌다가 거우 기자묘치고는 그중 하늘이 넓고 밝은 곳에 혼자서 뒹굴고 있는 그를 찾아내었다. 나의 생각한 바와 같은 얼굴이다. 얼굴, 코, 입, 눈, 몸집이 모두 네모나고 그의 이마와 굵은 주름살과 시꺼먼 눈썹은 고생 많이 함과 순진한 성격을 나타낸다.

그는 어떤 신사가 자기를 들여다보는 것을 보고 노래를 그치고 일어나 앉는다.

"왜, 그냥 하지요."

하면서 나는 그의 곁에 가 앉았다.

"뭐—."

할 뿐, 그는 눈을 들어서 터진 하늘을 쳐다본다.

좋은 눈이었다. 바다의 넓고 큼이 유감없이 그의 눈에 나타나 있다.

그는 뱃사람이라 나는 짐작하였다.

"고향이 영유요?"

"예, 뭐, 영유서 나기는 했디만, 한 이십 년 영윤 가보디두 않았이요."

"왜, 집에 이십 년씩 고향엘 안 가요?"

"사람의 일이라니 마음대로 됩데까?"

그는 왜 그러는지 한숨을 짓는다―.

"거저, 운명이 데일 힘셉다."

운명의 힘이 제일 세다는 그의 소리는 삭이지 못할 원한과 뉘우침이 섞여 있다.

"그래요?"

나는 다만 그를 건너다볼 뿐이다.

한참 잠잠하니 있다가 나는 다시 말하였다―.

"자, 노형의 경험담이나 한번 들어봅시다. 감출 일이 아니면 한번 이야기해 보소."

"뭐, 감출 일은……."

"그럼 어디 들어봅시다그려."

그는 다시 하늘을 쳐다보았다. 그러나 조금 있다가,

"하디요."

하면서 내가 담배를 붙이는 것을 보고 자기도 담배를 붙여 물고 이야기를 꺼낸다―.

"닞히디두 않는 십구 년 전 팔월 열하룻날 일인데요."

하면서 그가 이야기한 바는 대략 이와 같은 것이다.

그의 살던 마을은 영유 고을서 한 이십 리 떠나 있는 바다를 향한 조그만 어촌이다. 그의 살던 조그만 마을(서른 집쯤 되는)에서는 꽤 유명한 사람이었다.

그의 부모는 모두 열댓에 났을 때 돌아갔고, 남은 사람이라고는 곁집에 딴살림하는 그의 아우 부처와 그 자기 부처뿐이었다. 그들 형제가 그 마을에서 제일 부자이고 또 제일 고기잡이를 잘하였고, 그중 글이 있었고, 배따라기도 그 마을에서 빼나게 그 형제가 잘 불렀다. 말하자면 그 형제가 그 동네의 대표적 사람이었다.

팔월 보름은 추석 명절이다. 팔월 열하룻날 그는 명절에 쓸 장도 볼 겸, 그의 아내가 늘 부러워하는 거울도 하나 사올 겸 장으로 향하였다.

"당손네 집에 있는 것보다 큰 거이요. 닛디 말구요."

그의 아내는 길까지 따라나오면서 잊지 않도록 부탁하였다.

"안 닛어."

하면서 그는 떠오르는 새빨간 햇빛을 앞으로 받으면서 자기 마을을 나섰다.

그는 아내를(이렇게 말하기는 우습지만) 고와했다. 그의 아내는 촌에는 드물도록 연연하고도 예쁘게 생겼다(그는 나에게 이렇게 말하였다―).

"성 내(평양) 덴줏골(갈보촌)을 가두 그만한 거 쉽디 않갔이요."

그러니까 촌에서는, 그리고 그 당시에는 남에게 우습게 보이도록 그 내외의 사이는 좋았다. 늙은이들은 계집에게 혹하지 말라고 흔히 그에게 권고하였다.

부처의 사이는 좋았지만― 아니, 오히려 좋음으로 그는 아내에게 샘을 많이 하였다. 그리고 그의 아내는 시기를 받을 일을 많이 하였다. 품행이 나쁘다는 것이 아니라, 그의 아내는 대단히 천진스럽고 쾌활한 성질로서 아무에게나 말 잘 하고 애교를 잘 부렸다.

그 동리에서는 무슨 명절이나 되면, 집이 그중 정결함을 핑계 삼아 젊은이들은 모두 그의 집에 모이고 하였다. 그 젊은이들은 모두 그의 아내에게 '아즈마니'라 부르고, 그의 아내는 '아즈바니 아즈바니' 하며 그들과 지껄이고 즐기며, 그 웃기 잘하는 입에는 늘 웃음을 흘리고 있었다. 그럴 때마다 그는 한편 구석에서 눈만 할끈거리며 있다가 젊은이들이 돌아간 뒤에는 불문곡직하고 아내에게 덤비어들어 발길로 차고 때리며 이전의 사다 주었던 것을 모두 거둬올린다. 싸움을 할 때에는 언제든 곁집에 있는 아우 부처가 말리러 오며, 그렇게 되면 언제든 그는 아우 부처까지 때려 주었다.

그가 아우에게 그렇게 구는 데는 이유가 있었다. 그의 아우는 시골 사람에게는 쉽지 않도록 늠름한 위엄이 있었고, 매일 바닷바람을 쐬었지만 얼굴이 희었다. 이것뿐으로도 시기가 된다 하면 되지만, 특별히 아내가 그의 아우에게 친절히 하는 데는 그는 속이 끓어 못 견디었다.

그가 영유를 떠나기 반 년 전쯤— 다시 말하자면 그가 거울을 사러 장에 갈 때부터 반 년 전쯤 그의 생일날이었다. 그의 집에서는 음식을 차려서 잘 먹었는데 그에게 괴상한 버릇이 있었으니, 맛있는 음식은 남겨 두었다 좀 있다 먹고 하는 것이 습관이었다. 그의 아내도 이 버릇은 잘 알 터인데 그의 아우가 점심때쯤 오니까 아까 그가 아껴서 남겨 두었던 그 음식을 아우에게 주려 하였다. 그는 눈을 부릅뜨고 '못 주리라'고 암호하였지만 아내는 그것을 보았는지 못 보았는지 그의 아우에게 주어 버렸다. 그는 마음속이 자못 편치 못하였다. '트집만 있으면 이년을…….' 그는 마음먹었다.

그의 아내는 시아우에게 상을 준 뒤에 물러오다가 그만 그의 발을 조금 밟았다.

"이년!"

그는 힘껏 발을 들어서 아내를 냅다 찼다. 그의 아내는 상 위에 꺼꾸러졌다가 일어난다.

"이년, 사나이 발을 짓밟는 년이 어디 있어!"

"거 좀 밟아서 발이 부러텟쉐까?"

아내는 낯이 새빨개져서 울음 섞인 어조로 고함친다.

"이년! 말대답이……."

그는 일어서서 아내의 머리채를 휘어잡았다.

"형님! 왜 이러십니까?"

아우가 일어서면서 그를 붙잡았다.

"가만 있거라, 이놈의 자식."

하며, 그는 아우를 밀친 뒤에 아내를 되는 대로 내리찧었다.

"죽일 년, 이년! 나가거라!"

"죽여라! 난 죽어도 이 집에선 못 나가!"

"못 나가?"

"못 나가디 않구. 뉘 집이게……."

이때다. 그의 마음에는 그 '못 나가겠다'는 아내의 마음이 푹 들이 박혔다. 그 이상 때리기가 싫었다. 우두커니 눈만 흘기고 있다가 그는,

"망할 년, 그럼 내가 나갈라."

하고 그만 문밖으로 뛰어나와서,

"형님, 어디 갑니까?"

하는 아우의 말에는 대답도 안 하고, 곁동네 탁주집으로 뒤도 안 돌아보고 가서, 거기 있는 술 파는 계집과 술상 앞에 마주앉았다.

그날 저녁 얼근히 취한 그는 아내를 위하여 떡을 한 돈 어치 사가

지고 집으로 돌아왔다. 이리하여 또 서너 달은 평화가 이르렀다. 그러나 이 평화가 언제까지는 계속될 수가 없었다. 그의 아우로 말미암아 또 평화는 쪼개져 나갔다.

오월 초승부터 영유 고을 출입이 잦던 그의 아우는 오월 그믐께서는 고을서 며칠씩 묵어 오는 일이 많았다. 함께 고을에 첩을 얻어두었다는 소문이 퍼졌다. 이 소문이 있은 뒤는 아내는 그의 아우가 고을 들어가는 것을 벌레보다도 더 싫어하고, 며칠 묵어서 오는 때면 곧 아우의 집으로 가서 그와 담판을 하며, 심지어 동서 되는 아우의 처에게까지 못 가게 하지 않는다고 싸우는 일이 있었다. 칠월 초승께 그의 아우는 고을에 들어가서 열흘쯤 묵어 온 일이 있었다. 이때도 전과 같이 그의 아내는 그의 아우며 제수와 싸우다 못하여 마침내 그에게까지 와서 아우가 그런 못된 데를 다니는 것을 그냥 둔다고 해보자 한다. 그 꼴을 곱게 보지 않았던 그는 첫마디로 고함을 쳤다.

"네가 상관이 무에가? 듣기 싫다."

"못난둥이. 아우가 그런 델 댕기는 걸 말리디두 못하고!"

분김에 이렇게 그의 아내는 고함쳤다.

"이년, 무얼?"

그는 벌떡 일어섰다.

"못난둥이!"

그 말이 채 끝나기도 전에 그의 아내는 악 소리와 함께 그 자리에 거꾸러졌다.

"이년! 사나이에게 그따위 말버릇 어디서 배완!"

"에미네 때리는 건 어디서 배왔노? 못난둥이!"

그의 아내는 울음소리로 부르짖었다.

"상년 그냥? 나갈! 우리 집에 있디 말구 나갈!"

그는 내리쫓으면서 부르짖었다. 그리고 아내를 문을 열고 밀쳤다.

"나가디 않으리!"

하고 그의 아내는 울면서 뛰어나갔다.

"망할 년!"

토하는 듯이 중얼거리고 그는 그 자리에 주저앉았다. 그의 아내는 해가 져서 어두워져도 돌아오지 않았다. 일단 내어쫓기는 하였지만 그는 아내의 돌아옴을 기다리고 있었다. 어두워져도 그는 불도 안 켜고 성이 나서 우둘우둘 떨면서 아내의 돌아오기를 기다렸다. 그러나 그의 아내의 참 기쁜 듯이 웃는 소리가 그의 아우의 집에서 밤새도록 울리었다. 그는 움쩍도 안 하고 그 자리에 앉아서 밤을 새운 뒤에 새벽 동터올 때 아내와 아우를 죽이려고 부엌에 가서 식칼을 가지고 들어와서 문을 벌컥 열었다.

그의 아내로서 만약 근심스러운 얼굴을 하고 그 문밖에 우두커니 서서 문을 들여다보고 있지 않았더면, 그는 아내와 아우를 죽이고야 말았으리라.

그는 아내를 보는 순간 마음에 가득 차는 사랑을 깨달으면서 칼을 내던지고 뛰어나가서 아내의 머리채를 휘어잡고, 이년 하면서 들어와서 뺨을 물어뜯으면서 함께 이리저리 자빠져 뒹굴었다. 이리하여 평화는 또 이르렀다.

그런 이야기는 다 하려면 끝이 없으되 그만 '그', ' 그의 아내', '그의 아우' 세 사람의 삼각관계는 대략 이와 같다.

각설—

거울은 마침 장에 마음에 맞는 것이 있었다. 지금 것과 대보면, 어떤 때는 코도 크게 보이고 입이 작게도 보이는 것이지만, 그 당시

에는 그리고 그런 촌에서는 둘도 없는 귀물이었다. 거울은 사가지고 장을 본 뒤에 그는 이 거울을 아내에게 주면 그 기뻐할 모양을 생각하며 새빨간 저녁 햇빛을 받는 넘치는 듯한 바다를 안고 자기 집으로 늘 들러오던 탁주집에도 안 들러서 돌아왔다.

그러나 그가 그의 집 방안에 들어설 때에는 뜻도 안 하였던 광경이 그의 눈에 벌이어 있었다.

방 가운데는 떡상이 있고, 그의 아우는 수건이 벗어져서 목 뒤로 늘어지고, 저고리 고름이 모두 풀어져 가지고 한편 모퉁이에 서 있고, 아내도 머리채가 모두 뒤로 늘어지고, 치마가 배꼽 아래 늘어지도록 되어 있으며, 그의 아내와 아우는 그를 보고 어찌할 줄을 모르는 듯이 움쩍도 안 하고 서 있다.

세 사람은 한참 동안 어이가 없어서 서 있었다. 그러나 좀 있다가 마침내 그의 아우가 겨우 말했다.

"그놈의 쥐 어디 갔나?"

"흥! 쥐? 훌륭한 쥐 잡댔구나!"

그는 말을 끝내지도 않고 짐을 벗어던지고 뛰어가서 아우의 멱살을 끌어잡았다.

"형님! 정말 쥐가……."

"쥐? 이놈? 형수하고 그런 쥐 잡는 놈이 어디 있니?"

그는 아우의 따귀를 몇 대 때린 뒤에 등을 밀어서 문밖에 내어던졌다. 그런 뒤에 이제 자기에게 이를 매를 생각하고 우둘우둘 떨면서 아랫목에 서 있는 아내에게 달려들었다.

"이년! 시아우와 그런 쥐 잡는 놈이 어디 있니?"

그는 아내를 거꾸러뜨리고 함부로 내리찧었다.

"정말 쥐가……. 아이 죽갔다!"

"이년! 너두 쥐? 죽어라!"

그의 팔다리는 함부로 아내의 몸에 오르내렸다.

"아이 죽갔다. 정말 아까 적은이(시아우) 왔기에 떡 자시라구 내 놓았더니……."

"듣기 싫다! 시아우 붙은 년이, 무슨 잔소릴……."

"아이, 아이, 정말이야요. 쥐가 한 마리 나……."

"그냥 쥐?"

"쥐 잡을래다가……."

"상년! 죽어라! 물에래두 빠데 죽얼!"

그는 실컷 때린 뒤에, 아내도 아우처럼 등을 밀어 쫓았다. 그 뒤에 그의 등으로,

"고기 배때기에 장사해라!"

하고 토하였다.

분풀이는 실컷 하였지만, 그래도 마음속이 자못 편치 못하였다. 그는 아랫목으로 가서, 바람벽을 의지하고 실신한 사람같이 우두커니 서서 떡상만 들여다보고 있었다.

한 시간…… 두 시간…….

서편으로 바다를 향한 마을이라 다른 곳보다는 늦게 어둡지만, 그래도 술시(戌時)쯤 되어서는 깜깜하니 어두웠다. 그는 불을 켜려고 바람벽에서 떠나 성냥을 찾으러 돌아갔다.

성냥은 늘 있던 자리에 있지 않았다. 그래서 여기저기 뒤적이노라니까, 어떤 낡은 옷뭉치를 들칠 때에 문득 쥐소리가 나면서 후더덕 뛰어나온다. 그리하여 저편으로 기어 도망한다.

"역시 쥐댔구나!"

그는 조그만 소리로 부르짖었다. 그리고 그만 맥없이 덜썩 주저 앉았다.

아까 그가 보지 못한 때의 광경이 활동 사진과 같이 그의 머리에 지나갔다.

아우가 집에를 온다. 아우에게 친절한 아내는 떡을 먹으라고 아우에게 떡상을 내놓는다. 그때에 어디선가 쥐가 한 마리 뛰어나온다. 둘(아우와 아내)이서는 쥐를 잡노라고 돌아간다. 한참 성화시키던 쥐는 어느 구석에 숨어 버린다. 그들은 쥐를 찾노라고 두룩거린다. 그럴 때에 그가 집에 들어선 것이다.

'상년. 좀 있으믄 안 들어오리……'

그는 억지로 마음먹고 그 자리에 드러누웠다. 그러나 아내는 밤이 가고 날이 밝기는커녕 해가 중천에 올라도 돌아오지를 않았다. 그는 차차 걱정이 나서 찾아보러 나섰다.

아우의 집에도 없었다. 동네를 모두 찾아보아도 본 사람도 없다 한다.

그리하여, 낮쯤 한 삼사 리 내려가서 바닷가에서 겨우 아내를 찾기는 찾았지만, 그 아내는 이전 같은 생기로 찬 산 아내가 아니요, 몸은 물에 불어서 곱이나 크게 되고, 이전에 늘 웃음을 흘리던 예쁜 입에는 거품을 잔뜩 문, 죽은 아내였다.

그는 아내를 업고 집으로 돌아오기까지 정신이 없었다.

이튿날 간단하게 장사를 하였다. 뒤에 따라오는 아우의 얼굴에는,

'형님, 이게 웬일이오니까?'

하는 듯한 원망이 있었다.

장사를 지낸 이튿날부터 아우는 그 조그만 마을에서 없어졌다.

하루 이틀은 심상히 지냈지만, 닷새가 지나도 돌아오지 않았다. 그래서 알아보니까, 꼭 그의 아우같이 생긴 사람이 오륙일 전에 멧산자 보따리를 하여 진 뒤에 시뻘건 저녁해를 등으로 받고 더벅더벅 동쪽으로 가더라 한다. 그리하여 열흘이 지나고, 스무 날이 지났지만, 한번 떠난 그의 아우는 돌아올 길이 없었고, 혼자 남은 아우의 아내는 매일 한숨으로 세월을 보내게 되었다.

그도 이것을 잠자코 보고 있을 수가 없었다. 그 불행의 모든 죄는 그에게 있었다.

그도 마침내 뱃사람이 되어, 작으나마 아내를 삼킨 바다와 늘 접근하여 가는 곳마다 아우의 소식을 알아보려고 어떤 배를 얻어 타고 물길을 나섰다.

그는 가는 곳마다 아우의 이름과 모습을 말하여 물었으나 아우의 소식은 알 수가 없었다.

이리하여 꿈결같이 십 년을 지내서 구 년 전 가을, 탁탁히 낀 안개를 꿰며 연안(延安) 바다를 지나가던 그의 배는 몹시 부는 바람으로 말미암아 파선을 하여 벗 몇 사람은 죽고 그는 정신을 잃고 물 위에 떠돌고 있었다.

그가 정신을 차린 때는 밤이었다. 그리고 어느덧 그는 물 위에 올라와 있었고, 그를 말리느라고 새빨갛게 피워 놓은 불빛으로 자기를 간호하는 아우를 보았다.

그는 이상히도 놀라지도 않고, 천연하게 물었다.

"너, 어딯게(어떻게) 여기 완?"

아우가 잠자코 한참 있다가 겨우 대답하였다.

"형님, 거저 다 운명이외다."

따뜻한 불기운에 깜박 잠이 들려다가 그는 화다닥 깨면서 또 말했다.

"십 년 동안에 되게 파랬구나."

"형님, 나두 변했거니와 형님두 몹시 늙으셨쉐다."

이 말을 꿈결같이 들으면서 그는 또 혼혼히 잠이 들었다. 그리하여 두어 시간, 꿀보다도 단잠을 잔 뒤에 깨어 보니 아까 빨간 불은 피어 있지만 아우는 어디로 갔는지 없어졌다. 곁의 사람에게 물어보니까 아까 아우는 형의 얼굴을 물끄러미 들여다보고 있다가 새빨간 불빛을 등으로 받으면서, 더벅더벅 아무 말 없이 어둠 가운데로 사라졌다 한다.

이튿날 아무리 알아보아야 그의 아우는 종적이 없어지고 알 수 없으므로, 그는 하릴없이 다른 배를 얻어타고 또 물길을 떠났다. 그리하여 그의 배가 해주에 이르렀을 때 그는 해수욕장에 들어가서 무엇을 사려다 저편 맞은편 가게에 얼핏 그의 아우 같은 사람이 있으므로 뛰어가서 보니 그는 벌써 없어졌다. 배가 해주에는 오래 머물지 않으므로 그는 마음은 해주에 남겨두고, 또다시 바닷길을 떠났다.

그 뒤에 삼 년을 이리저리 돌아다녔어도 아우는 다시 볼 수가 없었다. 그리하여 삼 년을 지내서 지금부터 육 년 전에, 그의 탄 배가 강화도를 지날 날에, 바다를 향한 가파로운 뫼켠에서 바다를 향하여 날아오는 '배따라기'를 들었다. 그것도 어떤 구절과 곡조는 그의 아우 특색으로 변경된— 그의 아우가 아니면 부를 사람이 없는 '배따라기'였다.

배가 강화도에는 머무르지 않아서 그저 지나갔으나 인천서 열흘쯤 머무르게 되었으므로, 그는 곧 내려서 강화도로 건너가 보았다. 거기서 이리저리 찾아다니다가, 어떤 조그만 객주집에서 물어보니,

이름도 그의 아우요, 생긴 모습도 그의 아우인 사람이 묵어 있기는 하였으나, 사나흘 전에 도로 인천으로 갔다 한다. 그는 돌아서서 인천으로 건너와서 찾아보았지만 그 조그만 인천에서도 그의 아우를 찾을 바이 없었다.

그 뒤에 눈 오고 비 오며, 육 년이 지났지만, 그는 다시 아우를 만나보지 못하고 아우의 생사까지도 알 수가 없었다.

말을 끝낸 그의 눈에는 저녁해에 반사하여 몇 방울의 눈물이 반짝인다.

나는 한참 있다가 겨우 물었다.

"노형 계수는?"

"모르디오. 이십 년을 영유는 안 가봤으니깐요."

"노형은 이제 어디로 갈 테요?"

"것도 모르디요. 덩처가 있나요? 바람 부는 대로 몰려댕기디오."

그는 다시 한 번 나를 위하여 배따라기를 불렀다. 아아, 그 속에 잠겨 있는 삭이지 못할 뉘우침, 바다에 대한 애처로운 그리움.

노래를 끝낸 다음에 그는 일어서서 시뻘건 저녁해를 잔뜩 등으로 받고, 을밀대로 향하여 더벅더벅 걸어갔다. 나는 그를 말릴 힘이 없어서 멀거니 그의 등만 바라보고 앉아 있었다.

그날 밤, 집에 돌아와서도 그 배따라기와 그의 숙명적 경험담이 귀에 쟁쟁히 울리어서 잠을 못 이루고 이튿날 아침 깨어서 조반도 안 먹고 기자묘로 뛰어가서 또다시 그를 찾아보았다. 그가 어제 깔고 앉았던 풀은 모두 한편으로 누워서 그가 다녀감을 기념하되 그는 그 근처에 보이지 않았다. 그러나 그러나 배따라기는 어디선가 쟁쟁히 울리어서 모든 소나무들을 떨리지 않고는 안 두겠다는 듯이 날아온다.

'모란봉(牡丹峰)이다. 모란봉이 있다.'

하고 나는 한숨에 모란봉으로 뛰어갔다. 모란봉에는 사람이 하나도 없다. 부벽루(浮碧樓)에도 없다.

'을밀대다.'

하고 나는 다시 을밀대로 갔다. 을밀대에서 부벽루를 연한, 지옥까지 연한 듯한 골짜기에 물 한 방울을 안 새이리라 빽빽이 난 소나무의 그 모든 잎잎은 떨리는 배따라기를 부르고 있지만 그는 여기도 있지 않다. 기자묘의 하늘을 향하여 퍼져나간 그 모든 소나무의 천만의 잎잎도, 그 아래쪽 퍼진 천만의 풀들도 모두 그 배따라기를 슬프게 부르고 있지만, 그는 이 조그만 모란봉 일대에서 찾을 수가 없었다.

강가에 나가서 알아보니 그의 배는 오늘 새벽에 떠났다 한다. 그 뒤에 여름과 가을이 가고 일 년이 지나서 다시 봄이 이르렀으되, 잠깐 평양을 다녀간 그는 숙명적 경험담과 슬픈 배따라기를 두었을 뿐, 다시 조그만 모란봉에 나타나지 않는다.

모란봉과 기자묘에 다시 봄에 이르러서, 작년에 그가 깔고 앉아서 부러졌던 풀들도 다시 곧게 대가 나서 자줏빛 꽃이 피려 하지만 끝없는 뉘우침을 다만 한낱 '배따라기'로 하소연하는 그는 이 조그만 모란봉과 기자묘에서 다시 볼 수가 없었다. 다만 그가 남기고 간 '배따라기'만 추억하는 듯이 모든 잎잎이 속삭이고 있을 따름이다.

「1921년」

 딸의 업을 이으려

어떤 부인 기자의 수기

그것은 내가 ××사에서 일을 볼 때의 일이니까, 벌써 반 십 년을 지난 옛날 일이외다.

그때 ××사에 탐방기자로 있던 나는, 봄도 다 가고 여름이라 하여도 좋을 어떤 더운 날, 사의 임무를 띠고 어떤 여자를 한 사람 방문하게 되었습니다. 기차로 동북쪽으로 서너 정거장 더 가서 내려서도 한 삼십 리나 더 걸어가야 할 이름도 없는 땅으로서, 본래는 사에서도 그런 곳은 가볼 필요도 없다고 거절할 것이지만, 그 전 달에 내가 어떤 귀족 집안의 분규를 아직 신문사에서도 모르는 것을 얻어내어 잡지에 실어서 그 때문에 잡지의 흥정이 괜찮았으므로 내 말을 거절치 못하고 허락하였습니다.

사건은, 그때 신문사에서도 특별기사로 한 비극으로 몇 해를 연하여 발표된 유명한 사실인지라, 특별히 방문까지 안 하더라도 넉넉한 일이지만, 그때는 마침 다만 하루라도 교외의 시원한 공기를 마셔보고 싶은 때에 겸하여 함흥까지 가는 친구를 전송할 겸 거기까지 가보기로 한 것이었습니다.

(사실을 자백하자면 신문을 참조하여 가면서, 벌써 방문하기도 전에 기사까지 모두 써놓았던 것으로서, 말하자면 이 '방문' 이란 것은 모두 무의미한 일이었습니다.)

함흥 가는 벗을 기차에서 작별하고 고요한 촌길에 나선 때는 아직 서늘한 바람이 부는— 오전 열 시쯤이었습니다.

삼십 리라는 길이 이렇게도 먼지, 사실 이리 엉키고 저리 엉킨 가운데서 길러난 '도회 사람'이란 것은 길 걷는 데 나서면 무능자였습니다. 발이 아프고 다리가 저리고 눈이 저절로 감기고…… 극단으로 말하자면 나는 구두를 발명한 사람을 몇 백 번 저주하였는지 모르겠습니다. 그리하여 오후 두 시쯤에 겨우 그 집에 이르렀습니다. 그 집이라 하는 것은 활 모양으로 산이 둘러막힌 구석에 홀로 서 있는 집으로서 앞에는 밤나무와 수양버들과 샘개울이 흐르고, 뒤로는 산을 끼고 역시 밤나무와 포도덩굴이 무성히 얽히어 있는 외딴 조그만 기와집이었습니다. 초라하나마 대문도 달리고 흙담도 있기는 하지만, 모두가 썩어지고 무너져가는, 일견 빈집같이 보이는 쓸쓸한 집이었습니다.

쓸쓸히 닫혀 있는 대문을 열고 들어서매 이 집에 조화되지 않는 화단이 뜰안을 장식하였고, 그 화단에서 꽃을 가꾸고 있던 허연 노인이 나를 쳐다보았습니다.

"이 댁이 최봉선(崔鳳善) 씨 댁이오니까?"

이렇게 묻는 나의 쾌활한 소리에 노인은 의아하다는 듯이 그저 보고만 있다가,

"어디서 오셨소?"

하고 묻습니다. 나는 얼결에 서울서 왔노랄까, 잡지사에서 왔노랄까 주저하고 있을 때에, 어두컴컴한 건넌방에 드리운 발이 걷어지며 젊은 여인의 소리가 들려옵니다—.

"누구를 찾으세요?"

"최봉선 씨네 댁이 여긴가요?"

"어—서 오셨어요?"

"서울……."

로 끝을 낼까, 어떤 잡지사라고까지 할까 하는 동안에 방 안에 있

던 여인이 벌써 밖으로 나왔습니다.

"경애 씨 아니세요?"

뜻밖이었습니다. 나는 여기서 내 이름을 아는 사람이 나설 줄은 뜻도 안 하였습니다. 그래서 놀란 마음과 놀란 눈을 그리로 향할 때에 나는 거기서 나의 소학과 중학의 동창생이었고, 같은 해에 ××여중학교를 졸업한 최화순(崔和順)을 발견했습니다. 졸업생들의 자축회를 끝낸 뒤에,

"또 보자."

의 한 마디를 최후로, 그 이래 칠 년을 만나지 못하였던 화순을 보았습니다.

조선 명문의 출생인 그는, 그 뒤에 역시 어떤 명문에 시집을 갔다는 풍문은 들었습니다. 그러나 내 밥벌이에 분주한 나는 그 뒤의 그의 거처를 알아보려고도 안 하였습니다. 이래 칠 년, 서로 종적을 모르던 두 사람이 뜻밖에 여기서 만나게 된 것이었습니다.

"오, 화순, 웬일에요?"

"들어와요. 어떻게 예까지 찾아왔에요?"

순간에 나는 모든 일을 다 알아채었습니다.

내가 잡지사의 일로 찾아보려는 최봉선이는, 즉 나의 동창생이고, 나의 친구인 최화순 그 사람이었습니다. '봉선'은 '화순'의 아명이었고 민적의 이름이었습니다. 사실 의외로다, 나는 이렇게 생각하면서 그의 방에 들어갔습니다.

내가 신문에 발표된 사실을 읽고도 아직 '봉선'을 '화순'으로는 뜻도 않았던 것이 오히려 이상한 일이었습니다. ××여중학교 졸업생, 최판서의 딸, 미인, 이만큼이나 신문지가 가르쳐 주었는데도 봉선이를 즉 화순인 줄 몰랐던 것은 오히려 웬일이었을까? 더구나 그

의 아명이 봉선인 줄까지 알던 내가…… 아니, 거기 대하여서도 상당히 변명할 여지가 있었습니다.

신문지상에 발표된 사실은 너무도 엄청나기 때문이었습니다. 내가 잘 아는 최화순이와 신문지상에 나타난 최봉선이의 사이에는 너무 간격이 있었기 때문이었습니다. 나의 친구 화순의 행동으로는 도저히 믿을 수 없는 일이 신문에 발표되었습니다.

"참, 오랜간만이구려."

"몇 해 만이오?"

"칠 년? 팔 년?"

"아마 그렇겐 넉넉히 될걸."

이러한 인사가 서로 사귀어진 뒤에는 우리의 새에는 지나간 옛날의 학창시절의 추억담에 꽃이 피었습니다. 꿈과 같은 지나간 해의 이야기에…….

그러나 우리들의 이야기는 그 범위에서는 한 걸음도 벗어나지 않았습니다. 나도 또한 물어보려 하지도 않았습니다.

왜? 이렇게 물으실 분이 계시겠지요. 내가 여기까지 온 목적이 무엇이외까. 봉선이를 만나서, 그의 이즈음의 생활이며 또는 세상을 한동안 떠들게 한 그의 시집살이의 말로며를 물어보아 가지고 그것을 잡지에 게재하려던 것이 나의 목적이 아닙니까? 멀리 발이 부르트면서 여기까지 온 것은 봉선이의 이즈음의 살림을 들으려 한 것이 아닙니까? 그런 내가 왜 그에게 이즈음의 살림을 물어보려고 안 합니까?

그렇습니다. 나는 그에게 그것을 차마 물을 수가 없었습니다. '봉선'이가 '화순'이와 같은 사람이라는 것을 안 순간, 나는 신문지상에 게재된 그의 소위 사실이라는 것이 모두 엉뚱한 오해인 줄을 알았습니다. 거기는 무슨 커다란 착오가 있는 것을 짐작하였습니다. 적어도 무슨 무서운 트릭이 있는 것을 짐작하였습니다.

간통? 화순이와 같이 이지에 밝은 여인이 과연 그런 행동을 할 수가 있겠습니까. 정열적인 사람이면 모르겠거니와 이지의 덩어리와 같은 화순에게는 절대로 그런 행동은 없었으리라고 믿습니다. 더구나 추상과 같은 엄한 규율 아래서 길러나고, 추상과 같은 엄한 집안에 시집간 그로서 그런 행동을 하였다고는, 화순을 아는 사람에게는 도저히 믿기지 않는 말이외다.

신문기사에 의하건대 그는 누명을 쓰고 시집을 쫓겨올 때에도 한 마디의 변명도 안 하였다 합니다. 그리고 그에 대한 사회의 오해는 이 '침묵'에서 나왔습니다.

그러나 이 '침묵'도 그의 성격에서 짜낸 것으로서, 인종이라 하는 것을 인생 최대의 덕이라는 가정교육 아래서 길러난 그인지라 온갖 트릭을 무서운 참을성으로 참아왔을 것이외다. 모든 것은 내가 불초인 까닭이다, 이러한 인종적 태도로써 그는 아직껏 참아왔을 것이외다. 그의 초췌한 얼굴은 그가 얼마나 분하고 억울한 것을 참아왔는지를 증명합니다. 온갖 사정을 서로 통할 만한 벗에게도 불평의 한 마디를 사뢰지 않은 그 외다.

나는 그의 얼굴을 보았습니다. 이지와 온순으로 아름답고 조화된 그의 얼굴은, 몇 해 동안의 인종적 생활에 무섭게도 여위었습니다.

그러한 그에게 이즈음의 그의 생활 혹은 당한 일을 물으면 무얼 합니까? 그는 다만 쓸쓸한 미소로써 대답을 대신 삼을 뿐이겠습니다.

그리고는,

"모두 내가 못난 까닭이지."

하고는 한숨을 내어 쉴 따름이겠습니다.

"화순, 지난 일은 다 꿈 같지?"

한 토막의 추억담이 끝이 난 뒤에, 나는 그에게 이렇게 말하였습니다.

"참, 꿈이야!"

"다시 한번 그런 때를 만나보고 싶지 않어?"

"글쎄…… 왜 그런지 되려 난 하루바삐 늙어 죽고 싶어."

그는 한숨을 지으면서 이렇게 대답하였습니다.

왜, 라고 물으려던 나는 입을 닫고 말았습니다. 이야기가 이렇게 되어 나아가면 저절로 그의 이즈음의 생활에까지 말이 미치겠습니다. 그로서도 그것을 이야기하는 것은 재미없지만 나도 또한 그 이야기가 듣기가 싫었습니다. 아니, 오히려 무서웠습니다. 그래서 나는 서울로 돌아가도 절대로 이 문제는 다치지 않으려 작정하였습니다.

저녁때, 행랑사람이며 심부름하는 사람이 없는 그는 손수 저녁을 지으러 부엌에 나갔습니다. 그 기회를 타서 나는 그의 사건이 게재된 신문들을 빽에서 꺼내어 가지고 집 뒤 언덕으로 올라갔습니다. 그리하여 내려다보이는 초라한 뜰에, 바가지며 쌀을 들고 들락날락하는 그를 간간 내려다보면서 신문을 폈습니다.

'귀족 집안의 추문'

'미인의 말로'

'세 겹 대문 안의 비밀'

이러한 엉뚱한 제목 아래 그의 사건은 소설화하여, 특별 기사로 세 회를 연하여 게재되었습니다.

그 기사에 의지하면…….

봉선이는 재산과 명예를 겸비한 최판서의 외딸로서 일찍이 어머니는 여의었으나 아버지의 사랑 아래 길러난 어여쁜 처녀였었다. 그러나 온갖 영화는 한때의 꿈이라, 그 집의 재산도 아버지가 어떤 광업에 손을 대기 시작할 때부터 차차 기울어지기 시작하여, 그가 ××여중학교를 졸업한 열여덟 살 적에 재산보다는 오히려 빚이 많아지게까지 되었다.

그러는 동안에, 그가 스무 살 나는 해에 그는 그의 아버지가 판서로 있던 M가에 시집을 가게 되었다. 이리하여 들에서 자유로이 놀던 아름다운 새 한 마리는 세 겹 대문 안에 깊이 감추인 '조롱 속의 새'가 되었다.

일 년은 무사히 지났다. 이 년도 무사히 지났다. 삼 년, 사 년까지도 무사히 지났다. 그러나 한때 들의 넓음과 자유로움을 맛본 '새'는 조롱 속에서 끝끝내 참을 수가 없었다. 조롱 속에서 벗어나지는 못한다 할망정, 적어도 조롱 속에서라도 어떤 위안을 구하지 않을 수가 없었다.

더구나 M가의 호협한 기풍을 타고난 그의 남편은 요릿집과 기생집에만 묻혀 있고 집안에는 돌아오지를 않으매, 한창 젊은 나이의 봉선은 어떻든 자기의 위안을 찾지 않을 수가 없었다.

그러면 어떻게?

몸은 세 겹 대문 안에 갇히어서 자유로이 나다닐 길이 바이없으니, 그는 자기의 위안을 어떤 곳에서 찾을꼬?

금년 정월 초승께다. 달도 없는 침침한 깊은 밤, 혼자 있어야 할 며느리(봉선)의 방에서 뛰쳐나온 한 괴한이 있었다. 명예와 가문을 존중히 여기는 집안인지라 이때의 일은 그다지 문제가 커지지 않고 스러지고 말았다. 판서의 사랑채까지도 이 소문은 안 나고 말았다.

또 석 달은 지났다.

봉선의 남편 되는 사람은 어떤 흥이 들었는지 만 삼 년 반 만에 봉선의 방에 들어왔다. 밤은 깊어 고요한 삼경에 그는 문득 윗목의 인기척에 펄떡 깨었다.

"거 누구냐?"

한마디뿐, 윗목의 괴한은 문을 박차고 달아났다.

문제는 이에 다시 커졌다. 잠시 꺼지려던 불은 다시 일어났다.

분규의 분규— 한 달 동안을 위아래 어지럽게 지낸 M집안은 오월 초승께야 겨우 문제가 낙착되었다.

그리고 결과로서는 봉선은 자기 친정에 돌아가지 않으면 안 되게 되었다.

그러나 이때는 벌써 최판서는 온갖 제 재산을 채권자에게 내어맡기고 자기는 ××군 ××산 아래 있는 산장으로 홀로 가서 늙은 몸을 외롭게 지내는 때였었다. 봉선의 갈 곳은 거기밖에는 없었다.

봉선은 그리로 갔다.

머리를 수그리고, 외로이 있는 자기 아버지에게 돌아간 아름다운 새 한 마리, 역시 머리를 수그리고 이를 맞아들인 늙은 명문. 이 두 배우의 장래의 연출하려는 비극은 어떠할까 우리는 괄목하고 그를 기다리자.

—신문기자 특유의 과장적 동정의 태도로 신문지상에 나타난 그의 사건은 대략 이러하였습니다.

저녁때부터 흐려오던 일기는 밤에는 부스럭비를 내리기 시작하였습니다.

외로운 산촌의 빗소리를 들으면서 봉선이와 나란히 하여 들어간 나는, 곤함에 못 이겨서 어느덧 잠이 들었습니다. 그러나 웬일인지 깊은 잠이 들지 못하였던 나는 새벽 두 시쯤 하여 문득 깨었습니다. 깨면서 보슬보슬 내리붓는 빗소리에 섞여서 나는 젊은 여인의 흐느껴서 우는 소리를 들었습니다. 펄떡 정신을 차리며 화순의 자리를 만져보니 거기는 빈 자리뿐이 남아 있었습니다. 가만히 발을 들고 내다보매 화순이는 토방에 놓인 쌀자루에 기대어 엎드려서 울고 있었습니다. 외딴 산촌의 빗소리에 섞여서 간간 그의 흑흑 흐느끼는 소리가 소름이 끼치도록 적적히 들립니다.

나는 발소리 안 나게 나가서 그의 뒤로 가서 그의 어깨에 손을 얹었습니다. 그는 한순간 펄떡 놀랐지만, 울음을 뚝 그쳤습니다. 그러나 격렬히 떨리는 그의 어깨는 그가 얼마나 힘있게 울음을 참고 있는지를 증명합니다.

"자, 화순 들어가요."

"경애, 먼저 들어가요. 곧 들어갈게……."

"그러지 말구, 자 들어가요."

나는 그를 옆에 끼다시피 하여 들어왔습니다.

"화순, 나도 신문에서 보고 다 짐작했어. 얼마나 분했겠소? 그러나 잘 참았어. 용하도록 참았어."

이전 학창시절에, 이백여 명 생도가 교장에게 꾸지람을 듣고 울 때에, 혼자서 눈이 말똥말똥 교장을 흘겨보고 있던 그였습니다.

"제삼자인 내가 보아도 분한 것을 잘 참았어. 그래도 그때 왜 변명을 안 했소?"

"변명? 그런 일을 꾸며낸 사람에게 변명을 하면 무얼합니까?"

"그것도 그렇긴 하지만…… 여하튼 대체 그때 일이 어떻게 되었

소? 나도 신문에서만 보고 그렇진 않으리라고 짐작했지만, 한번 자
세히 화순의 입으로 이야기해 주어요. 나는 지금 어떤 잡지사에서
일을 보고 있는데 다시 한번 문제를 일으켜서 그런 고약한 사

람……."

"그만두어요. 세상이 다 잊으려 할 때 다시 그런 일을 떠들쳐내면 무얼 합니까? 한 달만 지나면 세상이 다 잊어버릴 일을……."

"그래도 분하지 않아요?"

잠깐 그치려던 그의 울음은 다시 폭발되었습니다.

"자, 그러지 말고 그 이야길 한번 자세히 해봐요."

잠깐 침묵이 계속되었습니다.

"아직 아버님께두 말씀 안 드렸지만 죽기 전에 언제든지 할 말을― 자, 경애 들어봐요."

그의 남편 P는 화순과의 결혼이 재혼이었습니다. 전 마누라를 무식하다는 평계로 쫓아버리고 그 뒤에 얻은 화순인지라, 처음에는 의가 썩 좋았습니다. 신문지가 몇 번을 거퍼서 부른 '세 겹 대문' 안에도 향기가 있고 사랑이 있었습니다.

그러나 유전적으로 방탕함을 타고난 P는, 한 일 년 뒤에는 마침내 방탕한 놀이를 시작하였습니다. 그리하여 방탕에 재미를 본 P는, 방탕을 시작한 지 반 년쯤 뒤에는 안방에는 얼씬을 안 하게까지 심하게 되었습니다.

잠깐 안사랑에서 점심을 먹고는 다시 뛰쳐나가서는 이튿날에야 또 들어와서 점심을 먹고, 이리하여 화순과는 대면할 기회조차 없었습니다.

그러나 화순은 아무 말도 안 하였습니다.

'그 지아비에게 거역하지 마라.'

이러한 말을 몇 천 번이나 아버지에게 들은 그는 절대로 침묵하였습니다.

"이것도 역시 처도(妻道)겠지— 이렇게 마음먹고 억지로 화평한 낯을 하고 있었어요."

그는 이렇게 말하였습니다.

시어머니가 그를 불러 가지고 아들의 방탕을 좀 말리라고 명하였습니다. 그 말을 듣고 그날 밤 그는 밤새도록 생각하였습니다.

"시기는 여인의 최대의 죄악이라."

이러한 교훈을 아버지께 받은 그로서는 남편의 방탕을 책할 용기가 없었습니다. 그러나,

"시부모의 말을 거역하지 마라."

한 아버지의 교훈도 또한 잊지 않은 바였습니다. 그리하여 밤새도록 생각한 결과, 자기는 '시기 많은 여편네'로 보일지라도 시어머니의 말을 복종하여 남편을 책하는 것이, M가의 며느리로서(집안을 생각하고 시어머니의 명령에 복종하는) 가장 정당한 일이라 결심하였습니다.

그리하여 안방에는 들어오지 않으므로 만날 기회도 없는 P를 어떻게 만나서 권고를 하였습니다. 이것을 힐끗 본 P는 그 달음으로써 나가서 열흘 동안을 집에 돌아오지 않았습니다.

집안 청지기며 남복여비가 모두 나서서 그를 어떤 기생집 아랫목에서 찾아온 때는, 그는 갑자기 화순이와의 이혼 문제를 끄집어내었습니다.

그리고 핑계는, 시기 많은 여편내는 가풍에 맞지 않는다 하는 것이었습니다.

그 이튿날 화순이는 시아버지에게 불리어서 한 시간 이상을 시기라는데 대한 강설을 들었습니다. 자기는 결코 시기로서 그런 것이 아니라, 시어머니의 명령으로 그랬노라고 대답은 하고 싶었으나 이

러한 일로 조금이라도 집안의 분규가 일어나면 그 책임자는 자기인지라 그는 다만 이후에는 다시 그러지 않겠습니다고 사과를 하고 나왔습니다.

그러나 며칠 지난 뒤부터 시어머니의 눈이 괴상히 빛나기 시작하였습니다. 시어머니도 웬일인지 며느리를 미워하게 되었습니다.

다만 한 사람 믿고 온 남편과, 집안의 모든 일을 다스릴 시어머니에서 밉게 보인 그는 그래도 모든 일을 모른 체하고 온순과 인종을 푯대 삼고 나아갔습니다. 그저 참자, 이것이 처도이고 부도이고 동시에 여도이겠지. 이러한 신념으로 그는 모든 일을 참았습니다. 트집 잡힐 일만 없으면 그뿐이 아니냐, 이러한 마음으로 모든 일을 웃는 낯으로 지내왔습니다.

이리하여 일 년이라는 날짜가 지났습니다.

어떤 추운 겨울날, 삼월이라는 종과 둘이서 자고 있던 그는 문득 인기척에 펄떡 깨었습니다.

"누구냐?"

이 한 마디에, 어떤 괴한이 윗간으로 뛰쳐나갔습니다. 그는 곧 삼월이를 깨워 가지고 나가보았지만 아무도 없었습니다.

그리고 이 일은 아무도 알 사람이 없었을 터인데 이튿날 저녁에 삼월이가 들어와서 하는 말에 의지하건대, 어젯밤의 일이 벌써 종년들에게 소문이 퍼졌으며, 그 말의 근원은 노마님인 듯싶다는 것이었습니다.

화순은 모든 일을 다 직각하였습니다. 아무리 찾으려 하여도 화순에게서 트집을 찾아내지 못한 시어머니, 혹은 남편은 화순이에게 누명을 씌워서 그것을 트집 삼으려 한 것이었습니다.

그러나 괴한이 뛰쳐나가는 것을 직접으로 본 사람은 하나도 없는 지라, 이 문제는 이삼 일 뒤에는 삭아지고 말았습니다.

또 석 달은 지났습니다.

아직껏 사 년 동안을 얼씬도 안 하던 그의 남편이 사 년 만에 그의 방에 들어왔습니다.

그날 밤 이상한 흥분으로 깊이 잠이 못 들었던 그는 또 윗목의 사람기에 놀라 깨었습니다.

윗목에는 확실히 어떤 한 '사람'이 있었습니다. 그 사람은 잠 깨기를 재촉하는 듯이 헛기침을 컥컥 했습니다.

화순은 몸을 와들와들 떨었습니다. 무서운 트릭이었습니다. 먼젓번에는 확증이 없기 때문에 실패에 돌아간 그들의 계획은, 다시 증인 입회하에서 실행된 셈이었습니다.

남편은 곤한 잠에서 깨는 듯이 눈을 떴습니다.

그 뒤의 일은 간단하외다. 어지러운 문제가 일어나고, 그 결과로는 화순은 더러운 이름 아래 친정으로 쫓겨가고―.

그 이튿날―.

"간간 편지해요."

하는 말과 적적한 웃음으로의 화순의 전송을 받고 서울로 올라온 나는 얼마 동안 사의 일로 분주히 왔다갔다하느라고 화순의 일을 생각할 틈이 적었습니다. 그리하여 반 년이 지난 뒤에 나는 뜻밖에 화순의 부고를 받았습니다. 깜짝 놀라서 사에는 이삼 일 여행을 간다고 전화를 한 뒤에 기차로 화순의 집에 달려갔습니다.

조선 가장 명문의 전형적인 허연 수염과, 싯누런 살빛과 곧은 콧날을 가진 화순의 아버지는 마루에 걸터앉아서 정신없이 뜰만 바라보고 있다가, 내가 곁에까지 간 때에 처음으로 머리를 들었습니다.

"선생이 박경애 씨요?"

그는 느릿느릿한 말소리로 묻습니다.

"네."

"늦었소. 오늘 아침 장례를 지냈소."

"한데 웬일이세요? 참……."

그는 천천히 일어서서 안방에 들어가서, 무슨 편지를 하나 내어다 내게 줍디다. 그것은 내게의 화순의 편지였습니다.

"그저께 밤이오. 나도 늙은 몸이라 잠이 늦은데, 이즈음 만날 잠을 못 들어서 애를 쓰는 그 애네 방에서 그날 밤은 기침 소리 한 번 없지 않겠소? 하도 이상해서 건너가 보았구려. 그 방엔 아무도 없어 그래서 성냥을 켜가지고 보니깐 편지 두 장이 있습니다. 한 장은 내게 한 게고 한 장은 선생께…… 그 편지를 보니깐 중이 되려 떠나노라고 그랬겠지요. 나도 늙은 몸이 외롭긴 외롭소. 그러나 젊은 청춘에 만날 잠도 못 자고, 밤중에 간간 소리를 내어서까지 울던 그애의 처지를 생각하면, 이제 몇 해를 더 못 살 나는 외롭든 어떻든, 중이라도 되어서 자기 마음이라도 편안해지면 오죽 다행이 아니오? 그래서 내버려 두었구려. 그랬더니 이튿날 아침, 촌사람들이 그 애 시체를 앞개울에서 건져왔소."

이것이 외로운 노인의 한숨과 함께 하소연한 화순의 최후였습니다.

"선생, 선생은 양친 다 생존해 계시우?"

"불행히 일찍이 여의었습니다."

"불행해?"

그는 허연 수염을 쓰다듬으면서 한숨을 지었습니다.

"선생께는 불행일지 모르나, 다 늙은 뒤에 자식을 잃는다는 것도……."

그날 밤, 나는 화순의 이전 거처하던 건넌방에서 묵었습니다.

밤이 깊어서 잠깐 깨니 뜰에 사람의 걷는 소리가 나기에 내어다 보매, 달빛이 밝게 비치는 가운데 서리맞아서 시들어진 화단을 두고 노인은 뒷짐을 지고 거닐고 있었습니다. 달빛 때문에 은빛으로 빛나는 수염을 가을 바람에 휘날리면서……

새벽에 다시 깨어보니 그는 그냥 거기를 거닐고 있었습니다. 무서운 기침 소리가 간간 들립니다.

이튿날 저녁, 서울로 올라올 때에 그는 전송으로 십 리나 따라나왔습니다.

"들어가세요."

하면 그는,

"무얼, 집에 돌아가야 일도 없는 사람이오."

하면서 그저 따라왔습니다. 그러나 나는 그 말의 반면이, '집에 돌아가야 기다릴 봉선이도 이젠 없소.' 라는 것 같이 들려서 처량하기 짝이 없었습니다.

긴 언덕 하나를 올라와서 그 마루에서야 그는 떨어졌습니다.

"안녕히 가시오."

"그럼, 인전 돌아가십시오."

이러한 인사로 작별하고 나는 그 긴 언덕을 다 내려와서 돌아다보았습니다. 그는 그냥 그 언덕마루에 서서 이마에 손을 대고 한없이 서편쪽을 바라보고 있었습니다.

한참 더 오다 돌아오매, 그냥 벌개 가는 서편 하늘에 그림자가 조그맣게 보입니다. 그가 이마에 손을 대고 돌아보는 쪽에는, 그의 가장 사랑하는 딸이 묻혀 있는 묘지가 있습니다.

서울로 돌아와서 여전히 잡지사의 일을 보던 나는, 그 해도 다 가고 새해가 된 정월 그믐께 뜻밖의 사람의 방문을 받았습니다. 그것은 화순의 아버지 최판서였습니다.

그는 들어와 앉아서는 아무 말도 없었습니다. 이러한 십 분 동안이나 아무 말도 없이 앉았던 그는 머리를 들었습니다.

"나는 떠나오."

나는 그 말이 무슨 말인지 몰라서 그를 쳐다보았습니다.

"나는 떠나오."

"어디로 말씀이외까?"

"봉선이가 되려다 못 된 중을, 내가 되려구 떠나오."

그 뒤에는 또 침묵—.

전등이 켜졌습니다. 동시에 그는 얼른 손수건으로 눈물을 씻었습니다.

"참 늙으면 할 수가 없어. 조금만 추워도 눈물이 나구. 허허허허……."

그는 적적히 웃었습니다. 그러나 그것은 엉뚱한 거짓말이었습니다.

몹시 추위를 타는 나는 방을 여간 덥게 안 하매 추워서 눈물이 난다는 것은 거짓말로서, 그의 눈물은 딴 의미의 눈물일 것이었습니다.

좀 있다가 그는 일어서며,

"인연이 있으면 다시 만납시다."

하고는 초연히 가버렸습니다.

그때부터 반 십 년, 그의 소식은 없어지고 말았습니다. 뒤에서 오는 사람의 말을 들으면, 그는 혁명당의 괴수가 되어 있단 말이 있습니다. 지금 세상에서 떠드는 ××단 수령이 그라 합니다.

어떤 사람의 말을 들으면, 구월산에서 최판서와 흡사한 중을 보았다 합니다. 그러나 어느 말을 믿어야 할지 그것은 알 수 없는 일이외다. 나는 이러한 소문을 들을 때마다,

"늙으면 할 수가 없어. 허허허허……."

하면서 눈물을 씻던 그를 생각합니다. 그리고 그럴 때마다 내 눈에서도 눈물이 나오려 합니다. 그는 과연 살아 있나? 살아 있어도 어떤 사람의 말과 같이 중이 되었나? 혹은 만주의 넓은 벌에서 혁명당의 수령으로서 활동을 하고 있나?

"인연 있으면 다시 만납시다."

하던 그의 마지막 말은, 쟁쟁히 내 귀에 남아서 떠나지를 않습니다.

「1921년」

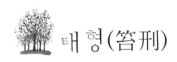# 태 형 (笞刑)

"기쇼오〔起床〕!"

잠은 깊이 들었지만 조급하게 설렁거리는 마음에 이 소리가 조그
맣게 들린다. 나는 한순간 화다닥 놀라 깨었다가 또다시 잠이 들었다.

"여보, '기쇼' 야, 일어나오."

곁의 사람이 나를 흔든다. 나는 돌아누웠다. 이리하여 한 초, 두
초, 꿀보다도 단잠을 즐길 적에 그 사람은 또 나를 흔들었다.

"잠 깨구 일어나소."

"누굴 찾소?"

이렇게 물었다. 머리는 또다시 나락의 밑으로 미끄러져 들어간다.

"그러디 말고 일어나요. 지금 오방 뎅껭〔點檢〕 합넨다."

"여보, 십 분 동안만 더 자게 해주."

"그거야 내가 알갔소? 간수한테 들키면 당신 혼나갔게 말이디."

"에이! 누가 남 잠도 못 자게 해. 난 잠든 지 두 시간두 못 됐구레.
제발 조금만 더⋯⋯."

이 말이 맺기 전에 나의 넓은 침실과 그 머리맡의 담배를 얼핏 보
면서, 나는 또다시 혼혼히 잠이 들었다. 그때에 문득 내게 담배를
한 개비 주는 사람이 있으므로, 그 담배를 먹으려 할 때에 아까 그
사람(나를 흔들던 사람)은 또다시 나를 흔든다 .

"기쇼오 불었소, 뎅껭꺼정 해요. 일어나래두."

"여보, 이제 남 겨우 또 잠들었는데 깨우긴 왜⋯⋯."

"뎅껭해요."

나는 벌컥 역정을 내었다―.

"뎅껭이면 어떻단 말이오? 그래 노형 상관 있소?"

"그만둡시다. 그러나 일어나 나오."

"남 이제 국수 먹구 담배 먹는 꿈 꾸댔는데……."

이 말을 하려던 나는 생각만 할 뿐 또다시 잠이 들었다. 또 한 초, 두 초, 단꿈에 빠지려던 나는, 곁방에서 들리는 제걱거리는 칼소리와 문을 덜컥덜컥 여는 소리에 펄떡 놀라서 일어나 앉았다. 그러나 온몸을 취케 하던 졸음은 또다시 머리를 덮는다. 나는 무릎을 안고 머리를 묻은 뒤에 또다시 잠이 들었다. 또 한 초, 두 초 시간은 흐른다. 덜컥! 마침내 우리 방문을 여는 소리가 났다. 나는 갑자기 굴복을 하고 머리를 들었다. 이미 잘 아는 바이거니와, 한 초 전에 무거운 잠에 취하였던 사람이라고는 생각 안 되도록 긴장된다.

덜컥하는 소리와 함께 문이 열리며 간수가 서넛 들어섰다.

"뎅껭!"

다섯 평이 좀 못 되는 방에는 너무 크지 않나 생각되는 우렁찬 소리가 들려오며, 경험으로 말미암아 숙련된 듯한(우리의 대명사인) 번호가 불린다. 몇 호, 몇 호, 이렇게 흐르는 듯이 불러 오던 간수부장은 한 번호에 멎었었다.

"나나햐꾸 나나쥬용고〔七百七十四號〕."

아무 대답이 없다.

"나나햐꾸 나나쥬용고!"

자기의 대명사— 더구나 일본말로 부르는 것을 알아듣지 못한 칠백칠십사 호의 영감(곧 내 뒤에 앉은)은 역시 대답이 없었다. 나는 참다 못하여 그를 꾹 찔렀다. 놀라서 덤비는 대답이 그때야 겨우 들렸다—.

"예, 하이!"

"나제 하야꾸 헨지오 시나이(왜 빨리 대답 안 하나)?"

"이리 와!"

이렇게 부장은 고함쳤다. 그러나 영감은 가만 있었다. 고요한 가운데 소리 하나 없다.

"이리 오너라!"

두 번째의 소리가 날 때에 영감은 허리를 구부리고 그의 앞에 갔다.

한순간 공기를 헤치고 날카로운 소리와 함께, 이것 역시 경험 때문에 손익게 된 솜씨인, 드는 손 보이지 않는 채찍을 영감의 등에 내리었다.

영감은 가만히 있었다. 그러나 눈에는 눈물이 있었다.

칠백칠십사 호 뒤에 번호들이 불린 뒤에, 정신 차리라는 책망과 함께 영감은 자기 자리에 돌아오고, 감방 문은 다시 닫겼다.

이상한 일이거니와, 한 사람이 벌을 받으면 방 안의 전체가 떨린다(공분이라든가 동정이라든가는 결코 아니다). 몸만 떨릴 뿐 아니라 염통까지 떨린다. 이 떨림을 처음 경험한 것은 경찰서에서 세 시간을 연하여 맞은 뒤에 구류실에 들어가서 두 시간 동안을 사시나무 떨 듯 떨던 때이었다. 죽지나 않나까지 생각되었다(지금은 매일 두세 번씩 당하는 현상이거니와……).

방은 죽음의 방같이 소리 하나 없다. 숨도 크게 못 쉰다. 누구나 곁을 보면 거기는 악마라도 있는 것처럼 보려도 안 한다. 그들에게 과연 목숨이 남아 있는지?

좀 있다가 점검이 끝났는지 간수들의

발소리가 도로 우리 방 앞을 지나갔다. 이때에 아까 그 영감의 조그만 소리가 겨우 침묵을 깨뜨렸다.

"집엔, 그 녀석(간수)보담 나이 많은 아들이 두 녀석이나 있쉐다가레……."

덥다.

몇 도(度)인지 백십 도 혹은 그 이상인지도 모르겠다.

매일 아침 경험하는 바와 같이 동쪽 하늘에 떠오르는 해를 '저 해가 이제 곧 무르녹일 테지.' 생각하면 그 예상을 맞히려는 듯이 해는 어느덧 방 안을 무르녹인다.

다섯 평이 좀 못 되는 이 방에 처음에는 스무 사람이 있었지만, 몇 방을 합칠 때에 스물여덟 사람이 되었다. 그때에 이를 어찌하노 하였다. 진남포 감옥에서 공소로 넘어온 사람까지 서른네 사람이 되었을 때에 우리는 한숨을 쉬었다. 그러나 신의주와 해주 감옥에서 넘어온 사람까지 하여 마흔한 사람이 될 때에 우리는 한숨도 못 쉬었다. 혀를 채었다.

곧 추녀끝에 걸린 듯한 뜨거운 해가 끊임없이 더위를 보낸다. 몸 속에 어디 그리 물이 많았던지, 아침부터 계속하여 흘린 땀이 그냥 멎지 않고 흐른다. 한참 동안 땀에 힘없이 앉아 있던 나는 마지막 힘을 내어 담벽을 기대고 흐늘흐늘 일어섰다. 지옥이었다. 빽빽이 앉은 사람들은 모두들 힘없이 머리를 늘이고 입을 송장같이 벌리고 흐르는 침과 땀을 씻을 생각도 안 하고 먹먹히 앉아 있다. 둥그렇게 구부러진 허리, 맥없이 무릎 위에 놓인 손, 뚱뚱 부은 시퍼런 얼굴에 힘없이 벌어진 입, 생기없는 눈, 흩어진 머리와 수염, 모든 것이 죽은 사람이었었다. 이것이 과연 아침에 세면소까지 뛰어갔으며 두 시간 전에 점심 먹노라고 움직인 사람들인가? 나의 곤하여 둔하게 된 감각에도 눈이 쓰린 역한 냄새가 쏜다.

그들은 무얼 하러 여기 왔나? 바람 불고 잘 자리 있고 담배 있는 저 세상에서 무얼 하러 여기 왔나? 사랑스러운 손주가 있는 사람도 있겠지. 이쁜 아내가 있는 사람도 있겠지. 제가 벌어먹이지 않으면 굶어죽을 어머니가 있는 사람도 있겠지. 그리고 그들은 자유로 먹고 마시고 바람을 쐬고 자유로 자고 있었을 테다. 그런데 그들이 어떤 요구로 여기를 왔나?

그러나 지금의 그들의 머리에는 독립도 없고, 민족자결도 없고, 자유도 없고, 사랑스러운 아내나 아들이며 부모도 없고, 또는 더위를 깨달을 만한 새로운 신경도 없다. 무거운 공기와 더위에게 괴로움받고 학대받아서 조그맣게 두개골 속에 웅크리고 있는 그들의 피곤한 뇌에 다만 한 가지의 바람이 있다 하면, 그것은 냉수 한 모금이었었다. 나라를 팔고 고향을 팔고 친척을 팔고 또는 뒤에 이를 모든 행복을 희생하여서라도 바꿀 값이 있는 것은 냉수 한 모금밖에는 없었다.

즉 그때에 눈에 걸핏 떠오른 것은(때때로 당하는 현상이거니와) 쫄쫄쫄쫄 흐르는 샘물과 표주박이었다.

'한 잔만 먹여다고, 제발…….'

나는 누구에게 비는지 모르게 빌었다. 그리고 힘없는 눈을 또다시 몸과 몸이 서로 닿아서 몸에는 종기투성이요, 전 인원의 십 분의 칠은 옴장이인 무리로 향하였다.

침묵의 끝없는 시간은 그냥 흐른다.

나는 도로 힘없이 앉았다.

'에, 더워 죽겠다!'

마지막 '죽겠다'는 말은 똑똑히 들리지 않도록 누가 토하는 듯이 말하였다. 그러나 아무도 거기 대꾸할 용기가 없는지, 또 끝없는 침묵이 연속된다. 머리나 몸 가운데 어느 것이든 노동하지 않고는 사람은 못 사는 것이다. 그 사람들이 몇 달 동안을 머리를 쓸 재료가 없이 몸은 움직일 틈이 없이 지내 왔으니 어찌 견딜 수가 있을까? 그것도 이 더위에…….

더위는 저녁이 되어 가며 차차 더하여진다. 모든 세포는 개개의 목숨을 가진 것 같이, 더위에 팽창한 몸의 한 부분이라고는 생각할 수가 없었다. 무겁고 뜨거운 공기가 허파에 들어갔다가 나올 때마다 더위는 더하여진다. 그러고야 어찌 열병 환자가 안 날까.

닷새 전에 한 사람 병감으로 나가고 그저께 또 한 사람 나가고, 오늘 또 두 사람이 앓고 있다.

우리는 간수가 와서 병인을 병감으로 데리고 나갈 때마다 부러운 눈으로 그들을 보았다. 거기는 한 방에 여남은 사람밖에는 두지 않았다. 그리고 그들에게는 물약을 주었다. 뿐만 아니라 그들은 맑은 공기를 마실 기회가 있었다.

"오늘이 일요일이지요?"

나는 변기(便器) 위에 올라앉아서 어두운 전등빛에 이를 잡으면서 곁에 서 있는 사람에게 물었다(우리는 하룻밤을 삼분하고 사람을 삼분하여 번갈아 잠을 자고, 남은 사람은 서서 기다리기로 하였다).

"내니 압네까? 좋은 팁네다만, 삼일날인디 주일날인디……."

그러나 종소리는 그냥 땡ㅡ 땡ㅡ 고요한 밤하늘에 울리어 온다.

그것은 마치 '여기는 자유로 냉수를 마시고 넓은 자리에서 잘 수 있는 사람이 있다'는 것처럼…….

"사람의 얼굴이 좀 보고 싶어서……."

"그래요. 정 사람의 얼굴이 보구파요."

"종소리 나는 저 세상엔 물두 있을 테지. 넓은 자리두 있을 테지. 바람두, 바람두 불 테지……."

이렇게 나는 중얼거렸다.

"물? 물? 여보, 말 마오. 나두 밖에 있을 땐 목마르믄 물두 먹고 넓은 자리에서 잔 사람이외다."

그는 성가신 듯이 외면을 한다.

그 말을 듣고 보니, 나도 밖에 있을 때는 자유로 물을 먹었다. 자유로 버드렁거리며 잤다. 그러나 그것은 옛적의 꿈과 같이 머리에 남아 있을 뿐이다.

"아이스크림두 있구."

이번은 이편의 젊은 사람이 나를 꾹 찔렀다.

"아이스크림? 그것만? 여보, 그것만? 내겐 마누라도 있소. 뜰의 유월도(六月桃)도 거반 익어갈 때요."

나는 이렇게 말하였다. 즉 아까 영감이 성가신 듯이 도로 나를 보며 말한다.

"마누라? 여보, 젊은 사람이 왜 그리 철없는 소리만 하오. 난 아들이 둘씩이나 있었소. 나 들어온 지 두 달 반, 그것들이 죽다나 않었는디……."

서 있기로 된 사람 사이에는 한담이며 회고담들이 나누어졌다.

그러나 우리들(자지 않고 서서 기다리기로 한) 가운데도 벌써 잠이 든 사람이 꽤 많았다. 서서 자는 사람도 있다. 변기 위에 걸터앉았던 사람도 끄덕끄덕 졸다가 툭 변기에서 떨어진 그대로 잔다. 아래 깔린 사람도 송장이 아닌 증거로는 한두 번 다리를 버둥거릴 뿐 그냥 잔다.

나도 어느덧 잠이 들었는지 모르겠다. 가슴이 답답하여 깨니까 (매일 밤 여러 번씩 겪는 현상이거니와) 내 가슴과 머리는 온통 남의 다리(수십 개의) 아래 깔려 있다. 그것들을 움으적움으적 겨우 뚫고 일어나서 그냥 어깨에 걸려 있는 몇 개의 남의 다리를 치워 버리고 무거운 김을 배알았다.

다리 진열장이었었다. 머리와 몸집은 어디 갔는지 방 안에 하나도 안 보이고 다리만 몇 겹씩 포개고 하여 있다. 저편 끝에서 다리가 하나 버드렁거리는가 하면 이편 끝에서는 두 다리가 움찔움찔하고― 그것도 송장의 것과 같은 시퍼런 다리를.

이, 사람의 세계를 멀리 떠난 그들에게도 사람과 같이 꿈이 꾸어지는지(냉수 마시는 꿈이라도 꾸는지 모르겠다) 때때로 다리들 틈에서 꿈소리가 나온다.

아아! 그들도 집에 돌아만 가면 빈약하나마 잘 자리는 넉넉할 것을…….

저편 끝에서 다리가 일여덟 개 들썩들썩하더니 그 틈으로 머리가 하나 쑥 나오다가 긴 숨을 내어쉬고 도로 다리 속으로 스러진다.

그것을 어렴풋이 본 뒤에 나도 자려고 맥난 몸을 남의 다리에 기대었다.

아침 세수를 할 때마다 깨닫는 것은, 나는 결코 파래지 않았다는 것이었다. 부었는지 살쪘는지는 모르지만, 하루 종일 더위에 녹고 밤새도록 졸음과 땀에 괴로움을 받은 얼굴을 상쾌한 찬물로 씻을 때마다 깨닫는 바가 이것이다. 거울이 없으니 내 얼굴을 알 수 없고, 남의 얼굴은 점진적이니 모르지만 미끄러운 땀을 씻고 보둥보둥한 뺨을 만져 볼 때마다 나는 결코 파래지 않았다는 것을 깨닫는다. 그리고 이 세수 뒤의 두세 시간이 우리들의 살림 가운데는 그중 값이 있는 시간이며, 그중 사람 비슷한 살림이었다. 이때만이 눈에는 빛이 있고 얼굴에는 산 사람의 기운이 있었다. 심지어는 머리에도 얼마간 동작하며, 혹은 농담을 하는 사람까지 생기게 된다. 좀(단 몇 시간 만) 지나면 모든 신경은 마비되고, 머리를 늘이고 떠도 보지를 못하는 눈을 지리감고 끓는 기름과 같이 숨을 헐떡거릴 사람과 이 사람들 사이에는 너무나 간격이 있었다.

"이따는 또 더워 질테지요?"

나는 곁의 사람에게 이렇게 말하였다.

"더워요? 덥긴 왜 더워? 이것 보구려, 오히려 추운 편인데……."

그는 엄청스럽게 몸을 떨어본 뒤에 웃는다.

아직 아침은 서늘한 유월 중순이었다. 캘린더가 없으니 날짜는 똑똑히 모르되 음력 단오를 좀 지난 때였었다. 하루 진일 받은 더위를 모두 발산한 아침은 얼마간 서늘하였다.

"노형, 어제 공판 갔댔지요?"

이렇게 나는 그 사람에게 물었다.

"예!"

"바깥 형편이 어떻습니까?"

"형편꺼지야 알겠소? 그저 퍼푸라두 새파랗구, 구름도 세차게 날아다니구, 말하자면 다 산 것 같습디다. 땅바닥꺼정 움직이는 것 같구, 사람들두 모두 상판이 시커먼 것이 우리 보기에는 도둑놈 관상입디다."

"그것을 한번 봤으면……."

나는 한숨을 쉬었다. 삼월 그믐, 아직 두꺼운 솜옷을 입고야 지벌

때에 여기를 들어온 나는 포플라가 푸른빛이었는지 녹빛이었는지 똑똑히 모른다.

"노형두 수일 공판 가겠디요?"

"글쎄, 언제 한번은 갈 테지요— 그런데 좋은 소식은 못 들었었소?"

"글쎄, 어제 이야기한 거같이 쉬 독립된답니다."

"쉬?"

"한 열흘 있으면 된답니다."

나는 거기 대꾸를 하려 할 때에 곁방에서 담벽을 두드리는 소리가 들렸다. 그것은 'ㄱㄴ'과 'ㅏㅑㅓㅕ'를 수로 한 우리의 암호 신호였다.

"무, 엇, 이, 오?"

나는 이렇게 두드렸다.

"좋, 은, 소, 식, 있, 소. 독, 립, 은, 다, 되, 었, 다, 오."

이때에 곁방의 문따는 소리에 암호는 뚝 끊어졌다.

"곁방에는 공판 갈 사람을 불러댄다. 오늘은⋯⋯."

"노형 꼭 가디?"

"글쎄, 꼭 가야겠는데— 사람두 보구 넓은 데를⋯⋯."

그러나 우리 방에서는 어제 간수부장에게 매맞은 그 영감과 그 밖에 영원 맹산 등지 사람 두셋이 불리어나갈 뿐 나는 역시 그 속에서 빠졌다.

'언제든 한번 간다.'

나는 맛없고 골이 나서 속으로 중얼거렸다. 그러나 그 '언제든'이 과연 언제일까? 오늘은 꼭, 오늘은 꼭, 이리하여 석 달을 미루어 온 나였다. '영원'과 같이 생각되는 석 달을 매일 아침마다 공판 가

기를 기다리면서 지내온 나였었다. '언제 한번' 이란 과연 언제일
까? 이런 석 달이 열 번 거듭하면 서른 달일 것이다.

"노형은 또 빠졌구려!"

"싫으면 그만두라지, 도둑놈들!"

"이제 한번 안 가리까?"

"이제? 이제가 대체 언제란 말요? 십 년을 기다려도 그뿐, 이십
년을 기다려도 그뿐……."

"그래도 한번은 안 가리까?"

"나 죽은 뒤에 말이오?"

나는 그에게까지 역정을 내었다.

좀 뒤에 아침밥을 먹을 때까지도 나의 마음은 자못 편치 못하였다.
그것은 바깥을 구경할 기회를 빨리 지어 주지 않는 관리에게 대
함이람보다 오히려 공판에 불리어나가게 된 행복된 사람들에게 대
한 무거운 시기에 가까운 것이었다.

점심을 먹고 비린내나는 냉수를 한 대접 다 마신 뒤에, 매일 간수
의 눈을 기어가면서 장난하는 바와 같이 밥그릇을 당기어서 거기
아직 붙어 있는 밥알을 모두 긁어서 이기기 시작하였다. 갑갑하고
답답하고, 서로 이야기하는 것을 허락지 않고 공상을 하자 하여도
이젠 벌써 재료가 없어진 우리가 가질 수 있는 다만 하나의 오락이
이것이었다.

때가 묻어서 새까맣게 될 때는 그 밥알은 한 덩어리의 떡으로 변
한다. 그 떡은 혹은 개 혹은 돼지, 때때로 간수의 모양으로 빚어져
서, 마지막에는 변기통으로 들어간다.

한참 내 손 속에서 움직이던 떡덩이는— 뿔이 좀 크게 되었지만

한 마리의 얌전한 소가 되어 내 무릎 위에 섰다. 나는 머리를 들었다.

아직 장난에 취하여 몰랐지만 해는 어느덧 무르녹기 시작하였다.

빈대 죽인 피가 여기저기 묻은 양회 담벽에는 철장 그림자가 똑똑히 그려져 있다. 사르는 듯한 더위는 등지고 있는 창에서 등을 타치고, 안고 있는 담벽에서 반사하여 가슴을 타치고, 곁에 빽빽이 사람의 열기로 온몸을 썩인다. 게다가 똥 오줌 무르녹은 냄새와 살 썩은 냄새와 옴 약내에 매일 수없이 흐르는 땀 썩은 냄새를 합하여, 일종의 독가스를 이룬 무거운 기체는 방에 가라앉아서 환기까지 되지 않는다. 우리의 피곤하여 둔하게 된 감각으로도 넉넉히 깨달을 수 있는 역한 냄새이었다. 간수가 가까이 와서 들여다보지 않는 것도 당연한 일이었다.

그러고 보니 생각나거니와 나―뿐 아니라 온 사람의 몸에는 종기 투성이였다. 가득 차고 일변 증발하는 변기 위에 올라앉아서 뒤를 볼 때마다 역정나는 독한 습기가 엉덩이에 묻어서 거기서 생긴 종기와 이와 빈대가 온몸에 퍼쳐서 종기투성이 아닌 사람이 없었다.

땀은 온몸에서 뚝뚝― 이라는 것보다 좔좔 흐른다.

"에―땀."

나는 힘없이 중얼거렸다. 이상한 수수께끼와 같은 일이었다. 밥 먹은 뒤에 냉수를 벌컥벌컥 마시면, 이삼십 분 뒤에는 그 물이 모두 땀으로 되어 땀구멍으로 솟는다.

폭포와 같다 하여도 좋을 땀이 목과 가슴에서 흘러서, 온몸에 벌레 기어다니는 것 같이, 그 불쾌함은 말할 수 없다. 그러나 땀을 씻는 사람은 하나도 없다. 손가락 하나라도 움직이면 초열지옥에라도 떨어질 것 같이, 흐르는 땀을 씻으려는 사람도 없다.

'얼핏 진찰감에 보내어다고.'

나의 피곤한 머리는 이렇게 빌었다. 아침에 종기를 핑계 삼아 겨우 빌어서 진찰하러 갈 사람 축에 든 나는 지금 그것밖에는 바랄 것이 없었다. 시원한 공기와 넓은 자리를(다만 일이십 분 동안이라도) 맛보는 것은, 여간한 돈이나 명예와도 바꿀 수 없는 귀중한 것이었다. 그뿐만 아니라 입감이라도 안부는커녕 어느 감방에 있는지도 모르는 아우의 소식도 알는지도 모르겠다.

　즉 뜻하지 않게 눈에 떠오른 것은 집의 일이었다. 희다 못하여 노랗게까지 보이는 햇빛에 반사하는 양회 담벽에 먼저 담배와 냉수가 떠오르고 나의 넓은 자리가(처음 순간에는 어렴풋하였지만) 똑똑히 나타났다(어찌하여 그런 조그만 일까지 똑똑히 보였던지 아직껏 이상하게 생각하거니와). 파리 한 마리가 성냥갑에서 담뱃갑으로, 도로 성냥갑으로 왔다갔다한다.

　'쌍!'

　나는 뜨거운 기운을 배앝았다.

　'파리까지 자유로 날아다닌다.'

　성내려야 성낼 용기까지 없어진 머리로 억지로 성을 내고, 눈에서 그 그림자를 지워 버리려 하였다. 그러나 담배와 냉수는 곧 없어졌지만, 성가신 파리는 끝끝내 떨어지지를 않았다.

　나는 손을 들어서(마치 그 파리를 날리려는 것 같이) 두어 번 얼굴을 비빈 뒤에 맥없이 아까 만든 소를 쥐었다.

　공기의 맛이 달다고는, 참으로 경험해보지 못한 사람은 뜻도 못할 것이다. 역한 냄새나는 뜨거운 기운을 배앝고 달고 맑은 새 공기를 들이마시는 처음 순간에는 기절할 듯이 기뻤다.

　서늘한 좋은 일기였다. 아까는 참말로 더웠는지, 더웠으면 그 더위는 어디로 갔는지, 진찰감으로 가는 동안 오히려 춥다 하여도 좋을 만큼 서늘하였다.

그러나 그보다 더 기쁜 것은 거기서 아우를 만난 일이었다.

"어느 방에 있니?"

나는 머리를 간수에게 향한 채로 조그만 소리로 물었다.

"사감 이방에ㅡ."

나는 좀 이따가 또 물었다ㅡ.

"몇 사람씩이나 있니? 덥지?"

"모두들 살이 뚱뚱 부었어……."

"도둑놈들, 우리 방엔 사십여 인이 있다. 몸뚱이가 모두 썩는다. 집엔 오히려 널거서 걱정인 자리가 있건만, 너 그새 앓지나 않았니?"

"감옥에선 앓으려야 병이 안 나. 더워서 골치만 쏘디……."

"어떻게 여기(진찰감) 나왔니?"

"배 아프다고 거줏뿌리하구……."

"난 종기투성이다. 이것 봐라."

하면서 나는 바지를 걷고 푸릇푸릇한 종기를 내어놓았다.

"그런데 너의 방에 옴장이는 없니?"

"왜 없어……."

그는 누구도 옴장이고, 누구도 옴장이고, 알 이름 모를 이름하여 한 일여덟 사람을 부른다.

"그런데 집에선 면회는 왜 안 오는디……."

"글쎄 말이다. 모두들 죽었는지."

문득 아직껏 생각도 하여 보지 않은 일이 머리에 떠오른다. 석 달 동안을 바깥이 어떤 형편인지는 모를 지경이었다. 간혹 재판소에 갔다 오는 사람도 있기는 하지만 거기 다니는 길은 야외라, 성 안 형편은 아직 우리가 여기 들어올 때와 같이 음울한 기운이 시가를 두르고 상점은 모두 철전을 하고 있는지 혹은 전과 같이 거리에는 흥정이 있고, 집안에는 웃음소리가 터지며, 예배당에는 결혼하는 패도 있으며, 사람들은 석 달 전에 일어난 그 사건을 거의 잊고 있는지, 보기는커녕 알지도 못할 일이었다.

"다 무슨 변이 생겼나부다."

"그래두 어제 공판갔던 사람이 재판소 앞에서 맏형을 봤대는데……."

아우는 근심스러운 얼굴로 이렇게 말하였다. 그러나 그 아우의 마지막 '봤다는데' 라는 말과 함께,

"천십칠 호!"

하고 고함치는 소리가 귀에 울리었다. 그것은 내 번호이었다.

"네!"

"딘찰."

나는 빨리 일어서서 의사의 앞으로 갔다.

"오데가 아파?"

"여기요."

하고 나는 바지를 벗었다. 의사는 내가 내어 놓은 엉덩이와 넓적다리를 걸핏 들여다보고 요만한 것을…… 하는 듯한 얼굴로 말없이 간수병에게 내어맡긴다. 거기서 껍진껍진한 고약을 받아서 되는 대로 쥐어바르고 이번엔 진찰 끝난 사람 축에 앉았다.

이때에 아우는 자기 곁에 앉은 사람과(나 앉은 데서까지 들리도록) 무슨 이야기를 둥둥하고 있었다. 나는 깜짝 놀라서 간수를 보았다. 간수는 아우를 주목하는 모양이었다.

나는 기지개를 하는 듯이 손을 들었다. 아우는 못 보았다. 이번

은 크게 기침을 하였다. 그러나 그는 못 들은 모양이었다. 가슴이 떨리기 시작하였다.

'알귀야 할 터인데—.'

몸을 움직움직하여 보았지만, 그는 이야기에 정신이 팔려서 그냥 그치지 않고 하다가, 간수가 두어 걸음 자기에게 가까이 올 때야 처음으로 정신을 차리고 시치미를 떼었다. 그러나 간수는 용서하지 않았다. 채찍의 날카로운 소리가 한 번 나는 순간, 아우는 어깨에 손을 대고 쓰러졌다.

피와 열이 한꺼번에 솟아올라 나는 눈이 아뜩하여졌다. 좀 있다가 감방으로 돌아설 때에 재빨리 곁눈으로 아우를 보니 나를 보내는 그의 눈에는 눈물이 가득하여 있었다. 무엇이 어리고 순결한 그의 눈에 눈물을 괴게 하였나?

나는 바라고 또 바라던 달고 맑은 공기를 맛보기는 맛보았지만, 이를 맛보기 전보다 더 어둡고 무거운 머리를 가지고 감방으로 돌아오게 되었다.

저녁을 먹은 뒤에 더위에 쓰러져 있던 나는, 아직 내어가지 않은 밥그릇에서 젓가락을 꺼내어 손수건 좌우편 끝을 조금씩 감아서 부채와 같이 만들어서 부쳐 보았다. 훈훈하고 냄새나는 바람이 땀 위를 살짝 스쳐서, 그래도 조금의 서늘함을 맛볼 수가 있었다. 이깟 지혜가 어찌하여 아직 안 났던고. 나는 정신 잃은 사람 같이 팔을 들었다. 이 감방 안에서는 처음의 냄새는 나지만 약간의 바람이 벌레 기어다니는 것 같이 흐르던 가슴의 땀을 증발시키노라고 꿈 같은 냉미를 준다. 천장에 딱 붙은 전등이 켜졌다. 그러나 더위는 줄지 않았다. 손수건의 부채는 온 방안이 흉내내어, 나의 뒷사람으로 말미암아 등도 부쳐졌다. 썩어진 공기가 움직인다.

그러나 우리들의 부채질은 재판소에서 돌아오는 사람들 때문에 중지되지 않을 수가 없었다. 우리 방에서 나갔던 서너 사람도 돌아왔다. 영원 영감도 송장 같은 얼굴로 돌아왔다.

나는 간수가 돌아간 뒤에 머리는 앞으로 향한 대로 손으로 영감을 찾았다─.

"형편 어떻습디까?"

"모르갔소."

"판결은 어떻게 됐소?"

영감은 대답이 없었다. 그의 입은 바늘로 호라메우지나 않았나? 그러나 한참 뒤에 그는 겨우 대답하였다. 그의 목소리는 대단히 떨렸다.

"태형 구십 도랍디다."

"거 잘 됐구려! 이제 사흘 뒤에는 담배두 먹구 바람도 쐬구……, 난 언제나……."

"여보, 잘 됐시오? 무어이 잘 됐단 말이오? 나이 칠십 줄에 들어서 태 맞으면— 말하기두 싫소. 난 아직 죽긴 싫어! 공소했쉐다."

그는 벌컥 성을 내어 내게 달려들었다. 그러나 그의 말을 들은 뒤에 내 성도 그에게 지지를 않았다.

"여보! 시끄럽소. 노망했소? 당신은 당신이 죽겠다구 걱정하지만, 그래 당신만 사람이란 말이오? 이 방 사십여 명이 당신 하나 나가면 그만큼 자리가 넓어지는 건 생각지 않소? 아들 둘 다 총에 맞아 죽은 다음에 뒤상 하나 살아 있으면 무얼 해? 여보!"

나는 곁에 있는 다른 사람에게로 향하였다.

"여기 태형 언도에 공소한 사람이 있답니다."

나는 이상한 소리로 껄껄 웃었다.

다른 사람들도 영감을 용서치 않았다. 노망하였다, 바보로다, 제 몸만 생각한다, 내어쫓아라, 여러 가지의 평이 일어났다.

영감은 대답이 없었다. 길게 쉬는 한숨만 우리의 귀에 들렸다. 우리들도 한참 비웃는 뒤에는 기진하여 잠잠하였다. 무겁고 괴로운 침묵만 흘렀다.

바깥은 어느덧 어두워졌다. 대동강 빛과 같은 하늘은 온 지상을 덮었다. 우리들의 입은 모두 바늘로 호라메우지나 않았나?

그러자 한참 뒤에 마침내 영감이 나를 찾는 소리가 겨우 침묵을 깨뜨렸다.

"여보!"

"왜 그러우?"

"그럼 어떡하란 말이오?"

"이제라도 공소를 취하해야지."

영감은 또 먹먹하다. 그러나 좀 뒤에 그는 다시 나를 찾았다―.

"노형 말이 옳소. 아들 두 놈은 덩녕쿠 다 죽었쉐다. 난 나 혼자 이제 살아서 무얼 하갔소? 취하하게 해주소."

"진작 그럴 게지. 그럼 간수 부릅니다."

"그래 주소."

영감은 떨리는 소리로 말했다.

나는 패통을 쳤다. 간수는 왔다. 내가 통역을 서서 그의 뜻(이라는 것보다 우리의 뜻)을 말하매 간수는 시끄러운 듯이 영감을 끌어내려 갔다.

자리에 돌아올 때에 방 안 사람들의 얼굴을 보니 그들의 얼굴에는 자리가 좀 넓어졌다는 기쁨이 빛나고 있었다.

목간! 이것은 십여 일 만에 한 번씩 가질 수 있는 우리의 가장 큰 행복이다.

"목간!"

간수의 호령이 들릴 때에 우리들은 줄을 지어서 뛰어나갔다.

뜨거운 해에 쬔 시멘트 길은 석 달 동안을 쉰 우리의 발에는 무섭게 뜨거웠다. 그러나 그것은 우리의 즐거움의 하나였다. 우리는

그 길을 건너서 목욕통 있는 데로 가서 옷을 벗어 던지고 반고형(半
固型)이라 하여도 좋을 꺼룩한 목욕물에 뛰어들었다.

무엇이라고 형용할 수 없는 즐거움이었다. 곧 곁에는 수도가 있다. 거
기서는 언제든 맑은 물이 나온다. 그것은 우리들의 머리에서 한때
도 떠나보지 못한 달콤한 냉수이었었다. 잠깐 목욕통에서 덤빈 나
는 수도로 나와서 코끼리와 같이 물을 먹었다.

바깥에는 여러 복역수들이 일을 하고 있었다. 그것도(갑갑함에 겨

운) 우리들에게는 부러움의 푯대이었다. 그들은 마음대로 바람을 쐴 수가 있었다. 목마르면 간수의 허락을 듣고 물을 먹을 수가 있었다. 뿐만 아니라 그들에게는 갑갑함이 없었다.

즉 어느덧 그치라는 간수의 호령이 울리었다. 우리의 이십 초 동안의 목욕은 이에 끝났다. 우리는(매를 맞지 않으려고) 시간을 유예치 않고 빨리 옷을 입은 뒤에 간수를 따라서 감방으로 돌아왔다.

꼭 가장 더울 시각이었다. 문을 닫는 순간 우리는 벌써 더위 속에 파묻혔다. 더위는 즐거움 뒤의 복수라는 듯이 우리를 내리쬔다.

"벌써 덥다!"

나는 혼잣말로 중얼거렸다.

"매를 맞구라도 좀 더 있을걸……."

누가 이렇게 말한다. 서너 사람의 웃음 비슷한 소리가 들렸다. 그러나 그 뒤에는 먹먹하였다. 몇 시간 동안의 침묵이 연속되었다.

우리는 무서운 소리에 후다닥 놀랐다. 그것은 단말마의 부르짖음이었었다.

"히도오쓰(하나), 후다아쓰(둘)."

간수의 세어 나가는 소리와 함께.

"아이구 죽겠다. 아이구 아이구!"

부르짖는 소리가 우리의 더위에 마비된 귀를 찔렀다. 그것은 태 맞는 사람의 부르짖음이었었다.

서른까지 센 뒤에 간수의 소리는 없어지고 태 맞은 사람의 앓는 소리만 처량히 우리의 귀에 들렸다.

둘쨋 사람이 태형대에 올라간 모양이다.

"히도오쓰."

하는 간수의 소리에 연한 것은,

"아유!"

하는 기운없는 외마디의 부르짖음이었다.

"후다아쓰."

"아유!"

"미이쓰(셋)."

"아유!"

우리는 그 소리의 주인을 알았다. 그것은 어젯밤 우리가 내어쫓은 그 영원 영감이었다. 쓰린 매를 맞으면서도 우렁찬 신음을 할 기운도 없이 '아유' 외마디의 소리로 부르짖는 것은 우리가 억지로 매를 맞게 한 그 영감이었다.

"요오쓰(넷)."

"아유!"

"이쓰으쓰(다섯)."

"후—."

나는 저절로 목이 늘어지는 것을 깨달았다. 나의 머리에는 어젯밤 그가 이 방에서 끌려나갈 때의 꼴이 떠올랐다.

"칠십 줄에 든 늙은이가 태 맞구 살길 바라갔소? 난 아무케 되든 노형들이나……"

그는 이 말을 채 맺지 못하고 초연히 간수에게 끌려나갔다. 그리고 그를 내어쫓은 장본인은 이 나였었다.

나의 머리는 더욱 숙여졌다. 멀거니 뜬 눈에서는 눈물이 나오려 하였다. 나는 것을 막으려고 눈을 힘껏 감았다. 힘있게 닫힌 눈은 떨렸다.

「1922년」

감자

싸움, 간통, 살인, 도둑, 구걸, 징역, 이 세상의 모든 비극과 활극의 근원지인 칠성문 밖 빈민굴로 오기 전까지는, 복녀의 부처는(사농공장의 제2위에 드는) 농민이었었다.

복녀는 원래 가난은 하나마 정직한 농가에서 규칙있게 자라난 처녀였었다. 이전 선비의 엄한 규율은 농민으로 떨어지자부터 없어졌다 하나, 그러나 어딘지는 모르지만 딴 농민보다는 좀 똑똑하고 엄한 가율이 그의 집에 그냥 남아 있었다. 그 가운데서 자라난 복녀는 물론 다른 집 처녀들같이 여름에는 벌거벗고 개울에서 멱 감고, 바짓바람으로 동네를 돌아다니는 것을 예사로 알기는 알았지만, 그러나 그의 마음속에는 막연하나마 도덕이라는 것에 대한 저품을 가지고 있었다.

그는 열다섯 살 나는 해에 동네 홀아비에게 팔십 원에 팔려서 시집이라는 것을 갔다. 그의 새서방(영감이라는 편이 적당할까)이라는 사람은 그보다 이십 년이나 위로서, 원래 아버지의 시대에는 상당한 농민으로서 밭도 몇 마지기가 있었으나, 그의 대로 내려오면서 하나둘 줄기 시작하여서, 마지막에 복녀를 산 팔십 원이 그의 마지막 재산이었었다. 그는 극도로 게으른 사람이었다. 동네 노인의 주선으로 소작 밭깨나 얻어 주면, 종자만 뿌려둔 뒤에는 후치질도 안 하고 김도 안 매고 그냥 버려 두었다가는 가을에 가서는 되는 대로 거두어 '금년은 흉년이네' 하고 전주집에는 가져도 안 가고 자기 혼자 먹어 버리고 하였다. 그러니까 그는 한 밭을 이태를 연하여 부쳐 본 일이 없었다. 이리하여 몇 해를 지내는 동안 그는 그 동네에서는 밭을 못 얻을 만큼 인심과 신용을 잃고 말았다.

복녀가 시집을 온 뒤, 한 삼사 년은 장인의 덕으로 이렁저렁 지내 갔으나, 이전 선비의 꼬리인 장인도 차차 사위를 밉게 보기 시작하였다. 그들은 처가에까지 신용을 잃게 되었다.

그들 부처는 여러 가지로 의논하다가 하릴없이 평양성 안으로 막벌이로 들어왔다. 그러나 게으른 그에게는 막벌이나마 역시 되지 않았다. 하루 종일 지게를 지고 연광정에 가서 대동강만 내려다보고 있으니 어찌 막벌이인들 될까. 한 서너 달 막벌이를 하다가 그들은 요행 어떤 집 막간(행랑)살이로 들어가게 되었다.

그러나 그 집에서도 얼마 안 하여 쫓겨 나왔다. 복녀는 부지런히 주인집 일을 보았지만, 남편의 게으름은 어찌할 수가 없었다. 매일 복녀는 눈에 칼을 세워 가지고 남편을 채근하였지만, 그의 게으른 버릇은 개를 줄 수는 없었다.

"뱃섬 좀 치워 달라우요."

"남 졸음 오는데, 님자 치우시관."

"내가 치우나요?"

"이십 년이나 밥 처먹구 그걸 못 치워?"

"에이구, 칵 죽구나 말디."

"이년, 뭘!"

이러한 싸움이 그치지 않다가 마침내 그 집에서도 쫓겨 나왔다.

이젠 어디로 가나? 그들은 하릴없이 칠성문 밖 빈민굴로 밀리어 오게 되었다.

칠성문 밖을 한 부락으로 삼고 그곳에 모여 있는 모든 사람들의 정업은 거지요, 부업으로는 도둑질과(자기네끼리의) 매음, 그 밖의 이 세상의 모든 무섭고 더러운 죄악이 있었다. 복녀도 그 정업으로 나섰다.

그러나 열아홉 살의 한창 좋은 나이의 여편네에게 밥인들 잘 줄까.
"젊은 거이 거랑은 왜?"
그런 소리를 들을 때마다 그는 여러 가지 말로, 남편이 병으로 죽어가거니 어쩌거니 핑계는 대었지만, 그런 핑계에는 단련된 평양시민의 동정은 역시 살 수가 없었다. 그들은 이 칠성문 밖에서도 가장 가난한 사람 가운데 드는 편이었었다. 그 가운데서 잘 수입되는 사람은 하루에 오 리짜리 돈뿐으로 일 원 칠팔십 전의 현금을 쥐고 돌아오는 사람까지 있었다. 극단으로 나가서는 밤에 돈벌이를 나갔던 사람은 그날 밤 사백여 원을 벌어 가지고 와서 그 근처에서 담배 장사를 시작한 사람까지 있었다.

복녀는 열아홉 살이었었다. 얼굴도 그만하면 빤빤하였다. 그 동네 여인들의 보통 하는 일을 본받아서 그도 돈벌이 좀 잘하는 사람의 집에라도 간간 찾아가면 매일 오륙십 전은 벌 수가 있었지만 선비의 집안에서 자라난 그는 그런 일을 할 수가 없었다.

그들 부처는 역시 가난하게 지냈다. 굶는 일도 흔히 있었다.

기자묘 솔밭에 송충이가 끓었다. 그때 평양 '부'에서는 그 송충이를 잡는 데(은혜를 베푸는 뜻으로) 칠성문 밖 빈민굴의 여인들을 인부로 쓰게 되었다.

빈민굴 여인들은 모두 지원을 하였다. 그러나 뽑힌 것은 겨우 오십 명쯤이었었다. 복녀도 그 뽑힌 사람 가운데 한 사람이었었다.

복녀는 열심으로 송충이를 잡았다. 소나무에 사다리를 놓고 올라가서는, 송충이를 집게로 집어서 약물에 잡아넣고 또 그렇게 하고, 그의 통은 잠깐 사이에 차고 하였다. 하루에 삼십이 전씩의 품삯이 그의 손에 들어왔다.

그러나 대엿새 하는 동안에 그는 이상한 현상을 하나 발견하였다. 그것은 다른 것이 아니라, 젊은 여인부 한 여남은 사람은 언제나 송충이를 안 잡고, 아래서 지절거리고 웃고 날뛰기만 하고 있는 것이었다. 뿐만 아니라 그 놀고 있는 인부의 품삯은, 일하는 사람의 삯전보다 더 많이 내어 주는 것이었다.

감독은 한 사람뿐이었는데 감독도 그들의 놀고 있는 것을 묵인할 뿐 아니라, 때때로는 자기까지 섞여서 놀고 있었다.

어떤 날 송충이를 잡다가 점심때가 되어서, 나무에서 내려와 점심을 먹고 나서 올라가려 할 때에 감독이 그를 찾았다―.

"복네! 애, 복네!"

"왜 그럽네까?"

그는 약통과 집게를 놓고 뒤로 돌아섰다.

"좀 오너라."

그는 말없이 감독 앞에 갔다.

"애, 너, 음…… 데 뒤 좀 가보자."

"뭘 하레요?"

"글쎄, 가자…….'

"가디요―형님."

그는 돌아서면서 인부를 모여 있는 데로 고함쳤다.

"형님두 갑세다가레."

"싫다. 애, 둘이서 재미나게 가는데 내가 무슨 맛에 가갔니?"

복녀는 얼굴이 새빨갛게 되면서 감독에게로 돌아섰다.

"가보자."

감독은 저편으로 갔다. 복녀는 머리를 수그리고 따라갔다.

"복네 좋갔구나!"

뒤에서 이러한 조롱 소리가 들렸다. 복녀의 숙인 얼굴은 더욱 발갛게 되었다. 그날부터 복녀도 '일 안하고 품삯 많이 받는 인부'의 한 사람이 되었다.

복녀의 도덕관 내지 인생관은 그때부터 변하였다.

그는 아직껏 딴 사내와 관계를 한다는 것을 생각하여 본 일도 없었다. 그것은 사람의 일이 아니요, 짐승의 하는 것쯤으로만 알고 있었다. 혹은 그런 일을 하면 탁 죽어지는지도 모를 일로 알았다.

그러나 이런 이상한 일이 어디 다시 있을까. 사람인 자기도 그런 일을 한 것을 보면, 그것은 결코 사람으로 못 할 일이 아니었었다. 게다가 일 안 하고도 돈 더 받고, 긴장된 유쾌가 있고, 빌어먹는 것보다 점잖고…… 일본말로 하자면 '삼박자(三拍子)' 같은 좋은 일은 이것뿐이었었다.

이것이야말로 삶의 비결이 아닐까. 뿐만 아니라, 이 일이 있은 뒤부터 처음으로 한 개 사람이 된 것 같은 자신까지 얻었다.

그 뒤부터는 그의 얼굴에 조금씩 분도 바르게 되었다.

일 년이 지났다.

그의 처세의 비결은 더욱더 순탄히 진척되었다. 그의 부처는 이제는 궁하게 지내지는 않게 되었다.

　그의 남편은, 이것이 결국 좋은 일이라는 듯이 아랫목에 누워서
벌신벌신 웃고 있었다.

　복녀의 얼굴은 더욱 이뻐졌다.

　"여보, 아즈바니, 오늘은 얼마나 벌었소?"

　복녀는 돈 좀 많이 번 듯한 거지를 보면 이렇게 찾는다.

　"오늘은 많이 못 벌었쉐다."

"얼마?"

"도무지 열서너 냥."

"많이 벌었쉐다가레. 한 댓 냥 꿰주소고레."

"오늘은 내가……."

어쩌고 어쩌고 하면, 복녀는 곧 뛰어가서 그의 팔에 늘어진다.

"나한테 들킨 댐에는 꿰구야 말아요."

"나 원 이 아즈마니 만나믄 야단이더라. 자 꿰주디. 그 대신 응? 알아 있디?"

"난 몰라요. 해해해해."

"모르믄 안 줄 테야."

"글쎄, 알았대두 그른다."

─그의 성격은 이만큼까지 진보되었다.

가을이 되었다.

칠성문 밖 빈민굴 여인들은 가을이 되면 칠성문 밖에 있는 중국인의 채마밭에 감자(고구마)며 배추를 도둑질하러 밤에 바구니를 가지고 간다. 복녀도 감자깨나 잘 도둑질해왔다.

어떤 날 밤, 그는 고구마를 한 바구니 잘 도둑하여 가지고 이젠 돌아오려고 일어설 때에, 그의 뒤에 시꺼먼 그림자가 서서 그를 꽉 붙들었다. 보니 그것은 그 밭의 주인인 중국인 왕서방이었었다. 복녀는 말도 못 하고 멀찐멀찐 발 아래에만 내려다보고 있었다.

"우리 집에 가."

왕서방은 이렇게 말하였다.

"가재믄 가디. 훠, 것두 못 갈까."

복녀는 엉덩이를 한번 홱 두른 뒤에 머리를 젖히고 바구니를 저으면서 왕서방을 따라갔다.

한 시간쯤 뒤에 그는 왕서방의 집에서 나왔다. 그가 밭고랑에서 길로 들어서려고 할 때에 문득 뒤에서 누가 그를 찾았다.

"복네 아니야?"

복녀는 홱 돌아서 보았다. 거기는 자기 곁집 여편네가 바구니를 끼고 어두운 밭고랑을 더듬더듬 나오고 있었다.

"형님이댔쉐까?"

"님자두 들어갔댔가?"

"형님은 뉘 집에?"

"나? 눅(陸)서방네 집에. 남자는?"

"난 왕서방네…… 형님 얼마 받았소?"

"눅서방네…… 그 깍쟁이 놈, 배추 세 폐기…….."

"난 삼 원 받았디."

복녀는 자랑스러운 듯이 대답하였다.

십 분쯤 뒤에 그는 자기 남편과, 그 앞에 돈 삼 원을 내어 놓은 뒤에, 아까 그 왕서방의 이야기를 하면서 웃고 있었다.

그 뒤부터 왕서방은 무시로 복녀를 찾아왔다.

한참 왕서방이 눈만 멀찐멀찐 앉아 있으면, 복녀의 남편은 눈치를 채고 밖으로 나간다. 왕서방이 돌아간 뒤에는, 그들 부처는 일 원 혹은 이 원을 가운데 놓고 기뻐하고 하였다.

복녀는 차차 동네 거지들한데 애교를 파는 것을 중지하였다. 왕서방이 분주하여 못 올 때가 있으면 복녀는 스스로 왕서방의 집까지 찾아갈 때도 있었다.

복녀의 부처는 이제 이 빈민굴의 한 부자였다.

그 겨울도 가고 봄에 이르렀다.

그때 왕서방은 돈 백 원으로 어떤 처녀를 하나 마누라로 사오게 되었다.

"흥!"

복녀는 다만 코웃음만 쳤다.

"복녀, 강짜하갔구만."

동네 여편네들이 이런 말을 하면 복녀는 흥 하고 코웃음을 웃고 하였다.

내가 강짜를 해? 그는 늘 힘있게 부인하고 하였다. 그러나 그의 마음에 생기는 검은 그림자는 어찌할 수가 없었다.

"이놈 왕서방. 네 두고 보자."

왕서방이 색시를 데려오는 날이 가까웠다. 왕서방은 아직껏 자랑하던 길다란 머리를 깎았다. 동시에 그것은 새색시의 의견이라는 소문이 퍼졌다.

"흥!"

복녀는 역시 코웃음만 쳤다.

마침내 색시가 오는 날이 이르렀다. 칠보 단장에 사인교를 탄 색시가 칠성문 밖 채마밭 가운데 있는 왕서방의 집에 이르렀다.

밤이 깊도록 왕서방의 집에는 중국인들이 모여서 별한 악기를 뜯으며 별한 곡조로 노래하며 야단하였다. 복녀는 집 모퉁이에 숨어 서서 눈에 살기를 띠고 방 안의 동정을 듣고 있었다.

다른 중국인들은 새벽 두 시쯤 하여 돌아가는 것을 보면서 복녀는 왕서방의 집 안에 들어갔다. 복녀의 얼굴에는 분이 하얗게 발리어 있었다.

신랑 신부는 놀라서 그를 쳐다보았다. 그것을 무서운 눈으로 흘겨보면서 그는 왕서방에게 가서 팔을 잡고 늘어졌다. 그의 입에서는 이상한 웃음이 흘렀다.

"자, 우리 집으로 가요."

왕서방은 아무 말도 못 하였다. 눈만 정처없이 두룩두룩하였다. 복녀는 다시 한 번 왕서방을 흔들었다.

"자, 어서."

"우리 오늘 밤 일이 있어 못 가."

"일은 밤중에 무슨 일?"

"그래두, 우리 일이……."

복녀의 입에 아직껏 떠돌던 이상한 웃음은 문득 없어졌다.

"이까짓 것."

그는 발을 들어서 치장한 신부의 머리를 찼다.

"자, 가자우, 가자우."

왕서방은 와들와들 떨었다. 왕서방은 복녀의 손을 뿌리쳤다.

복녀는 쓰러졌다. 그러나 곧 다시 일어섰다. 그가 다시 일어설 때는 그의 손에는 얼른얼른 하는 낫이 한 자루 들리어 있었다.

"이 되놈, 죽어라, 이놈, 나 때렸디! 이놈아, 아이구 사람 죽이누나."

그는 목을 놓고 처울면서 낫을 휘둘렀다. 칠성문 밖 외딴밭 가운데 홀로 서 있는 왕서방의 집에서는 일장의 활극이 일어났다. 그러나 그 활극도 곧 잠잠하게 되었다. 복녀의 손에 들리어 있던 낫은 어느덧 왕서방의 손으로 넘어가고, 복녀는 목으로 피를 쏟으면서 그 자리에 고꾸라져 있었다.

복녀의 송장은 사흘이 지나도록 무덤으로 못 갔다. 왕서방은 몇 번을 복녀의 남편을 찾아갔다. 복녀의 남편도 때때로 왕서방을 찾아갔다. 둘의 사이에는 무슨 교섭하는 일이 있었다.

사흘이 지났다.

밤중 복녀의 시체는 왕서방의 집에서 남편의 집으로 옮겼다. 그리고 시체에는 세 사람이 둘러앉았다. 한 사람은 복녀의 남편, 한 사람은 왕서방, 또 한 사람은 어떤 한방 의사—왕서방은 말없이 돈 주머니를 꺼내어 십 원 지폐 석 장을 복녀의 남편에게 주었다. 한방 의사의 손에도 십 원짜리 두 장이 갔다.

이튿날 복녀는 뇌일혈로 죽었다는 한방의의 진단으로 공동묘지로 가져갔다.

「1925년」

광염(狂炎) 소나타

독자는 이제 내가 쓰려는 이야기를, 유럽의 어떤 곳에 생긴 일이라고 생각하여도 좋다. 혹은 사오십 년 뒤에 조선을 무대로 생겨날 이야기라고 생각하여도 좋다. 다만 이 지구상의 어떤 곳에 이러한 일이 있었는지도 모르겠다. 있는지도 모르겠다. 혹은 있을지도 모르겠다. 가능성(可能性)만은 있다─이만큼 알아두면 그만이다.

그런지라, 내가 여기 쓰려는 이야기의 주인공 되는 백성수(百性洙)를, 혹은 알버트라 생각하여도 좋을 것이요, 짐이라 생각하여도 좋을 것이요, 또는 호모〔胡某〕나 기무라모〔木村某〕로 생각하여도 괜찮다. 다만, 사람이라 하는 동물을 주인공 삼아 가지고, 사람의 세상에서 생겨난 일인 줄만 알면…….

이러한 전제로써, 자 그러면 내 이야기를 시작하자.

"기회(찬스)라는 것이 사람을 망하게도 하고 흥하게도 하는 것을 아시오?"

"네, 새삼스러이 연구할 문제도 아닐걸요."

"자, 여기 어떤 상점이 있다 합시다. 그런데 마침 주인도 없고 사환도 없고 온통 비었을 적에 우연히 그 앞을 지나가던 신사가─그 신사는 재산도 있고 명망도 있는 점잖은 사람인데─그 신사가 빈 상점을 들여다보고 혹은 이렇게 생각할 수도 있지 않아요? 텅 비었으니깐 도적놈이라도 넉넉히 들어갈게다. 들어가서 훔치면 아무도 모를 테다. 집을 왜 이렇게 비워 둔담……. 이런 생각 끝에 혹은 그─ 그 뭐랄까, 그 돌발적(突發的) 변태심리로써 조그만 물건 하나

(변변치도 않고 욕심도 안 나는)를 집어서 주머니에 넣는 경우가 있을 지도 모르지 않겠습니까?"

"글쎄요."

"있습니다. 있어요."

어떤 여름날 저녁이었었다. 도회를 떠난 교외 어떤 강변에 두 노 인이 앉아서 이런 이야기를 하고 있었다. 그 기회론을 주장하는 사 람은 유명한 음악 비평가 K씨였었다. 듣는 사람은 사회교화자의 모 씨였었다.

"글쎄, 있을까요?"

"있어요―좌우간 있다 가정하고, 그러한 경우에 그 책임은 어디 있습니까?"

"동양 속담 말에, 외밭서는 신 끈도 다시 매지 말랬으니, 그 신사 가 책임을 질까요?"

"그래 버리면 그뿐이지만, 그 신사는 점잖은 사람으로서 그런 절 대적 기묘한 찬스만 아니더라면 그런 마음은커녕 염도 내지도 않을 사람이라 생각하면 어찌됩니까?"

"……."

"말하자면 죄는 '기회'에 있는데 '기회'라는 무형물은 벌을 할 수가 없으니깐 그 신사를 가해자로 인정할 수밖에는 지금은 없지 요."

"그렇습니다."

"또 한 가지―사람의 천재라 하는 것도, 경우에 따라서는 어떤 '기회'가 없으면 영구히 안 나타나고 마는 일이 있는데, 그 '기회' 란 것이 어떤 사람에게서 그 사람의 '천재'와 '범죄 본능'을 한꺼 번에 끌어내었다면 우리는 그 '기회'를 저주하여야겠습니까, 축복하여야겠습니까?"

"글쎄요."

"선생님. 백성수라는 사람을 아시오?"

"백성수? 자……기억이 없는데요."

"작곡가로서 그……."

"네, 생각납니다. 유명한— 〈광염 소나타〉의 작가 말씀이지요?"

"네, 그 사람이 지금 어디 있는지 아십니까?"

"모릅니다—뭐 발광했단 말이 있었는데……."

"네, 지금 ××정신병원에 감금돼 있는데, 그 사람의 일대기를 이야기할 테니 들으시고 사회교화자(社會敎化者)로서의 의견을 말씀해 주십시오."

─내가 이제 이야기하려는 백성수의 아버지도 또한 천분 많은 음악가였습니다. 나와는 동창생이었는데 학생 시절부터 벌써 그의 천분은 넉넉히 볼 수가 있었습니다. 그는 작곡과(作曲科)를 전공하였는데, 때때로 스스로 작곡을 하여서는 밤중에 피아노를 두드리고 하여서 우리들로 하여금 뜻하지 않고 일어나게 하였습니다. 그리고 우리는 그 밤중에 울리어 오는 야성적(野性的) 선율에 몸을 소스라치고 하였습니다.

그는 야인(野人)이었습니다. 광포스런 야성은, 때때로 비위에 틀리면 선생을 두들기기가 예사이며, 우리 학교 근처의 술집이며 모든 상점 주인들은, 그에게 매깨나 안 얻어맞은 사람이 없었습니다. 그러한 야성은 그의 음악 속에 풍부히 잠겨 있어서, 오히려 그 야성적 힘이 그의 예술을 빛나게 하는 것이었습니다.

그러나 그가 학교를 졸업하고 난 뒤에는 그 야성은 다른 곳으로 발전되고 말았습니다.

　술—술—무서운 술이었습니다. 아침부터 저녁까지, 저녁부터 아침까지 술잔이 그의 입에서 떠나지를 않았습니다. 그리고 술을 먹고는 여편네들에게 행패를 하고, 경찰에 구류를 당하고, 나와서는 또 같은 일을 하고……

　작품? 작품이 다 무엇이외까? 술을 먹은 뒤에 취흥에 겨워 때때로 피아노에 앉아서 즉흥(卽興)으로 탄주를 하고 하였는데, 지금 생각하면 그 귀기(鬼氣)가 사람을 엄습하는 힘과 야성(베토벤 이래로 근대 음악가에서 발견할 수 없던), 그건—보물이라 하여도 좋을 것이 많았지만, 우리들은 각각 제 길 닦기에 바쁜 사람이라, 주정꾼의 즉흥악을 일일이 베껴 둔다든가 그런 일은 꿈에도 생각하지 않았습니다.

　우리들은 그의 장래를 생각하여 때때로 술을 삼가기를 권고하였지만, 그런 야인에게 친구의 권고가 무슨 소용이 있겠습니까.

　"술? 술은 음악이다!"

　하고는 하하하하 웃어 버리고 다시 술집으로 달아나고 합니다.

　그러한 칠팔 년이 지난 뒤에 그는 아주 폐인이 되고 말았습니다. 술이 안 들어가면 그의 손은 떨렸습니다. 눈에는 눈꼽이 끼었습니다. 그리고 술이 들어가면—술만 들어가면 그는 그 광포성을 발휘하였습니다. 누구를 물론하고 붙잡고는 입에 술을 부어 넣어 주었습니다. 그러다가는 장소를 불문하고 아무 데나 누워서 잡니다.

　사실 아까운 천재였습니다. 우리들 사이에는 때때로 그의 천분을 생각하고 아깝게 여기는 한숨이 있었지만, 세상에서는 그 장래가 무서운 한 천재가 있었다는 것을 몰랐었습니다.

　그러는 동안에 그는 어떤 양가의 처녀와 어떻게 관계를 맺어서 애까지 뱄습니다. 그러나 그 애의 출생을 보지 못하고 아깝게도 심장마비로 죽어 버리고 말았습니다.

그 유복자로 세상에 나온 것이 백성수였습니다.

그러나 우리는 백성수가 세상에 출생되었다는 풍문만 들었지, 그 아버지가 죽은 뒤부터는 그 애의 소식이며 그 애 어머니의 소식은 일체 몰랐습니다. 아니, 몰랐다는 것보다 그 집안의 일은 우리의 머리에서 온전히 잊어버리고 말았습니다.

삼십 년이란 세월이 흘렀습니다.

십 년이면 강산도 변한다 하는데 삼십 년 사이의 변천을 어찌 이루 다 말하겠습니까. 좌우간 그 동안에 나는 내 길을 닦아놓았습니다. 아시다시피 지금 K라 하면 이 나라에서 첫손가락을 꼽는 음악 비평가가 아닙니까. 건실한 지도적 비평가 K라면 이 나라의 음악계의 권위이며, 이 나의 한마디는 음악가의 가치를 결정하는 판결문이라 해도 옳을 만큼 되었습니다. 많은 음악가가 내 손 아래에서 자랐으며, 많은 음악가가 내 지도로 이름을 날렸습니다.

재작년 이른 봄 어떤 날이었습니다.

그때 나는 조용한 밤중의 몇 시간씩을 ××예배당에 가서 명상으로 시간을 보내는 것이 습관이 되어 있었습니다. 언덕 위에 홀로 서 있는 집으로서 조용한 밤중에 혼자 앉아 있노라면 때때로 들보에서, 놀라서 깬 비둘기의 날개 소리와, 간간이 기둥에서 뚝뚝 하는 소리밖에는 아무 소리도 들리지 않는, 말하자면 나 같은 괴상한 성미를 가진 사람이 아니면 돈을 주면서 들어가래도 들어가지 않을 음침한 집이었습니다. 그러나 나 같은 명상을 즐기는 사람에게는 다른 데서 구하기 힘들도록 온갖 것을 가진 집이었습니다. 외따르고 조용하고 음침하며, 간간이 알지 못할 신비한 소리까지 들리며, 멀리서는 때때로 놀란 듯한 기적(汽笛) 소리도 들리는…… 이것만으로도 상당한데, 게다가 이 예배당에는 피아노도 한 대 있었습니다. 예배당에는 오르간은 있을지나 피아노가 있는 곳은 쉽지 않은 것으로서, 무슨 흥이나 날 때에는 피아노에 가서 한 곡조 두드리는 재미도 또한 괜찮았습니다.

그날 밤도(아마 두 시는 지났을걸요) 그 예배당에서 혼자서 눈을 감고 조용한 맛을 즐기고 있노라는데, 갑자기 저편 아래에서 재재 하는 소리가 납디다. 그래서 눈을 번쩍 뜨니까 화광이 충천하였는데, 내다보니까 언덕 아래 어떤 집에 불이 붙으며 사람들이 왔다갔다 야단이었습니다.

이렇게 말하면 어떨지 모르지만, 그다지 멀지 않은 곳에서 불붙는 것을 바라보는 맛도 괜찮은 것이었습니다. 일어서는 불길이며, 퍼져나가는 연기, 불씨의 날아다니는 양, 그 가운데 거뭇거뭇 보이는 기둥, 집의 송장, 재재거리는 사람의 무리, 이런 것은 어떻게 생각하면 과연 시도 되며 음악도 될 것이었습니다. 옛날에 네로가 불붙는 것을 바라보면서 자기는 비파를 들고 노래를 하였다는 것도 음악가의 견지로 보면 그다지 나무랄 것이 아니었습니다.

나도 그때에 그 불을 보고 차차 흥이 났습니다.

'네로를 본받아서 나도 즉흥으로 한 곡조 두드려 볼까.'

어렴풋이 이런 생각을 하며, 나는 그 불을 정신없이 바라보고 있었습니다.

그때였습니다. 갑자기 덜컥덜컥하는 소리가 들리더니 예배당 문이 열리며, 웬 젊은 사람이 하나 낭패한 듯이 뛰어들어왔습니다. 그리고 무엇에 놀란 사람같이 두리번두리번 사면을 살피더니, 그래도 내가 있는 것은 못 보았는지, 저편에 있는 창 안에 가서 숨어 서서

아래서 붙는 불을 내려다봅니다.

　나는 꼼짝을 못 하였습니다. 좌우간 심상스런 사람은 아니요, 방화범이나 도적으로밖에는 인정할 수 없지 않겠습니까? 그래서 꼼짝을 못 하고 서 있노라니까 그 사람은 한참 정신없이 서 있다가 한숨을 쉽니다. 그리고 맥없이 두 팔을 늘이고 도로 나가려고 발을 떼려다가 자기 곁에 피아노가 놓인 것을 보더니, 교의를 끌어다 놓고 앞에 주저앉고 말겠지요. 나도 거기에는 그만 직업적 흥미에 끌렸습니다. 그래서 무엇을 하나 보자 하고 있노라니까, 뚜껑을 열더니 한 번 뚱 하고 시험을 해보아요. 그리고 조금 있더니 다시 뚱뚱 하고 시험을 해보겠지요.

이때부터 그의 숨소리가 차차 높아가기 시작했습니다. 씩씩거리 며 몹시 흥분된 사람같이 몸을 떨다가 벼락같이 양손을 키 위에 갖다가 덮었습니다. 그 다음 순간 C샤프 단음계(短音階)의 알레그로 가 시작되었습니다.

처음에는 다만 흥미로써 그의 모양을 엿보고 있던 나는 그 알레그 로가 울리어 나오는 순간 마음은 끝까지 긴장되고 흥분되었습니다.

그것은 순전한 야성적(野性的) 음향이었습니다. 음악이라 하기에 는 너무 힘있고 무기교(舞妓巧)이었습니다. 그러나 음악이 아니라 기엔 거기에는 너무 괴롭고도 무겁고 힘있는 '감정'이 들어 있었습 니다. 그것은 마치 야반의 종소리와도 같이 사람의 마음을 무겁고 음침하게 하는 음향인 동시에, 맹수의 부르짖음과 같이 사람으로 하여금 소름 돋치게 하는 무서운 감정의 발현이었습니다. 아아, 그 야성적 힘과 남성적 부르짖음, 그 아래 감추어 있는 침통한 주림과 아픔, 순박하고도 아무 기교가 없는 표현!

나는 털썩 그 자리에 주저앉고 말았습니다. 그리고 음악가의 본 능으로서 뜻하지 않고 주머니에서 오선지(五線紙)와 연필을 꺼냈습 니다. 피아노의 울리어 나아가는 소리에 따라서 나의 연필은 오선 지 위에서 뛰놀았습니다. 등불도 없는지라 손짐작으로.

─좀 급속도로 시작된 빈곤, 거기 연하여 주림, 꺼져 가는 불꽃과 같은 목숨, 그러한 것을 지나서 한참 연주되는 완서조(緩徐調)의 압 축된 감정, 갑자기 튀어져 나오는 광포(狂暴), 거기 연한 쾌미(快味), 홍소(哄笑)─이리하여 주화조(主和調)로서 탄주는 끝이 났습니다.

더구나 그 속에 나타나 있는 압축된 감정이며 주림, 또는 맹렬한 불길 등이 사람의 마음에 주는 그 처참함이며 광포성은 나로 하여금 아직 '문명'이라 하는 것의 은택에 목욕하여 보지 못한 야인(野人)을 연상케 하였습니다.

탄주가 다 끝난 뒤에도 나는 정신을 못 차리고 망연히 앉아 있었습니다. 물론 조금이라도 음악의 소양이 있는 사람일 것 같으면, 이제 그 소나타를 음악에 대하여 정통(正統)으로 아무러한 수양도 받지 못한 사람이, 다만 자기의 천재적 즉흥만으로 탄주한 것임을 알 것입니다. 해결(解決)도 없이 감칠도화현(減七度和絃)이며 증육도화현(增六度和絃)을 범벅으로 섞어 놓았으며 금칙(禁則)인 병행오팔도(竝行五八渡)까지 집어넣은 것으로서, 더구나 스케르초는 온전히 뽑아 먹은―대담하다면 대담하고 무식하다면 무식하달 수도 있는 자유분방한 소나타였습니다.

이때에 문득 내 머리에 떠오른 것은, 삼십 년 전에 심장마비로 죽은 백××였습니다. 그의 음악으로서, 만약 정통적 훈련만 뽑고 거기다가 야성을 더 집어넣으면 지금 내 눈앞에 있는 그 음악가의 것과 같은 것이 될 것이었습니다. 귀기(鬼氣)―이것은 근대 음악가에게 구하기 힘든 보물이었습니다.

그 소나타에 취하여 한참 정신이 어리둥절해 앉았던 나는, 슬그머니 일어서서 그 피아노 앞에 가서 그의 어깨에 가만히 손을 얹었습니다. 한 곡조를 타고 나서 아주 곤한 듯이 정신이 없이 앉아 있던 그는, 펄떡 놀라며 일어서서 내 얼굴을 보았습니다.

"자네 몇 살 났나?"

나는 그에게 이렇게 첫말을 물었습니다. 가슴이 답답한 나로서는 이런 말밖에는 갑자기 다른 말이 생각 안 났습니다. 그는 높은 창에서 들어오는 달빛을 받고 있는 내 얼굴을 한 순간 쳐다보고, 머리를 돌이키고 말았습니다.

"배고프냐?"

나는 두 번째 그에게 물었습니다.

그는 시끄러운 듯이 벌떡 일어섰습니다. 그리고 달빛이 비친 내 얼굴을 정면으로 바라보다가,

"아, K선생님 아니세요?"

하면서 나를 붙들었습니다. 그래서 그렇노라고 하니깐,

"사진으로는 늘 뵈었습니다마는……."

하면서 다시 맥없이 나를 놓으며 머리를 돌렸습니다.

그 순간—그가 머리를 돌이키는 순간 달빛에 얼른 나는 그의 얼굴을 처음으로 보았습니다. 그리고 나는 거기서 뜻밖에, 삼십 년 전에 죽은 벗 백××의 모습을 발견하였습니다.

"아, 자네 이름이 뭔가?"

"백성수……."

"백성수? 그 백××의 아들이 아닌가. 삼십 년 전에 자네가 나오기 전에 세상을 떠난……."

그는 머리를 번쩍 들었습니다.

"네? 선생님 어떻게 아세요?"

"백××의 아들인가? 같이두 생겼다. 내가 자네의 어르신네와 동창이네. 아아—역시 그 애비의 아들이다."

그는 한숨을 길게 쉬며 머리를 숙여 버렸습니다.

나는 그날 밤 그 백성수를 데리고 집으로 돌아왔습니다. 그리고 비록 작곡상 온갖 법칙에는 어그러진다 하나, 그만큼 힘과 정열과 열성으로 찬 소나타를 그저 버리기가 아까워서 다시 한 번 피아노

에 올라앉기를 명하였습니다. 아까 그 예배당에서 내가 베낀 것은 알레그로가 거의 끝난 곳부터였으므로 그전 것을 베끼기 위해서였습니다.

그는 피아노를 향해 앉아서 머리를 기울였습니다. 몇 번 손으로 키를 두드려 보다가는 다시 머리를 기울이고 생각하고 하였습니다. 그러나 다섯 번, 여섯 번을 다시 하여 보았으나 아무 효과도 없었습니다. 피아노에서 울려오는 음향은 규칙없고 되지 않은 한낱 소음(騷音)에 지나지 못하였습니다. 야성? 힘? 귀기(鬼氣)? 그런 것은 없었습니다.

"선생님, 잘 안 됩니다."

그는 부끄러운 듯이 연하여 고개를 기울이며 이렇게 말하였습니다.

"두 시간도 못 돼서 벌써 잊어버린담?"

나는 그를 밀어 놓고 내가 대신하여 피아노 앞에 앉아서, 아까 베낀 그 음보를 놓았습니다. 그리고 내가 베낀 곳부터 타기 시작했습니다.

화염(火炎)! 화염, 빈곤, 주림, 야성적 힘, 기괴한 감금당한 감정! 음보를 보면서 타던 나는 스스로 흥분이 되었습니다. 미상불 그때는 내 눈은 미친 사람같이 번뜩였으며 얼굴은 흥분으로 새빨갛게 되었을 것이었습니다.

즉, 그때에 그가 갑자기 달려들더니 나를 떠밀쳐 버렸습니다. 그리고 자기가 대신하여 앉았습니다.

의자에서 떨어진 나는, 그 자리에 앉은 대로 그의 양을 쳐다보았습니다. 그는 나를 밀쳐 버린 다음에 그 음보를 들고서 읽기 시작하였습니다. 아아 그의 얼굴! 그의 숨소리가 차차 높아지면서 눈은 미친 사람과 같이 빛을 내기 시작하였습니다. 그러더니 그 음보를 홱 내어던지며 문득 벼락같이 그의 두 손은 피아노 위에 덧업혔습니다.

C샤프 단음계의 광포스런 소나타는 다시 시작되었습니다. 폭풍우같이, 또는 무서운 물결같이 사람으로 하여금 숨막히게 하는 그힘—그것은 베토벤 이래로 근대 음악가에서 보지 못하던 광포스러운 야성이었습니다.

무섭고도 참담스런 주림, 압축된 감정, 거기서 튀어져나온 맹염(猛炎), 공포, 홍소—아아, 나는 너무 숨이 답답하여 뜻하지 않고 두손을 홱 내저었습니다.

그날 밤이 새도록 그는 흥분이 되어서 자기의 과거를 일일이 다이야기하였습니다. 그 이야기에 의지하면 대략 그의 경력이 이러하였습니다.

—그의 어머니는 그를 밴 뒤에 곧 자기의 친정에서 쫓겨나왔습니다.

그때부터 그의 가난함은 시작되었습니다.

그러나 교양이 있고 어진 그의 어머니는 품팔이를 할지언정 성수는 곱게 길렀습니다. 변변치는 않으나마 오르간 하나를 준비하여두고, 그가 잠자려 할 때에는 슈베르트의 〈자장가〉로써 그의 잠을도왔으며, 아침에 깰 때는 하루 종일을 유쾌히 지내게 하기 위하여도랜드의 〈세컨드 발츠〉로써 그의 원기를 돋우었습니다.

그는 세 살 났을 적에 어머니의 품에 안겨서 오르간을 장난하여보았습니다. 이 오르간을 장난하는 것을 본 어머니는 근근이 돈을모아서 그가 여섯 살 나는 해에 피아노를 하나 샀습니다.

아침에는 새소리, 바람에 버석거리는 포플라 잎, 어머니의 사랑,

부엌에서 국 끓는 소리, 이러한 모든 것이 이 소년에게는 신비스럽고도 다정스러워, 그는 피아노에 향하여 앉아서 생각나는 대로 키를 두드리고 하였습니다.

이러한 가운데 고이 소학과 중학도 마치었습니다. 그러는 동안에 음악에 대한 동경은 그의 가슴에 터질 듯이 쌓였습니다.

중학을 졸업한 뒤에는 이젠 어머니를 위하여 그는 학업을 중지하지 않을 수가 없었습니다. 그는 어떤 공장의 직공이 되었습니다. 그러나 어진 어머니의 교육 아래서 길러난 그는, 비록 직공은 되었다하나 아주 온량한 사람이었습니다.

그리고 음악에 대한 집착은 조금도 줄지 않았습니다. 비록 돈이 없어서 정식으로 음악 교육은 못 받을망정, 거리에서 손님을 끄노라고 틀어놓은 유성기 앞이며, 또는 일요일날 예배당에서 찬양대의 노래에 젊은 가슴을 뛰놀리던 그였습니다. 집에서는 피아노 앞을 떠나본 일이 없었습니다.

때때로 비상한 감흥으로 오선지(五線紙)를 내어놓고 음보를 그려본 적도 한두 번이 아니었습니다. 그러나 이상한 것은, 그만큼 뛰놀던 열정과 터질 듯한 감격도 음보로 그려 놓으면 아무 긴장도 없는 싱거운 음계가 되어 버리고 하였습니다. 왜? 그만큼 천분이 있고 그만큼 열정이 있던 그에게서 왜 그런 재와 같은 음악만 나왔느냐고 물으실 테지요. 거기 대하여서는 이따가 설명하리라.

감격과 불만, 열정과 재―비상한 흥분에 반비례되는 시원치 않은 결과, 이러한 불만의 십 년이 지났습니다.

그의 어머니는 문득 몹쓸 병에 걸렸습니다.

자양과 약값, 그의 몇 해를 근근이 모았던 돈은 차차 줄기 시작하였습니다. 조금이라도 안락한 생활이 되기만 하면 정식으로 음악에 대한 교육을 받으려고 모아 두었던 저금은 그의 어머니의 병에 다 들어갔습니다. 그러나 그의 어머니의 병은 차도가 보이지 않았습니다.

그리하여 그와 내가 그 예배당에서 만나기 전에 여름 어떤 날 그의 어머니는 도저히 회복할 가망이 없는 중태에까지 빠지게 되었습니다. 그러나 그때는 벌써 그에게는 돈이라고는 다 떨어진 때였습니다.

그날 아침, 그는 위독한 어머니를 버려 두고 역시 공장에를 갔습니다. 그러나 아무리 하여도 마음이 놓이지 않아서, 일을 중도에 그만두고 집으로 돌아왔습니다. 그때는 어머니는 벌써 혼수상태에 빠져있었습니다. 가슴이 덜컥 내려앉은 그는 황급히 다시 뛰어나갔습니다. 그러나 어디로? 무얼 하러? 뜻없이 뛰어나와서 한참 달음박질하다가, 그는 문득 정신을 차리고 의사라도 청할 양으로 힐끈 돌아섰습니다.

그때였습니다. 아까 내가 말한 바 '기회' 라는 것이 그때에 그의 앞에 나타났습니다. 그것은 조그만 담뱃가게 앞이었는데, 가게와 안방과의 사이의 문은 닫혀 있고 안에는 미상불 사람이 있을지나 가게를 보는 사람이 눈에 안 띄었습니다. 그리고 그 담배 상자 위에는 오십 전 짜리 은전 한 닢과 동전 몇 닢이 놓여 있었습니다.

그는 자기로도 무엇을 하는지 몰랐습니다. 의사를 청하여 오려면 다만 몇십 전이라도 돈이 있어야겠단 어렴풋한 생각만 가지고 있던 그는 한 번 사면을 살핀 뒤에 벼락같이 그 돈을 쥐고 달아났습니다.

그러나 그는 이십 간도 뛰지 못하여 따라오는 그 집 사람에게 붙들렸습니다.

그는 몇 번을 사정하였습니다. 마지막에는 자기의 어머니가 명재경각이니 한 시간만 놓아 주면 의사를 어머니에게 보내고 다시 오마고까지 하여 보았습니다. 그러나 그런 말은 모두 헛소리로 돌아가고, 그는 마침내 경찰서로 가게 되었습니다.

경찰에서 재판소로, 재판소에서 감옥으로―이러한 여섯 달 동안에 그는 이를 갈면서 분해하였습니다. 자기 어머니의 운명이 어찌 되었나. 그는 손과 발을 동동 구르면서 안타까워했습니다. 만약 세상을 떠났다 하면, 떠나는 순간에 얼마나 자기를 찾았겠습니까. 임종에도 물 한 잔 떠넣어 줄 사람이 없는 어머니였습니다. 애타하는 그 모양, 목말라하는 그 모양을 생각하고는, 그 어머니에게 지지 않게 자기도 애타하고 목말라했습니다.

반 년 뒤에 겨우 광명한 세상에 나와서 자기의 오막살이를 찾아가매, 거기는 벌써 다른 사람이 들어 있었으며, 어머니는 반 년 전에 아들을 찾으며 길에까지 기어나와서 죽었다 합니다.

공동묘지를 가보았으나 분묘조차 발견할 수가 없었습니다.

이리하여 갈 곳이 없어 헤매던 그는, 그날도 역시 갈 곳을 찾으러 헤매다가 그 예배당(나하고 만난)까지 뛰쳐들어온 것이었습니다.

여기까지 이야기해 오던 K씨는 문득 말을 끊었다.

그리고 마도로스 파이프를 꺼내어 담배를 피워 가지고 빨면서 모씨에게 향하였다―.

"선생은 이제 내가 이야기한 가운데서 모순된 점을 발견 못하셨습니까?"

"글쎄요."

"그럼 내가 대신 물으리다. 백성수는 그만큼 천분이 많은 음악가였었는데, 왜 그 〈광염 소나타〉(그날 밤의 그 소나타를 광염 소나타라고 그랬습니다)를 짓기 전에는 그만큼 흥분되고 긴장됐다가도 일단 음보를 만들어 놓으면 아주 힘없는 것이 되어 버리고 했겠습니까?"

"그거야 미상불 그때의 흥분이 〈광염 소나타〉를 지을 때의 흥분만 못한 연고겠지요?"

"그렇게 해석하세요? 듣고 보니 그것도 한 해석이 되기는 합니다. 그러나 나는 그렇게 해석 안 하는데요."

"그럼 K씨는 어떻게 해석합니까?"

"나는 아니, 내 해석을 말하는 것보다, 그 백성수한테서 내게로 온 편지가 한 통 있는데 그것을 보여 드리리다. 선생은 오늘 바쁘지 않으세요?"

"일은 없습니다."

"그러면 우리 집까지 잠깐 가 보실까요?"

"가지요."

두 노인은 일어섰다.

도회와 교외의 경계에 딸린 K씨의 집에까지 두 노인이 이른 때는 오후 너덧 시쯤이었다.

두 노인은 K씨의 서재에 마주 앉았다.

"이것이 이삼 일 전에 백성수한테서 내게로 온 편지인데 읽어 보세요."

K씨는 서랍에서 커다란 뭉치를 꺼내어 모씨에게 주었다. 모씨는 받아서 폈다.

"가만, 여기서부터 보세요. 그 전에는 쓸데없는 인사이니까."

―(전략)그리하여 그날도 또한 이제 밤을 지낼 집을 구하노라고

돌아다니던 저는, 우연히 그 집(제가 전에 돈 오십여 전을 훔친 집) 앞에
까지 이르렀습니다. 깊은 밤 사면은 고요한데 그 집 앞에서 갈 곳을
구하노라고 헤매던 저는, 문득 마음속에 무서운 복수의 생각이 일
어났습니다. 이 집만 아니었더면, 이 집주인이 조금만 인정이라는
것을 알았더면 저는 그 불쌍한 제 어머니로서 길에까지 기어나와서
세상을 떠나게 하지는 않았겠습니다. 분묘가 어디인지조차 알지 못
하여, 꽃 한번 꽂아 보지 못한 이러한 불효도 이 집 때문이외다. 이
러한 생각에 참지를 못하여 그 집 앞에 가려 있는 볏짚에다가 불을
놓았습니다. 그리고 거기 서서 불이 집으로 옮아가는 것을 다 본 뒤
에 갑자기 무서운 생각이 나서 달아났습니다.

좀 달아나다 보매, 아래서는 벌써 사람이 꾀어들기 시작한 모양
인데 이때에 저의 머리에 타오르는 생각은 통쾌하다는 생각과 달아
나려는 생각뿐이었습니다. 그리하여 저는 몸을 숨기기 위하여 앞에
보이는 예배당으로 뛰어들어갔습니다.

거기서 불이 다 타도록 구경을 한 뒤에 나오려다가 피아노를 보
고⋯⋯.

"이보세요."

K씨는 편지를 보는 모씨를 찾았다.

"비상한 열정과 감격은 있어두, 그것이 그대로 표현 안 된 것이
그것 때문이었습니다. 즉 성수의 어머니는 몹시 어진 사람으로서,
어렸을 때부터 성수의 교육을 몹시 힘들여서 착한 사람이 되도록,
착한 사람이 되도록 이렇게 길렀습니다그려. 그 어진 교육 때문에
그가 하늘에서 타고난 광포성과 야성이 표면상에 나타나지를 못하
였습니다. 그 타오르는 야성적 열정과 힘이 음보(音譜)로 그려 놓으

면 아주 힘없는, 말하자면 김빠진 술같이 되고 하는 것이 모두 그 때문이었습니다그려. 점잖고 어진 교훈이 그의 천분을 못 발휘하게 한 셈이지요.”

“흠!”

“그것이, 그 사람—성수가, 감옥생활을 한 동안에 한번 씻기기는 하였으나, 그러나 사람의 교양이라 하는 것은 온전히 씻지는 못하는 것이외다. 그러다가 그 ‘원수’의 집 앞에서 갑자기, 말하자면 돌발적으로 야성과 광포성이 나타나서 불을 놓고 예배당 안에 숨어서 그 야성적 광포적 쾌미를 한껏 즐긴 다음에 그에게서 폭발하여 나온 것이 그 〈광염 소나타〉였구려. 일어서는 불길, 사람의 비명, 온갖 것을 무시하고 퍼져나가는 불의 세력—이런 것은 사실 야성적 쾌미 가운데 으뜸이 되는 것이니깐요.”

“⋯⋯.”

“아셨습니까? 그러면 그 다음에 그 편지의 여기부터 또 보세요.”

—(중략) 저는 그날의 일이 아직 눈앞에 어리는 듯하외다. 선생님이 저를 세상에 소개하시기 위하여, 늙으신 몸이 몸소 피아노에 앉으셔서, 초대한 여러 음악가들 앞에서 제 〈광염 소나타〉를 탄주하시던 그 광경은 지금 생각하여도 제 눈에서 눈물이 나오려 합니다. 그때에 그 손님 가운데 부인 손님 두 분이 기절을 한 것은 결코 〈광염 소나타〉의 힘뿐이 아니고, 선생님의 그 탄주의 힘이 많이 섞인 것을 뉘라서 부인하겠습니까. 그 뒤에 여러 사람 앞에 저를 내어세우고,

“이 사람이 〈광염 소나타〉의 작자이며, 삼십 년 전에 우리를 버려 두고 혼자 간 일대의 귀재 백××의 아들이외다.”

그 소개를 하여 주신 그때의 그 감격은 제 일생에 어찌 잊사오리까.

그 뒤에 선생님께서 저를 위하여 꾸며 주신 방도 또한 제 마음에 가장 맞는 방이었습니다. 널따란 북향 방에, 동남쪽 귀에 든든한 참나무 침대가 하나, 서북쪽 귀에 아무 장식 없는 참나무 책상과 의자, 피아노가 하나씩, 그 밖에는 방 안에 장식이라고는 서남쪽 벽에 커다란 거울이 하나 있을 뿐 덩그렇게 넓은 방은 사실 밤에 전등 아래 앉아 있노라면 저절로 소름이 끼치도록 무시무시한 방이었습니다. 게다가 방 안은 모두 검은 칠을 하고, 창 밖에는 늙은 홰나무의 고목이 한 그루 서 있는 것도 과연 귀기(鬼氣)가 돌았습니다. 이러한 가운데서 선생님은 저로 하여금 방분스러운 음악을 낳도록 애써 주셨습니다.

저도 그런 환경 아래서 좋은 음악을 낳아 보려고 얼마나 애를 썼겠습니까. 어떤 날 선생님께 작곡에 대한 계통적 훈련을 원할 때에 선생님은 이렇게 대답하셨습니다.

"자네에게는 그러한 교육이 필요가 없어. 마음대로 나오는 대로 하게. 자네 같은 사람에게 계통적 훈련이 들어가면 자네의 음악은 기계화해 버리고 말어. 마음대로 온갖 규칙과 규범을 무시하고 가슴에서 터져 나오는 대로……"

저는 이 말씀의 뜻을 똑똑히는 몰랐습니다. 그러나 대략 의미만은 통하였습니다. 그리하여 저는 마음대로 한껏 자유스러운 음악의 경지를 개척하려 하였습니다.

그러나 그 동안에 제가 산출한 음악은 모두 이상히도 저의 이전 (제 어머니가 아직 살아 계실 때)의 것과 마찬가지로 아무러한 힘도 없는 음향의 유희에 지나지 못하였습니다.

저는 얼마나 초조하였겠습니까. 때때로 선생님께서 채근 비슷이

하시는 말씀은 저로 하여금 더욱 초조하게 하였습니다. 그리고 마음이 초조하면 초조할수록 제게서 생겨나는 음악은 더욱 나약한 것이 되었습니다.

저는 때때로 그 불붙던 광경을 생각하여 보았습니다. 그리고 그때에 통쾌하던 감정을 되풀이하여 보려 하였습니다. 그러나 그것 역시 실패에 돌아갔습니다.

때때로 비상한 열정으로 음보를 그려 놓은 뒤에, 몇 시간을 지나서 다시 한 번 읽어 보면, 거기는 아무 힘이 없는 개념만 있곤 하였습니다.

저의 마음은 차차 무거워지기 시작하였습니다. 그리고 큰 기대를 가지고 계신 선생님께도 미안하기가 짝이 없었습니다.

"음악은 공예품과 달라서 마음대로 만들고 싶은 때에 되는 것이 아니니 마음놓고 천천히 감흥이 생긴 때에……."

이러한 선생님의 위로의 말씀을 듣기가 제 살을 깎아내는 듯하였습니다. 그러나 제 마음상은, 이제는 다시 힘있는 음악이 나올 기회가 없는 것같이만 생각되었습니다.

이러는 동안에 무위의 몇 달이 지났습니다.

어떤 날 밤중, 가슴이 너무 무겁고 가슴속에 무엇이 가득 찬 것 같이 거북하여서 저는 산보를 나섰습니다. 무거운 머리와 무거운 가슴과 무거운 다리를 지향없이 옮기면서 돌아다니다가, 저는 어떤 곳에서 커다란 볏짚낟가리를 발견하였습니다.

이렇게 저의 심리를 어떻게 형용하였으면 좋을지 저는 모르겠습니다. 저는 무서운 적(敵)을 만난 것 같이 긴장되고 흥분되었습니다. 저는 사면을 한 번 살펴보고 그 낟가리에 달려가서 불을 그어 놓았습니다. 그리고 갑자기 무서움증이 생겨서 돌아서서 달아나다가,

멀찍이까지 달아나서 돌아보니까, 불길은 벌써 하늘을 찌를 듯이 일어났습니다. 왁, 왁, 꺄, 꺄, 사람들의 부르짖는 소리도 들렸습니다.

저는 다시 그곳까지 가서, 그 무서운 불길에 날아올라가는 볏짚이며, 그 낟가리에 연달아 있는 집을 헐어내는 광경을 구경하다가 문득 흥분되어서 집으로 돌아왔습니다.

그날 밤에 된 것이 〈성난 파도〉였습니다.

그 뒤에 이 도회에서 일어난 알지 못할 몇 가지의 불은 모두 제가 질러 놓은 것이었습니다. 그리고 불이 있던 날 밤마다 저는 한 가지의 음악을 얻었습니다. 며칠을 연하여 가슴이 몹시 무겁다가, 그것이 마침내 식체와 같이 거북하고 답답하게 되는 때는 저는 뜻없이 거리를 나갑니다. 그리고 그러한 날은 한 가지의 방화 사건이 생겨나며, 그 밤에는 한 곡의 음악이 생겨났습니다.

그러나 그것도 번수가 차차 많아갈 동안, 저의 그 불에 대한 흥분은 반비례로 줄어졌습니다. 온갖 것을 용서하지 않는 불꽃의 잔혹감도 그다지 제 마음을 긴장시키지 못하였습니다.

"차차 힘이 적어져 가네."

선생님께서 제 음악을 보시고 이렇게 말씀하신 것이 그러한 때였습니다.

그러나 저는 게서 더할 도리가 없었습니다. 하는 수 없이 저는 한동안 음악을 온전히 잊어버린 듯이 내버려 두었습니다.

모씨가 성수의 편지를 여기까지 읽었을 때, K씨가 찾았다.

"재작년 봄에서 가을에 걸쳐서 원인 모를 불이 많지 않았습니까. 그것이 백성수의 장난이었습니다그려."

"K씨는 그것을 온전히 모르셨습니까?"

"나요? 몰랐지요. 그런데―그 어떤 날 밤이구려. 성수는 기대에 반해서 우리 집으로 온 지 여러 달이 됐지만 한 번도 힘있는 것을 지어 본 일이 없겠지요. 그래서 저 사람에게 무슨 흥분될 재료를 줄 수가 없나 하고 혼자 생각하며 있더랬는데, 그때에 저어편……."

K씨는 손을 들어 남쪽 창을 가리켰다.

"저어편 꽤 멀리서 불붙는 것이 눈에 뜨입니다그려. 그래 저것을 성수에게 보이면, 혹 그때의 감정(그때는 나는 그 담배장수네 집에 불이 일어난 것도 성수의 장난인 줄은 생각 안 했구려)—을 부활시킬지도 모르겠다, 이렇게 생각하고 성수의 방으로 올라가려는데, 문득 성수의 방에서 피아노 소리가 울려나옵니다그려. 나는 올라가려던 발을 부지중 멈추고 말았지요. 역시 C샤프 단음계로서, 제 일곡은 뽑아 먹고 아다지오에서 시작되는데, 고요하고 잔잔한 바다, 수평선 위로 넘어가려는 저녁해, 이러한 온화한 것이 차차 스케르초로 들어가서는 소낙비, 풍랑, 번개질, 무서운 바람 소리, 우레질, 전복되는 배, 곤해서 물에 떨어지는 갈매기, 한 번 뒤집어지면서는 해일(海溢)에 쓸려나가는 동네 사람의 부르짖음—흥분에서 흥분, 광포에서 광포, 야성에서 야성, 온갖 공포와 포악한 광경이 눈앞에 어릿거리는데, 이 늙은 내가 그만 흥분에 못 견디어, 뜻하지 않고 그만두어 달라고 고함친 것만으로도 짐작하시겠지요. 그리고 올라가서 보니까, 그는 탄주를 끝내 버리고 피곤한 듯이 피아노에 기대고 앉아 있고, 이제 탄주한 것은 벌써 〈성난 파도〉라는 제목 아래 음보로 되어 있습디다."

"그러면 성수는 불을 두 번 놓고, 두 음악을 낳았다는 말씀이지요?"

"그렇지요. 그리고 그 뒤부터는 한 십여 일 건너서는 하나씩 지었는데, 그것이 지금 보면 한 가지의 방화 사건이 생길 때마다 생겨

난 것이었습니다. 그러나 그의 편지마따나, 얼마지나서부터는 차차
그 힘과 야성이 적어지기 시작했지요. 그래서…….”

　“가만 계십쇼. 그 사람이 다음에도 〈피의 선율〉이나 그 밖에 유
명한 곡조를 여러 개 만들지 않았습니까?”

　“글쎄 말이외다. 거기 대한 설명은 그 편지를 또 보십쇼― 여기
서부터 또 보시면 알리다.”

　―(중략) ××다리 아래로서 나오려는데, 무엇이 발
길에 채이는 것이 있었습니다. 성냥을 그어 가지
고 보니깐, 그것은 웬 늙은이의 송장이었습
니다. 저는 그것이 무서워서 달아나려다
가, 돌아서려던 발을 다시 돌이켰습니
다. 그리고―.

　선생님은 이제 제가 쓰는
일을 이해하서 주실는지요.
그것은 너무나도 기괴한 일
이라 저로서도 믿어지지 않는
일이었습니다. 그 송장을 타
고 앉았습니다. 그리고 그
송장을 옷을 모두 찢어서 사
면으로 내어던진 뒤에 그
발가벗은 송장을(제 힘이라
생각되지 않는) 무서운 힘으로써
쳐들어서 저편으로 내어던졌습
니다. 그런 뒤에는 마치 고양이

가 알을 가지고 놀 듯 다시 뛰어가서 그 송장을 들어서 도로 이편으로 던졌습니다. 이렇게 몇 번을 하여 머리가 깨어지고 배가 터지고―그 송장은 보기에도 참혹스럽게 되었습니다. 그리하여 그 송장을 다시 만질 곳이 없어진 뒤에 저는 그만 곤하여 그 자리에 앉아서 쉬려다가 갑자기 마음이 흥분되고 긴장되어서 집으로 달려왔습니다. 그날 밤에 된 것이 〈피의 선율〉이었습니다.

"선생은 이러한 심리를 아시겠습니까?"
"글쎄요."
"아마 모르실걸요. 그러나 예술가로서는 능히 머리를 끄덕일 수 있는 심리외다―그리고 또 여기를 읽어 보십시오."

―(중략) 그 여자가 죽었다는 것은, 제게는 너무도 뜻밖이었습니다.
저는 그날 밤 혼자 몰래 그 여자의 무덤을 찾아갔습니다. 그리고 칠팔 시간 전에 묻어 놓은 그의 무덤의 흙을 다시 파서 그의 시체를 꺼내어 놓았습니다.
푸르른 달빛 아래 누워 있는 아름다운 그의 모양은 과연 선녀와 같았습니다. 가엾게 눈을 닫고 있는 창백한 얼굴, 곧은 콧날, 풀어헤친 검은 머리― 아무 표정도 없는 고요한 얼굴은 더욱 치열함을 도왔습니다. 이것을 정신없이 들여다보고 있다가 저는 갑자기 흥분이 되어― 아아 선생님, 저는 이 아래를 쓸 용기가 없습니다. 재판소의 조서를 보시면 아실 것이올시다. 그날 밤에 된 것이 〈사령(死靈)〉이었습니다.

"어떻습니까?"

"……"

"네?"

"……"

"언어도단이에요? 선생의 눈으로는 그렇게 뵈시리라. 또 여기를 읽어보십쇼."

─(중략) 이리하여 저는 마침내 사람을 죽인다 하는 경우에까지 이르렀습니다.

그리고 한 사람이 죽을 때마다 한 개의 음악이 생겨났습니다. 그 뒤부터 제가 지은 그 모든 것은, 모두가 한 사람씩의 생명을 대표하는 것이었습니다 (하략).

"이젠 더 보실 것이 없습니다. 그런데 그만큼 보셨으면 성수에 대한 대략한 일은 알으셨을 터인데, 거기 대한 의견이 어떻습니까?"

"……".

"네?"

"어떤 의견 말씀이오니까?"

"어떤 '기회'라는 것이 어떤 사람에게서, 그 사람이 가지고 있는 천재와 함께 범죄 본능까지 끌어내었다 하면, 우리는 그 '기회'를 저주해야겠습니까, 혹은 축복하여야겠습니까. 이 성수의 일로 말하자면 방화, 사체 모욕, 시간(屍姦), 살인, 온갖 죄를 다 범했어요. 우리 예술가협회에서 별 수단을 다 써서 정부에 탄원하고 재판소에 탄원하고 해서, 겨우 성수를 정신병자라 하는 명목 아래 정신병원에 감금했지, 그렇지 않으면 당장에 사형이 아닙니까. 그런데 이제 그 편지를 보셔도 짐작하시겠지만, 통상시에는 그 사람은 아주 명민하고 점잖고 온화한 청년입니다. 그러나 때때로ㅡ 그 뭐랄까, 그 흥분 때문에 눈이 아득하여져서 무서운 죄를 범하고, 그 죄를 범한 다음에는 훌륭한 예술을 하나씩 산출합니다. 이런 경우에 우리는 범죄를 밉게 보아야 합니까, 혹은 범죄 때문에 생겨난 예술을 보아서 죄를 용서하여야 합니까?"

"그거야, 죄를 범치 않고 예술을 만들어냈으면 더 좋지 않습니까?"

"물론이지요. 그러나 성수 같은 사람도 있는 것이니깐 이런 경우엔 어떻게 해결하렵니까?"

"죄를 벌해야지요. 죄악이 성하는 것을 그냥 볼 수는 없습니다."

K씨는 머리를 끄덕였다.

"그렇겠습니다. 하나 우리 예술가의 견지로는 또 이렇게 볼 수도 있습니다. 베토벤 이후로는 음악이라 하는 것이 차차 힘이 빠져가서, 꽃이나 계집이나 찬미할 줄 알고 연애나 칭송할 줄 알아서, 선이 굵은 것을 볼 수가 없이 되었습니다. 게다가 엄정한 작곡법이 있어서 그것은 마치 수학의 방정식과 같이 작곡에 대한 온갖 자유스런 경지를 제한해 놓았으니깐, 이후에 생겨나는 음악은 새로운 길을 재촉하기 전에는 한 기술이 될 것이지 예술이 될 수는 없습니다. 예술가에게는 이것이 쓸쓸해요. 힘있는 예술, 선이 굵은 예술, 야성으로 충일된 예술ㅡ우리는 이것을 기다린 지 오랬습니다. 그럴 때에 백성수가 나타났습니다. 사실 말이지 백성수의 그의 예술은 그 하나하나가 모두 우리의 문화를 영구히 빛낼 보물입니다. 우리의 문화의 기념탑입니다. 방화? 살인? 변변치 않은 집개, 변변치 않은 사람 개는 그의 예술의 하나가 산출되는 데 희생하라면 결코 아깝지 않습니다. 천 년에 한 번, 만 년에 한 번 날지 못 날지 모르는 큰 천재를, 몇 개의 변변치 않은 범죄를 구실로 이 세상에서 없이하여 버린다 하는 것이 더 큰 죄악이 아닐까요. 적어도 우리 예술가에게 는 그렇게 생각됩니다."

K씨는 마주 앉은 노인에게서 편지를 받아서 서랍에 집어넣었다. 새빨간 저녁해에 비치어서 그의 늙은 눈에는 눈물이 번득였다.

「1930년」

벗기운 대금업자

"여보 주인―."

하는 소리에 전당국 주인 삼덕이는 젓가락을 놓고 이편 방으로 나왔습니다. 거기는 험상스럽게 생긴 노동자 한 명이 무슨 커다란 보퉁이를 하나 끼고 서 있었습니다.

"이것 맡고, 일 원만 주오."

"그게 뭐요?"

"내 양복이오. 아직 멀쩡한 새 양복이오."

삼덕이는 보를 받아서 풀어 보았습니다. 양복? 사실 양복이라고 밖에는 명명할 수 없는 물건이었습니다. 걸레라 하기에는 너무 무거웠습니다. 옷감이라고 하기에는 벌써 가공을 한 물건이었습니다. 그것은 낡은 스코치 양복인데, 본시는 검은 빛이었던 것 같으나 벌써 흰 빛에 가깝게 되었으며, 전체가 속 실이 보이며 팔굽과 무릎은 커다란 구멍이 뚫린―걸레에 가까운 양복이었습니다. 그리고 아무리 높이 보아도 이십 전짜리 이상은 못 될 것이었습니다. 그러나 의리상 삼덕이는 그것을 뒤적여서 안을 보았습니다. 안은 벌써 다 찢어져 없어졌으며, 주머니만 네 개가 늘어져 있었습니다. 이것을 어이없이 잠깐 들여다본 삼덕이는, 그 양복을 다시 싸면서 머리를 흔들었습니다―.

"저―다른 집으로 가보시지요."

"뭐요?"

"다른―."

말을 시작하다가 삼덕이는 중도에 끊어 버렸습니다. 그 손님의 험상궂은 눈이 갑자기 더 빛나기 시작한 때문이었습니다. 손님은 뒷마루에 퉁 소리를 내며 걸터앉았습니다.

"여보, 그래 이 집은 전당국이 아니란 말이오?"

"네, 저 전당국은 전당국이외다만……."

"그래 내 양복이 일 원짜리가 못 된단 말이오?"

"못 될 리가 있습니까?"

"그럼 왜 말이 많아? 아, 그래……."

"가, 가, 가만 계세요. 누가 안 드리겠답니까. 혹은 다른 집에 가면 더 낼 집이 있을까 하고 그랬지요. 드리다뿐이겠습니까. 기다리십쇼. 곧 내다 드릴게."

삼덕이는 그 자리를 피하여 이편으로 와서 손철궤를 열어 보았습니다. 그 속에는 단 이십 삼전!

"네, 곧 드리지요."

그는 손님에게 다시 한 번 허리를 굽히어 보이고 안방으로 들어갔습니다.

"여보, 마누라, 돈 팔십 전만 없소?"

"돈이 웬 돈? 무엇에 쓰려우?"

"누가 양복을 잡히러 왔는데 이십 전밖에 없구려. 있으면 좀 주."

"없대두 그런다. 한데 대체 일 원짜리는 되우?"

"되게 말이지."

"정말이오? 당신이 일 원짜리라고 잡은 건 삼십 전짜리가 되는 걸 못 봤구려!"

"잔말 말고 그럼 나가 보구려. 그리고 일 원짜리가 못 되거든 손님을 보내구려."

"내 나가 보지. 웬걸 일 원짜리가 되리."

아내는 혼잣말같이 이렇게 보태어 가면서 가겟방으로 나갔습니다.

그러나 세 초가 지나지 못하여 아내는 뛰쳐들어왔습니다.

"여보, 얼른 일 원 줘서 보냅시다."

"일 원짜리가 되겠습디까?"

"되겠기에 말이지. 또 안 되면 할 수 있소? 당신이 이미 작정한 이상에야."

하면서, 아내는 치맛자락을 들고 주머니를 뒤적이다가,

"육십 전밖에는 없구려. 팔십 전에는 안 될까?"

하면서 남편의 얼굴을 쳐다보았습니다.

"글쎄, 내야 일 원으로 작정하고, 이제 뭐라고 깎겠소. 당신 나가 보구려."

"망측해. 주인이 작정한 걸 여편네가 또 뭐라고 깎는단 말이오― 그러니 이십 전이 있어야지."

"철수께 없을까?"

"글쎄―."

이리하여 그들의 아들 철수에게 교과서 사라고 주었던 돈까지 도로 얼러서 거두어 십 분이 넘어 지나서야 동전 각전 합하여 일 원 이란 돈을 쥐고, 절벅절벅하면서 손을 비비며 가게로 나왔습니다.

"참, 너무 오래 기다리셔서…… 돈을 은행에 찾으러 보내느라 고…… 한데 주소는 어디세요?"

"표지는 일 없소. 당신 마음대로, 오늘로라도 남겨서 팔우."

하고, 손님은 돈을 받아 쥔 뒤에 한 번 기지개를 하고 나가 버렸습니다. 그 뒷모양을 바라보면서 삼덕이는 기운 없이 한숨을 쉬었습니다.

"오늘도 또 일 원 손해났다."

삼덕이가 여기서 전당국을 시작한 것은 벌써 오 년 전이었습니다.

시골 농가의 둘째 아들로 태어난 그는, 집 한 채 밑천과 그 밖에 장사 밑천으로 천 원이란 돈을 물려 가지고 서울로 올라와서 이리저리 자기가 이제 하여 나갈 영업을 구하다가, 마침내 이 세민촌(細民村)에 전당국을 시작하기로 한 것이었습니다. 그의 머리가 생각되는 껏 생각하고, 몇 번을 주판을 놓아본 결과 그중 안전하고 밑질 근심이 없는 영업이 이 전당국이었습니다. 그것도 많은 밑천이면여니와, 단 천 원으로 전당국을 서울서 시작하려면 이런 세민촌에 자리를 잡지 않을 수가 없었습니다. 오 전짜리부터 이 원짜리까지 이러한 표준 아래서 그는 영업을 시작하였습니다.

그러나 일 년 뒤에 결산하여 본 결과 그는 뜻밖에도 이백여 원이란 손해를 보았습니다. 삼 년 뒤에는 그의 밑천 다 없어지고, 집조차 어떤 음침한 고리대금업자의 손에 저당으로 들어갔습니다. 사 년째는 제이저당, 지금은 제삼저당 이렇듯 나날이, 다달이 밑천은 줄어들어가는 반대로 유질품(流質品)은 산더미같이 쌓였습니다. 그리고 또 그 유질품이란 것이 어찌된 셈인지 처분할 때마다 그는 원금의 삼분의 일밖에는 거두지를 못하였습니다.

비교적 마음이 순진하리라 생각하였던 세민굴의 사람들은 그의 상상 이상으로 영리하였습니다. 그들은 전당국을 속이기에 온갖 수단을 다 썼습니다. 어떤 때는 사내가 와서 눈을 부룹뜨고 전당을 잡혀갔습니다. 어떤 때는 여편네를 보내서, 눈물을 흘러가면서 애원하였습니다. 사내의 호통에는 삼덕이는 물건을 검사하여 볼 여유도 없이 질겁하여 달라는 대로 주었습니다. 여편네의 눈물에는, 그는 때때로 달라는 이상의 돈까지 주어 보냈습니다. 사흘 뒤에는 꼭 도로 찾아간다, 혹은 이것은 우리 집안의 대대로 물려 내려오는 물건이다, 이런 말을 모두 그대로 믿는 바는 아니었지만—그리고 한 가지의 일을 겪은 때마다 이 뒤에는 마음을 굳게 먹으리라고 단단히 결심을 하지만 급기야 그런 일을 만나기만 하면 그는 또다시 약한 사람이 되곤 하였습니다.

이리하여 오 개년 동안을 그 부근의 세민들에게 착취를 당한 그는, 지금 쓰고 있는 이 집조차 얼마 후에는 공매를 당하게 될 가련한 경우에 빠지게 되었습니다.

그 일 원짜리 양복을 잡은 이튿날 삼덕이는 유질된 몇 가지의 물건을 커다란 보자기에 싸서 지고, 늘 거래하는 고물상으로 찾아갔습니다.

"이것 좀 사주."

그는 가게에 짐을 벗어 놓고 땀을 씻었습니다. 고물상은 솜씨 익은 태도로 보를 풀어헤치고 물건을 하나씩 하나씩 보기 시작하였습니다.

"아이구! 이게 뭐요? 고무신, 합비, 깨진 바가지, 학생 외투—가만, 이 학생 외투는 그다지 낡지 않았군—구두, 모자, 이불—김 주사가 가지고 오는 물건은 하나도 변변한 게 없어."

"좌우간 잘 값을 해서 주구려."

"잘해야 그렇지. 대체 원금이 얼마나 들은 거요……?"

"원금이라……."

삼덕이는 주머니를 뒤적여서 종이 조각을 하나 꺼내었습니다.

"원금이 이십칠 원 팔십 전이 든 건데……."

"내일 또 만납시다. 김주사도 농담을 할 줄 알거든."

"대체 얼마나 줄 테요?"

고물상은 주판을 끌어당겼습니다.

"그 학생 외투는 이것……."

하면서 이 원이라고 주판을 놓았습니다. 그리고 한 가지 물건을 옮겨 놓을 때마다 이십 전 혹은 사십 전씩 가하여 나가서 마지막에 십 원 이십삼 전이라 하는 숫자가 나타났습니다.

"십 원 이십삼 전, 에라 감주사 낯을 봐서 십 원 오십 전만 드리지."

"십오 원만 주구려."

"어림없는 말씀 마오. 십오 원을 드렸다가는 내가 패가하게. 값은 이 이상 더 놓을 수가 없으니깐, 마음에 안 맞거든 이다음에나 다시 만납시다."

"그러니 내가 억울하지 않소? 원금만 해도 이십칠 원 각수가 든 것을 단돈 십 원이 뭐요?"

"그게야 김주사가 잘못 잡은 걸 뉘 탓할 게 있소?"

"그렇지만 조금만 더 놓구려."

"여러 말씀 할 것 없이 다른 집에 한 바퀴 돌아보구려. 나보담 동전 한 푼이라도 더 놓는 놈이 있다면 내 모가질 드리리다. 특별히 봐드려두……."

삼덕이는 기다랗게 한숨을 쉬었습니다. 그리고 얼굴이 별하게 싱거워지면서 다시 보를 싸가지고 그 집을 나왔습니다.

그러나 두 시간쯤 뒤에 그는 다시 그 집에 들어갔습니다. 그리고 그 집에서 나올 때는 아까 들어갈 때 지고 있던 짐은 없어졌으며, 그 대신 그의 주머니 속에는 십 원 오십 전이라는 돈이 들어 있었습니다.

어떤 날 삼덕이가 가게에 앉아 있을 때에, 어떤 아이 업은 여인이 들어왔습니다.

"응, 울지 마라. 이것 좀 보시고 얼마든 주세요."

여인은 업은 아이를 어르며 무슨 보퉁이를 하나 내어 놓았습니다.

그 속에는 낡은 합비 하나와 고무신 한 켤레가 있었습니다.

"얼마나 쓰시려우?"

"오ㅡ십ㅡ전ㅡ만……."

여인은 말을 마치지를 못하였습니다.

"오십 전? 오 전 말씀이지요? 두 냥 반."

"아냐요, 스물닷 냥 말씀예요. 부끄러운 말씀이외다만, 애 아버지가 공장에서 손을 다치셔서 보름째 일을 못 하는데 저흰 요 앞에 삽니다. 그런데 약값, 쌀값에 그 사이에 모았던 것 다 없이하구 어쩔 도리가 있습니까. 그래서 나리께나 사정을 해볼까 하고 왔는데, 물건을 보시고 주는 게 아니라 사람 한 식구 살리는 줄 알고 주세요. 애 아버지가 공장에 다니게만 되면 그날루 찾아갈 테니, 한 식구 살리는 줄 아시구……."

아직껏 우두커니 여인의 웅변을 듣고 있던 삼덕이는 휙 돌아앉아 버렸다.

"그러니 이걸로야 오십 전이 되겠소?"

"그저 사람 살리는 줄 아시고……."

삼덕이는 증오에 불붙는 눈을 여인의 얼굴에 부었습니다.

　그리고 성가신 듯이 오십 전짜리 은전을 한 잎 꺼내어 던져 주었습니다. 여인은 이 은혜도 죽어도 잊지 못하겠다고 뇌이면서 나갔습니다.

　지금 그 여인의 하소연이 열의 아홉은 거짓말임을 삼덕이는 뻔히 알고 있었습니다. 그러나 급기야 그런 일에 다 닥치면 또한 거절할 말을 발견할 만한 재능을 가지고 있지 못한 삼덕이었습니다.

가을이 되었습니다.

어떤 날, 문이 기운 세게 열리며 학생 하나가 쑥 들어섰습니다.

"이것 내 주우."

삼덕이는 학생이 내놓은 표지를 받아서 보았습니다. 그것은 벌써 두 달 전에 유질되어 고물상에 팔아 버린 그 학생 외투의 표지였습니다.

"이건 벌써 유질되었습니다."

"유질이란? 지금이 입을 철이 아니오?"

"철은 여하코 기한이 두 달 전인 것은 아시겠지요?"

"여보, 두 달 전이면 아직 더울 때가 아니오? 더울 때 외투 입는 미친놈이 어디 있단 말이오? 지금이 외투철이길래 찾으러 왔는데, 유질이 무슨 당치 않은 소리요?"

"그럼, 왜 기한에 이자라도 안 물었소?"

"흥, 별소릴 다 하네. 난 학생이야. 이놈의 집에선 학생도 몰라보나? 봅시다. 흥! 흥!"

학생은 두어 번 코웃음을 친 뒤에 나갔습니다.

이튿날 삼덕이는 호출로 말미암아 경찰서 인사 상담계에 가게 되었습니다.

"자네가 학생 외투를 전당잡았다가 팔아먹었나?"

"네."

"왜 팔아먹어?"

"기한이 넘어도 아무 말도 없고, 그러기에 고만…."

"기한 기한하니, 그래 자네는 그 기한을 먹고 사나? 어느 사람과 달라서 학생은 학사 문제로 늘 곤란을 받는 사람들이니깐 외투철 기까지나 기다려 보구 팔 게지, 기한이 지났다고 그 이튿날로 팔아 버리는 건 너무 대금업자 곤죠오가 아니냐 말야!"

"지당하신 말씀이올시다."

"지당만 하면 될 줄 아나?"

"황공하옵니다."

"못난 녀석! 지당하다, 황공하다, 누가 자네한데 그런 소릴 듣자 고 예까지 부른 줄 아나! 그래 어찌하겠느냐 말이야?"

"그저 처분만 해주십시오, 처분대로 받지요."

"그 외투를 어디다가 팔았어?"

"××정 ××고물상이올시다."

"아직 그 집에 있겠지?"

"아마 있겠습지요."

"얼마나 잡아서 얼마나 팔았나?"

"일 원 구십 전에 잡아서 이 원에 팔았습니다."

"그럼 내 말을 들어."

"네."

"그 학생은 그 사이 여섯 달 이자까지 갚겠다니깐 아마 이원 오십 전이야 주겠지. 그 돈으로 그 고물상에 가서 그 외투를 다시 사서 학 생을 도로 내어 주란 말이야!"

"처분대로 합지요."

"오늘 저녁 안으로 도로 외투를 물러 오지 않으면 잡아 가둘 테 야!"

"네, 황공하옵니다."

이리하여 땀을 우쩍 빼고 그는 경찰서를 나왔습니다.

그날 오후, 그는 그 고물상과 한 시간 넘어를 담판하고 애걸한 결과 그 외투를 겨우 삼 원이라는 값에 도로 사기로 하였습니다. 그리고 원금 이십 원어치 유질품을 가지고, 그 외투와 현금 십사 원 각수를 찾아 가지고 집으로 돌아왔습니다.

이튿날 ××신문 잡보난에 '사집행한 전당업자'라는 제목 아래 이런 기사가 났습니다.

시내 ××정 ××번지에서 전당업 하는 김삼덕(金三德)은 어떤 학생에게 사소한 금전을 대부하였던 것을 기화로 그 학생의 외투 십칠여 원짜리를 사집행하였던 일이 피해자의 고소로 탄로되어 ××서에 인치되어 엄중한 취소를 받았다더라.

이 기사를 보고도 삼덕이는 성도 못 냈습니다. 너무 온갖 걱정과 고생에 시달린 그는, 지금은 모든 일을 되는 대로 내버려두자는 커다란 천리를 깨달은 때문이었습니다.

겨울이 이르렀습니다. 이제는 밑천이 없어서 새로 잡을 물건은 잡지를 못하고 유질품은 거의 처분하여 버린 그의 전당국은 마치 빈집과 같았습니다.

그는 아내의 얼굴을 보지 않으려고 하였습니다. 아내는 그의 얼굴을 안 보려 하였습니다. 서로 만나면 걱정을 안 할 수 없고, 걱정하여야 활로를 발견할 수 없는 그들은, 서로 얼굴을 보지 않는 것으로 얼마의 근심이라도 덜어졌거니 하였습니다.

어떻게 마주앉을 기회가 생길지라도 그들은 서로 말을 하기를 피하려 하였습니다. 그러나 정 무거운 가슴을 참을 수가 없으면 먼저 한숨을 쉽니다.

"여보, 어쩌려우?"

아내가 먼저 남편을 찾습니다.

"내가 알겠소? 설마 사람이 굶어야 죽으리."

"에이, 딱해―."

아내는 팔을 오들오들 떱니다.

그러면 귀찮은 듯이 못 본 체하고 한참 위만 쳐다보고 있던 남편은 허허허 하고 너털웃음을 웃으며 번뜻 자빠져 버립니다.

―이것이 이즈음의 그들의 살림이었습니다.

음력 섣달이 거의 가서 그들의 집은 마침내 공매를 당하였습니다.

그 삼사 일 뒤에 ××신문에는 커다랗게 이런 기사가 났습니다.

연말이 가까워 오면서 채귀(債鬼)에게 시달리는 여러 가지 비극이 많이 일어나는 가운데, 채귀가 채귀에게 시달려 유랑의 길을 떠나게 된 사건이 있어 일부 사회의 이야깃거리가 되었으니, 그 자세한 내용을 듣건대 시내 ××정 ××번지에서 전당국을 경영하던 김삼덕은 본시 ××출생으로, ××정의 빈민굴 가운데 전당국을 개업하고 온갖 포악한 일을 다하여 무산자의 피를 빨아서 호화로운 생활을 하고 있었는데, 그 호화로움이 과하여 마지막에는 그 사이 모았던 재산 전부를 화류계에 낭비하고도 부족하여, 무산자의 입질물(入質物)까지 임의로 처분하여 많은 말썽을 일으키던 가운데, 마침내 인과응보로서 그 십칠 일에 재산 전부를 다른 채권자에게 차압 공매된 바 되어 마침내 유랑의 길을 떠났는데, 일부 사회에서는 그것을 몹시 통쾌히 여긴다더라.

그로부터 한 달, 각 직업소개소며 공장으로, 집안의 몇 식구를 행여나 살려볼 방도가 생길까 하고, 삼덕이는 눈이 벌겋게 되어 돌아다녔습니다. 그러나 말세(末世)에 태어난 슬픔을 맛볼 뿐, 한 가지의 직업도 그를 받아 주지 않았습니다.

이리하여 또 한 달이 지난 뒤에, 위로는 채권자에게 아래로는 프롤레타리아에게 여지없이 착취를 당한 이 소시민(小市民)의 한 사람은(그들과 같은 계급의 사람들이 같은 경로를 밟아서 행한 일의 뒤를 좇아서) 마침내 온 가족을 거느리고 사랑하는 고국을 등지고 만주를 향하여 유랑(流浪)의 길을 떠났습니다.

「1930년」

광화사(狂畵師)

인왕(仁王)ㅡ.

바위 위에 잔솔이 서고 잔솔 아래는 이끼가 빛을 자랑한다.

굽어보니 바위 아래는 몇 포기 난초가 노란 꽃을 벌리고 있다. 바위에 부딪치는 잔바람에 너울거리는 난초잎.

여(余)는 허리를 굽히고 스틱으로 아래를 휘저어 보았다. 그러나 아직 난초에는 사오 척의 거리가 있다. 눈을 옮기면 계곡(溪谷).

전면이 소나무의 잎으로 덮인 계곡이다. 틈틈이는 철색(鐵色)의 바위도 보이기는 하나, 나무 밑의 땅은 볼 길이 없다. 만약 여로서 그 자리에 한 번 넘어지면 소나무의 잎 위로 굴러서 저편 어디인지 모를 골짜기까지 떨어질 듯하다.

여의 등 뒤에도 이삼 장(丈)이 넘는 바위다. 그 바위에 올라서면 무악(毌嶽) 재로 퇴한 커다란 골짜기가 나타날 것이다. 여의 발 아래로 장여(丈餘)의 바위다. 아래는 몇 포기 난초, 또 그 아래는 두세 그루의 잔솔, 잔솔 넘어서는 또 바위, 바위 위에는 도라지꽃, 그 바위 아래로부터는 가파른 계곡이다.

그 계곡이 끝나는 곳에는 소나무 위로 비로소 경성시가의 한편 모퉁이가 보인다. 길에는 자동차의 왕래도 가막하게 보이기는 한다. 여전한 분요와 소란의 세계는 그곳에서 역시 전개되어 있기는 할 것이다.

그러나 여기 지금 서 있는 곳은 심산이다. 심산이 가져야 할 온갖 조건을 구비하였다.

바람이 있고 암굴이 있고 절벽이 있고 난송(亂松)이 있고ㅡ말하자면 심산이 가져야 할 유수미(幽邃味)를 다 구비하였다.

본시는 이 도회는 심산 중의 한 계곡이었다. 그것을 오백 년간을 닦고 갈고 지어서 오늘날의 경성부를 이룬 것이다. 이러한 협곡에 국도(國都)를 창건한 이태조의 본의가 어디 있는지는 알 길이 없다. 그러나 오늘날의 한 산보객의 자리에서 보자면 서울은 세계에 유례(類例)가 없는 미도(美都)일 것이다.

도회에 거주하며 식후의 산보로서 풀대님째로 이러한 유수(幽邃)한 심산에 들어갈 수 있다 하는 점으로 보아서 서울에 비길 도회가 세계에 어디 다시 있으랴.

회흑색(灰黑色)의 지붕 아래 고요히 누워 있는 오백 년의 도시를 눈아래 굽어보는 여의 사위에는 온갖 고산식물이 난성(亂盛)하고, 계곡에 흐르는 물소리와 눈아래 날아드는 기조(奇鳥)들은 완연히 여로 하여금 등산객의 정취를 느끼게 한다.

여는 스틱을 바위틈에 꽂아 놓았다. 그리고 굴러떨어지기를 면키 위하여 바위와 잔솔의 새에 자리잡고 비스듬히 앉았다. 담배를 피우고 싶었으나, 잠시의 산보로 여기고 담배도 안 가지고 나온 발이 더듬더듬 여기까지 미쳤으므로 담배도 없다.

시야의 한편에는 이삼 장(丈)의 바위, 다른 한편에는 푸르른 하늘, 그 끝으로는 솔잎이 서너 개 어렴풋이 보인다. 그윽이 코로 몰려오는 송진 냄새, 소나무에 불리는 바람 소리—유수(幽邃)키 짝이 없다. 여가 지금 앉아 있는 자리는 개벽 이래로 과연 몇 사람이나 밟아보았을까? 이 바위 생긴 이래로 혹은 여가 맨 처음 발 대어본 것이 아닐까? 아까 바위를 기어서 이곳까지 올라오느라고 애쓰던 그런 맹랑한 노력을 하여 본 바보가 여 이외에 몇 사람이나 있었을까? 그런 모험을 맛보기 위하여 심산을 찾은 용사(勇士)는 많을 것이로되 결사적 인왕 등산을 한 사람은 그리 많으리라고 생각되지 않는다.

등 뒤 바위에는 암굴이 있다.

배암이라도 있을까 무서워서 들어가 보지는 않았지만, 스틱으로 휘저어본 결과로 세 사람은 넉넉히 들어가 앉아 있음직하다.

이 암굴을 무엇에 이용할 수가 없을까?

음모(陰謀)의 도시 한양은 그새 오백 년간 별별 음흉한 사건이 연출되었다. 시가 끝에서 반 시간 미만에 넉넉히 올 수 있는 이런 가까운 거리에 뚫린 암굴이 있는 줄 알기만 하였으면 혹은 음모에 이용되지 않았을까?

공상!

유수(幽邃)한 맛에 젖어 있던 여는 이 암굴 때문에 차차 불쾌한 공상에 빠지기 시작하려 한다.

온갖 음모, 그 뒤를 잇는 살육, 모함, 방축, 이조 오백 년간의 추악한 모양이 여로 하여금 불쾌한 공상에 빠지게 하려 한다.

여는 황망히 이런 불쾌한 공상에서 벗어나려고 또 주머니에 담배를 뒤적이었다. 그러나 담배는 여전히 있을 까닭이 없었다.

다시 눈을 들어서 안하를 굽어보면 일면에 깔린 송소(松宵)─

반짝!

보매 한 줄기의 샘이다. 소나무 틈으로 보이는 그 샘은 아마 바위

틈을 흐르는 샘물인 듯, 똘똘똘똘 들리는 것은 아마 바람 소리겠지. 저렇듯 멀리 아래 있는 샘의 소리가 이곳까지 들릴 리가 없다.

샘물!
저 샘물을 두고 한 개 이야기를 꾸미어 볼 수가 없을까? 흐르는 모양도 아름답거니와 흐르는 소리도 아름답고 그 맛도 아름다운 샘물을 두고 한 개 재미있는 이야기가 여의 머리에 생겨나지 않을까? 암굴을 두고 생겨나려던 음모, 살육의 불쾌한 공상보다 좀더 아름다운 다른 이야기가 꾸미어지지 않을까?

여는 바위틈에 꽂았던 스틱을 도로 뽑았다. 그 스틱으로써 여의 발 아래 바위를 가볍게 두드리면서 한 개의 이야기를 꾸미어보았다.

한 화공(畵工)이 있다―화공의 이름은?
지어내기가 귀찮으니 신라 때의 화성(畵聖)의 이름을 차용하여 솔거(率居)라 하여 두자.
―시대는?
시대는 이 안하에 보이는 도시가 가장 활기있고 아름답던 시절인 세종 성주의 때쯤으로 하여 둘까?

백악이 흘러내리다가 맺힌 곳. 거기는 한양의 정기를 한몸에 지닌 경복궁 대궐이 있다. 이 대궐의 북문인 신무문(神武門) 밖 우거진 뽕밭 새에 중로(中老)의 사나이가 오뇌스러운 얼굴을 하고 숨어 있다.
화공 솔거였다.

무르익은 여름, 뜨거운 별은 뽕잎이 가리어 준다 하나, 훈훈한 기운은 머리 위 뽕잎과 땅 위에서 우러나서 꽤 무더운 이 뽕밭 속에 숨어 있는 화공, 자그마한 보따리에는 점심까지 싸가지고 온 것으로 보아서 저녁까지 이곳에 있을 셈인 모양이다.

그러나 무얼 하는지? 단지 땀을 펑펑 흘리며 오뇌스러운 얼굴로 앉아 있을 뿐이다.

왕후 친잠(王后親蠶)에 쓰이는 이 뽕밭은 잡인들이 다니지 못할 곳이다. 하루 종일 사람의 그림자 하나 얼씬하지 않는다.

때때로 바람이 우수수하니 뽕나무 위로 불기는 하나 솔거가 숨어 있는 곳에는 한 점의 바람도 들어오지 않는다. 이 무더움 속에 솔거는 바람이 불 적마다 몸을 흠칫흠칫 놀라며, 그러면서도 무엇을 기다리는 듯이 뽕나무 그루 아래로 저편 앞을 주시(注視)하곤 한다.

이윽고 석양이 무악을 넘고 이 도시도 황혼이 들었다. 날이 어둡기를 기다려서 이 화공은 몸을 숨겨 가지고 거기서 나왔다.

'오늘은 헛길. 내일이나 다시 볼까?'

한숨을 쉬면서 제 오막살이를 찾아 돌아가는 화공. 날이 벌써 꽤 어두웠지만 그래도 아직 저녁빛이 약간 남은 곳에 내어놓은 이 화공은 세상에 보기 드문 추악한 얼굴의 주인이었다.

코가 질병자루 같다. 눈이 퉁방울 같다. 귀가 박죽 같다. 입이 나발통 같다. 얼굴이 두꺼비 같다—소위 추한 얼굴을 형용하는 온갖 형용사를 한 얼굴에 지닌 흉한 얼굴의 주인으로서, 그 얼굴이 또한 굉장히도 커서 멀리서 볼지라도 그 존재가 완연할 만하다.

이 얼굴을 가지고는 백주에는 나다니기가 스스로 부끄러울 것이다.

아닌 게 아니라, 솔거는 철이 든 이래 아직껏 백주에 사람 틈에 나다닌 일이 없었다.

일찍이 열여섯 살에 스승의 중매로써 어떤 양가 처녀와 결혼을 하였지만, 그 처녀는 솔거의 얼굴을 보고 기절을 하고 기절에서 깨어나서는 그냥 집으로 도망쳐 버리고, 그 다음에 또 한 번 장가를 들어 보았지만, 그 색시 역시 첫날밤만 정신 모르고 치른 뒤에는 이튿날은 무서워서 죽어도 같이 못 살겠노라고 부모에게 떼를 써서 두 번째의 비극을 겪고―.

이러한 두 가지의 사변을 겪고 난 뒤에는 솔거는 차차 여인이라는 것을 보기를 피하여 오다가 그 괴벽이 점점 자라서 나중에는 일체로 사람이란 것의 얼굴을 대하기가 싫어졌다.

사람을 피하기 위하여 그리고―또한 일방으로는 화도(畵道)에 정진하기 위해 인가를 떠나서 백악의 숲 속에 조그만 오막살이를 하나 틀고 거기 숨은 지 근 삼십 년, 생활에 필요한 물건 혹은 그림에 필요한 물건을 구하기 위하여 부득이 거리에 나가야 할 필요가 있을 때는 방립을 쓰고 그 위에 얼굴을 베로 가리었다.

화도(畵道)에 발을 들여 놓은 지 근 사십 년, 부득이한 금욕생활, 부득이한 은둔생활을 경영한 지 삼십 년, 여인에게로 '소모되지 못한' 정력은 머리로 모이고, 머리로 모인 정력은 손끝으로 뻗어서 종이에 비단에 갈겨 던진 그림이 벌써 수천 점. 처음에는 그 그림에 대하여 아무 불만도 느껴 보지 않았다.

하늘에서 타고난 천분과 스승에게서 얻은 훈련과 저축된 정력의 소산인 한 장의 그림이 생겨날 때마다 그것을 보면서 스스로 만족히 여기고 스스로 자랑스러이 여기던 그였다.

그러나 그런 과정을 밟기 이십 년에 차차 그의 마음에 움돋은 불만, 그것은 어떻게 보자면 화도에 이단적인 생각일지도 모를 것이다.

좀 다른 것은 그릴 수가 없는가?

산이다. 바다다. 나무다. 시내다. 지팡이 잡은 노인이다. 다리다. 혹은 돛단배다. 꽃이다. 달이다. 소다. 목동이다.

이밖에 그가 아직 못 그려본 것이 무엇이었던가?

유원(幽遠)한 맛, 단 한 가지밖에 없는 전통적 그림보다 좀 다른 것을 그려 보고 싶다.

아직껏 스승에게 배운 바의 백발백염의 노옹이나 피리 부는 목동 이외에 좀더 얼굴을 움직임이 있는 사람을 그려 보고 싶다. 표정이 있는 얼굴을 그려 보고 싶다.

이리하여 재래의 수법을 아낌없이 내어던진 솔거는 그로부터 십 년 간의 사람의 표정을 그리노라고 세월을 보냈다. 그러나 사람의 세상을 멀리 떠나서 따로이 사는 이 화공에게는 사람의 표정이 기억에 까맣다.

상인(商人)들의 간특한 얼굴, 행인(行人)들의 덜 난 무표정한 얼굴, 새꾼들의 싱거운 얼굴―그새 보고 지금도 대할 수 있는 얼굴은 이런 따위뿐이다. 좀더 색채 다른 표정은 없느냐?

색채 다른 표정!

색채 다른 표정!

이 욕망이 화공의 마음에 익고 커가는 동안, 화공(畵工)의 머리에 솟아오르는 몽롱한 기억이 있다.

이 화공의 어머니의 표정이다.

지금은 거의 그의 기억에서 사라졌지만 어린 시절에 자기를 품에 안고 눈물 글썽글썽한 눈으로 굽어보던 어머니의 표정이 가끔 한순간씩 그의 기억의 표면까지 뛰쳐올랐다.

그의 어머니는 희세의 미녀였다. 대대로 이후의 자손의 미(美)까지 모두 미리 빼앗았던지 세상에 드문 미인이었다.

화공은 이 미녀의 유복자였다.

아비 없는 자식을 가슴에 붙안고 눈물 머금은 눈으로 굽어보던 표정. 철이 든 이래로 자기를 보는 얼굴에서 모두 경악(驚愕)과 공포밖에는 발견하지 못한 이 화공에게는 사십여 년 전의 어머니의 사랑의 아름다운 얼굴이 때때로 몸서리치도록 그리웠다.

그것을 그려 보고 싶었다.

커다란 눈에 그득히 담긴 눈물. 그러면서도 동경과 애무로써 빛나던 눈. 입가에 떠오르던 미소.

번개와 같이 순간적으로 심안(心眼)에 나타났다가는 사라지는 이 환영을 화공은 그려 보고 싶었다.

세상을 피하고 세상에서 숨어 살기 때문에 차차 비뚤어진 이 화공의 괴벽한 마음에는 세상을 그리는 정열이 또한 그만큼 컸다. 그리고 그것이 크면 큰 만큼 마음속에는 늘 울분과 불만이 차 있었다.

지금도 세상에서는 한창 계집 사내들이 서로 부둥켜안고 좋다고 야단할 생각을 하고는 음울한 얼굴로 화필을 뿌리는 화공.

이러한 가운데서 나날이 괴벽하여 가는 이 화공은 한 개 미녀상(美女像)을 그려 보고자 노심하였다.

처음에는 단지 아름다운 표정을 가진 미녀를 그려 보고자 하였다. 그러나 미녀를 가까이 본 일이 없는 이 화공이 마음대로 되지 않는 붓끝에 역정을 내며 애쓰는 동안 차차 어느덧 미녀상에 대한 관념이 달라 갔다.

154

자기의 아내로서의 미녀상을 그려 보고 싶어졌다.

세상은 자기에게 아내를 주지 않는다.

보면 한 마리의 곤충, 한 마리의 날짐승도 각기 짝을 찾아 즐기고 짝을 찾아 좋아하거늘, 만물의 영장인 사람이 짝없이 오십 년을 보냈다 하는 데 대한 불만이 일어났다.

세상놈들은 자기에게 한 짝을 주지 않고 세상 계집들은 자기에게 오려는 자가 없이 홀몸으로 일생을 보내다가 언제 죽는지도 모르게 이 산골에서 죽어 버릴 생각을 하면 한심하기보다 도리어 박정한 사람의 세상이 미웠다.

세상이 주지 않는 아내를 자기는 자기의 붓끝으로 만들어서 세상을 비웃어 주리라.

이 세상에 존재한 가장 아름다운 계집보다도 더 아름다운 계집을 자기의 붓끝으로 그리어서 못나고도 아름다운 체하는 세상 계집들을 웃어 주리라.

덜 난 계집을 아내로 맞아가지고 천하의 절색이라 믿고 있는 사내놈들도 깔보아 주리라.

사오 명의 처첩을 거느리고 좋다꾸나고 춤추는 헌놈들도 굽어보아 주리라.

미녀! 미녀!

─눈을 감고 생각하고 눈을 뜨고 생각하고 머리를 움켜쥐고 생각해 보나, 미녀의 얼굴이 어떤 것인지 알 수가 없었다.

물론 얼굴에 철요가 없고 이목구비가 제대로 놓였으면 세상 보통의 미인이라 한다. 그런 얼굴에 연지나 그리고, 눈에 미소나 그려넣으면 더 아름다워지기는 할 것이다. 이만한 것은 상상의 눈으로도 볼 수가 있는 자며 붓끝으로 그릴 수도 없는 바가 아니다.

그러나 가만 어린 시절의 어머니의 얼굴을 순영적(瞬影的)으로나마 기억하는 이 화공으로서는 그런 미녀로는 만족할 수가 없었다.

오뇌와 불만 중에서 흐르는 세월은 일 년 또 일 년 흘러간다.

미녀의 아랫도리는 그려진 지 벌써 수년. 그 아랫도리 위에 올려놓일 얼굴은 어떻게 하여얄지 짐작도 가지 않았다.

화공의 오막살이 방 안에 들어서면 맞은편에 걸려 있는 한 폭 그림은 언제든 어서 목과 얼굴을 그려 주기를 기다리듯이 화공을 힐책한다.

화공은 이것을 보기가 거북하였다.

특별한 일이라도 있기 전에는 낮에 거리에 다니지를 않던 이 화공이 흔히 얼굴을 싸매고 장안을 돌아다녔다.

행여나 길에서라도 미녀를 만날까 하는 요행심으로였다. 길에서 순간적으로라도 마음에 드는 미녀를 볼 수만 있으면 그것을 머리에 똑똑히 채취하여 그 기억으로써 화상을 그릴까 하는 요행심으로…….

그러나 내외법이 심한 이 도회에서 대낮에 양가의 부녀가 얼굴을 내놓고 길을 다니지 않았다. 계집이라는 것은 하인배나 하류배뿐이었다.

하인배, 하류배에도 때때로 미녀라 일컬을 자가 있기는 있었다. 그러나 아무리 산뜻한 미를 갖기는 했다 하나 얼굴에 흐르는 표정이 더럽고 비열하여 캐치할 만한 자가 없었다.

얼굴을 싸매고 거리를 방황하며 혹은 계집들이 많이 모여 우물거리는 저자를 비슬비슬 방황하며 어찌어찌하여 약간 예쁜 듯한 계집이라도 보이면 따라가면서 얼굴을 연구해 보고 했으나, 마음에

드는 미녀를 지금껏 얻어내지를 못하였다.

혹은 심규(深閨)에는 마음에 드는 계집이라도 있을까? 심규! 심
규! 심규! 한번 심규의 계집들을 모조리 눈앞에 벌여 세우고 얼굴 검
사를 하여 보았으면……

초조하고 성가신 가운데서 날을 보내고 날을 맞으면서 미녀를 구
하던 화공은 마지막 수단으로 친잠상원(親蠶桑園)에 들어가서 채상
(採桑)으로 갔다. 그러나 저녁때 제 오막살이로 돌아올 때는 언제든

그의 입에서는 기다란 탄식성이 나왔다.

궁녀를 못 본 바가 아니었다.

마치 여기 숨어 있는 화공에게 선보이려는 듯이 나날이 궁녀들은 번갈아 왔다. 한 떼씩 밀려와서는 옷소매, 치맛자락을 펄럭이며 뽐을 따갔다. 한 달 동안에 합계 사오십 명의 궁녀를 보았다.

모두 일류로 미녀들이었다. 그리고 길가 우물가에서 허투루 볼 수 있는 미녀들보다 고아한 얼굴임에는 틀림이 없었다.

그러나 그 눈—화공의 보는 바는 눈이었다.

그 눈에 나타난 애무와 동경이었다. 철철 넘쳐흐르는 사랑이었다. 그것이 궁녀에게는 없었다. 말하자면 세상 보통의 미녀였다.

자기에게 계집을 주지 않는 고약한 세상에게 보복하는 의미로 절색의 미녀를 차지하고자 하는 이 화공의 커다란 야심으로서는 그만 따위의 미녀로 만족할 수가 없었다.

오막살이로 돌아올 때마다 그의 입에서 나오는 기다란 한숨, 이런 한숨을 쉬기 한 달—그는 다시 상원에 가지 않았다.

가을 하늘 맑고 푸르른 어떤 날이었다.

마음속에 분만(憤懣)과 동경을 가득히 담은 이 화공은 저녁 쌀을 씻으러 소쿠리를 옆에 끼고 시내로 더듬어갔다.

가다가 문득 발을 멈추었다.

우거진 소나무 틈으로 보이는 시냇가 바위 위에 웬 처녀가 하나 앉아 있다. 솔가지 틈으로 내려비치는 얼룩지는 석양을 받고 망연히 앉아서 흐르는 시냇물을 내려다보고 있다.

웬 처녀일까?

인가에서 꽤 떨어진 이곳. 사람의 동리보다 꽤 높은 이곳. 길도 없는 이곳—아직껏 삼십 년간을 때때로 초부나 목동의 방문은 받아

본 일이 있지만 다른 사람의 자취를 받아 보지 못한 이곳에 웬 처녀일까?

화공도 망연히 서서 바라보았다. 바라볼 동안 가슴에 차차 무거운 긴장을 느꼈다.

한 걸음 두 걸음 화공은 발소리를 감추고 나아갔다. 차차 그 상거가 가까워 감을 따라서 분명하여 가는 처녀의 얼굴—화공의 얼굴에는 피가 떠올랐다.

세상에 드문 미녀였다. 나이는 열일여덟, 그 얼굴 생김이 아름답기보다 얼굴 전면에 나타난 표정이 놀랄 만큼 아름다웠다.

흐르는 시내에 눈을 부었는지, 귀를 기울였는지 하여간 처녀의 온 주의력은 시내에 모여 있다. 커다랗게 뜨인 눈은 깜박일 줄도 잊은 듯이 황홀한 눈으로 시내를 굽어보고 있다.

남벽(藍碧)의 시냇물에는 용궁(龍宮)이 보이는가? 소나무 그루에 부딪쳐서 튀어나는 바람에 앞머리를 약간 날리면서 처녀가 굽어보고 있는 것은 무엇인가?

처녀의 온 공상과 정열과 환희가 한꺼번에 모인 절묘한 미소를 눈과 입에 띠고 일심불란히 처녀가 굽어보는 것은 무엇인가?

아아!

화공은 드디어 발견하였다. 그새 십 년간을 여항의 길거리에서, 혹은 우물가에서, 내지는 친잠상원에서 발견하여 보려고 애쓰다가 종내 달하지 못한 놀랄 만한 아름다운 표정을 화공은 뜻 안 한 여기서 발견하였다.

화공은 걸음을 빨리하였다. 자기의 얼굴이 얼마나 더럽게 생겼는지, 이 처녀가 자기를 쳐다보면 얼마나 놀랄지, 이 점을 완전히 잊고 걸음을 빨리하여 처녀 쪽으로 갔다. 처녀는 화공의 발소리에 머리

를 번쩍 들었다. 화공을 바라보았다. 그 무한히 먼 곳을 바라보는
듯한 기묘한 눈을 들어서.

"아—."

가슴이 무직하여 무슨 말을 하여야 할지 망설이며 화공이 반벙
어리 같은 소리를 할 때에 처녀가 먼저 입을 열었다.

"여기가 어디오니까?"

여기가 어디?

"여기는 인왕산록 이름도 없는 산이지만 너는 웬 색시냐?"

"네……."

문득 떠오르는 적적한 표정.

"더듬더듬 시내를 따라왔습니다."

화공은 머리를 기울였다. 몸을 움직여 보았다. 무한히 먼 곳을 바라보는 듯한 처녀의 눈은 그냥 움직임없이 커다랗게 띄어 있기는 하지만, 어디를 보는지, 무엇을 보는지 알 수가 없다.

드디어 화공은 부르짖었다.

"너 앞이 보이느냐?"

"소경이올시다."

소경이었다. 눈물 머금은 소리로 하는 이 대답을 듣고 화공은 더 가까이 갔다.

"앞도 못 보면서 어떻게 무얼 하러 예까지 왔느냐?"

처녀는 머리를 푹 수그렸다. 무슨 대답을 하는 듯하였으나 화공은 알아듣지 못하였다. 그러나 화공으로 하여금 적이 호기심을 잃게 한 것은 처녀의 얼굴에 아까와 같은 놀라운 매력 있는 표정이 없어진 것이었다.

그만하면 보기 드문 미인임에는 틀림이 없다. 그러나 아까 화공이 그렇듯 놀란 것은 단지 미인인 탓이 아니었다. 그 얼굴에 나타난 놀라운 매력에 끌린 것이었다.

"불쌍도 하지. 저녁도 가까워 오는데 어둡기 전에 집으로 내려가거라."

이만큼 하여 화공은 처녀를 포기하려 하였다. 이 말에 처녀가 응하였다.

"어두운 것은 탓하지 않습니다마는 황혼은 매우 아름답지요?"

"그럼 아름답구말구."

"어떻게 아름답습니까?"

"황금빛이 서산에서 줄기줄기 비치는구나. 거기 새빨갛게 물든 천하—푸르른 소나무도, 남빛 바위 검붉은 나무 그루도 모두 황금 빛에 잠겨서—."

"황금빛은 어떤 것이고 새빨간 빛과 붉은 빛이며 남빛은 모두 어떤 빛이오니까? 밝은 세상이라지만 밝은 빛과 붉은 빛이 어떻게 다릅니까? 이 산 경치가 아름답다는 소문을 듣고 더듬어 왔습니다마는 바람소리, 돌물소리, 귀로 들리는 소리밖에는 어디가 아름다운지 알 수가 없습니다."

차차 다시 나타나는 미묘한 표정, 커다랗게 뜬 눈에 비치는 동경의 물결. 일단 사라졌던 아름다운 표정은 다시 생기기 비롯하였다.

화공은 드디어 처녀의 맞은편에 가 앉았다.

"이 샘줄기를 따라 내려가면 바다가 있구, 바다 속에는 용궁이 있구나. 칠색 비단을 감은 기둥과 비취를 아로새긴 댓돌이며 황금으로 만든 풍경, 진주로 꾸민 문설주—."

마주 앉아서 엮어내리는 이 화공의 이야기에 각일각 더욱 황홀하여 하는 처녀의 눈이었다. 화공은 드디어 이 처녀를 자기의 오막살이로 데리고 들어갈 궁리를 하였다.

"내 용궁 이야기를 들려 주마. 너희 집에서 걱정만 안 하실 것 같으면—."

화공이 이렇게 꾈 때에 처녀는 그의 커다란 눈을 들어서 유원(幽遠)히 하늘을 우러러보면서 자기네 부모는 병신 딸 따위는 없어져도 근심을 안 한다고 쾌히 화공의 뒤를 따랐다.

　일사천리로 여기까지 밀려오던 여의 공상은 문득 중단되었다. 이
야기를 어떻게 진전시키나?

　잡념이 일어난다. 동시에 여의 귀에 들리어 오는 한 절의 유행
가―.

　여는 머리를 들었다. 저편 뒤 어디 잡인들이 온 모양이다. 그 분요
가 무의식중에 귀로 들어와서 여의 집중되었던 머리를 헤쳐 놓는다.

　귀찮은 가사(歌詞)들이여. 저주받을 가사들이여.

　이 저주받을 가사들 때문에 중단된 이야기는 좀체 다시 모이지
않았다.

　그러나 결말 없는 이야기가 어디 있으랴? 아무튼 결말은 지어야
할 것이 아닌가?

　그러면 그 화공은 처녀를 데리고 제 오막살이로 돌아와서 용궁
이야기를 들려 주면서 그 동안에 처녀의 얼굴을 그대로 그려서 십
년래의 숙망을 성취하였다는 결말로 맺어 버릴까?

　그러나 이런 싱거운 결말이 어디 있으랴? 결말이 되기는 되었지
만 이 따위 결말을 짓기 위하여 그런 서두는 무의미한 거다.

　그러면?

　그럼 다르게 결말을 맺어 볼까?

　화공은 처녀를 제 오막살이로 데리고 돌아왔다. 그리고 처녀에게
용궁 이야기를 들려 주었다. 그러나 아까 용궁 이야기를 초벌 들은
처녀는 이번은 그렇듯 큰 감흥도 느끼지 않는 모양으로 그다지 신
통한 표정도 보이지 않았다. 화공의 계획은 수포로 돌아갔다. 화공
은 그 그림을 영 미완품째로 남기지 않을 수 없었다.

역시 마음에 들지 않는 결말이다.

그럼 또다시—.

화공은 처녀를 데리고 돌아왔다. 돌아와서 처녀를 보면 볼수록 탐스러워서 그림은 집어던지고 처녀를 아내로 삼아 버렸다. 앞을 못보는 처녀는 이 추하게 생긴 화공에게도 아무 불만이 없이 일생을 즐겁게 보냈다. 그림으로나 아내를 얻으려던 화공은 절세의 미녀를 아내로 얻게 되었다.

역시 불만이다.

귀찮고 성가시다. 저주받을 유행가사여.

여는 일어났다. 감흥을 잃은 이 자리에 그냥 앉아 있기가 싫었다. 그냥 들리는 유행가, 그것이 안 들리는 곳으로 자리를 옮기자.

굽어보매 저 멀리 소나무 틈으로 한 줄기 번득이는 것은 아까의 샘이다. 그 샘물로, 가장 이 이야기의 원천(源泉)이 된 그 샘으로 내려가자.

벼랑을 내려가기는 올라가기보다 더 힘들었다. 올라가는 것은 올라가다가 실수하여 떨어지면 과즉 제자리에 내린다. 그러나 내려가다가 발을 실수하면 어디까지 굴러갈지 예측할 길이 없다. 잘못하다가는 청운동(淸雲洞) 어귀까지 굴러갈는지도 모를 일이다. 게다가 올라갈 때에는 도움이 되던 스틱조차 내려갈 때에는 귀찮기 짝이 없다.

반 각이나 걸려서 여는 드디어 그 샘가에 도달했다.

샘가에는 과연 한 개의 바위가 사람 하나 앉기 좋을 만한 자리가 있다. 이 바위가 화공이 쌀 씻던 바위일까? 처녀가 앉아서 공상하던 바위일까? 그 아래를 깊은 남벽(藍碧)으로 알았더니 겨우 한 뼘 미만의 얕은 물로서 바위 위를 기운없이 똘똘 흐르고 있다.

그러나 이 골짜기는 고요하기 짝이 없었다. 바람 소리도 멀리 위에서만 들린다. 그리고 소나무와 바위에 둘러싸여서 꽤 음침한 이 골짜기는 옛날, 세상을 피한 화공이 즐겨하였음직하다.

자, 그러면 이 골짜기에서 아까 그 이야기의 꼬리를 마저 지을까?

화공은 처녀를 데리고 오막살이로 돌아왔다.

그의 마음은 너무도 긴장되고 또한 기뻐서 저녁도 짓기 싫었다. 들어가 보매 벌써 여러 해를 머리 달리기를 기다리는 족자의 여인의 몸집조차 혼연히 화공을 맞는 듯하였다.

"자, 거기 앉아라."

수년간 화공을 힐책하던 머리 없는 그림이 화공 앞에 펴졌다. 단청도 준비되었다.

터질 듯 울렁거리는 마음으로 폭 앞에 자리를 잡은 화공은 빛이 비치도록 남향하여 처녀를 앉히고 손으로는 붓을 적시며 이야기를 꺼내었다.

벌써 황혼은 이제 얼마 남지 않은 오늘 해로써 숙망을 달하려 하는 것이었다. 십 년 간을 벼르기만 하면서 착수를 못 했기 때문에 저축되었던 화공의 힘은 손으로 모였다.

"그리구—알겠지?"

눈으로는 처녀의 얼굴을 보며 입으로는 용궁 이야기를 하며 손은 번개같이 붓을 둘렀다.

"용궁에는 여의주(如意珠)라는 구슬이 있구나. 이 여의주라는 구슬은 마음에 있는 바는 다 달할 수 있는 보물로서, 그 구슬을 네 눈

위에 한 번 굴리기만 하면 너도 광명한 일월을 보게 된다."

"네? 그런 구슬이 있습니까?"

"있구말구. 네가 내 말을 잘 듣고 있기만 하면 수일 내로 너를 데리고 용궁에 가서 여의주를 빌어서 네 눈도 고쳐 주마."

"그러면 저도 광명한 일월을 볼 수 있겠습니까?"

"그럼 광명한 일월, 무지개라는 칠색이 영롱한 기묘한 것, 아름다운 수풀, 유수한 골짜기, 무엇인들 못 보랴!"

"아이구, 어서 그 여의주를 구해서―."

아아, 놀라운 아름다운 표정이었다. 화공은 처녀의 얼굴에 나타나 넘치는 이 놀라운 표정을 하나도 잃지 않고 화폭 위에 옮겼다.

황혼은 어느덧 밤으로 변하였다. 이때는 그림의 여인에게는 단지 눈동자가 그려지지 않을 뿐 그 밖의 것은 죄 완성이 되었다.

눈동자까지 그리고 싶었다. 그러나 이 그림의 생명을 좌우할 눈동자를 그리기에는 날은 너무도 어두웠다.

눈동자 하나쯤이야 밝은 날로 남겨 둔들 어떠랴. 하여간 십 년 숙망을 겨우 달한 화공의 심사는 무엇에 비기지 못하도록 기뻤다.

"아―아―."

이 탄성은 오래 벼르던 일이 끝날 때에 나는 기쁨의 소리였다. 이 일단의 안심과 함께 화공의 마음에는 또 다른 긴장과 정열이 솟아올랐다.

꽤 어두운 가운데서 처녀의 얼굴을 유심히 보기 위하여 화공이 잡은 자리는 처녀의 무릎과 서로 닿을 만큼 가까웠다. 그림에 대한 일단의 안심과 함께 화공의 코로 몰려드는 강렬한 처녀의 체취(體臭)와 전신으로 느끼는 처녀의 접근 때문에 화공의 신경은 거의 마비될 듯싶었다. 차차 각일각 몸까지 떨리기 시작하였다. 어두움 가운데서 황홀스러이 빛나는 처녀의 커다란 눈은, 정열로 들먹거리는 입술은 화공의 정신까지 혼미하게 하였다.

밝은 날, 화공과 소경 처녀 두 사람은 벌써 남이 아니었다.

"오늘은 동자를 완성시키리라."

삼십 년의 독신생활을 벗어 버린 화공은 삼십 년 간을 혼자 먹던 조반을 소경 처녀와 같이 먹고 다시 그림 폭 앞에 앉았다.

"용궁은?"

기쁨으로 빛나는 처녀의 눈. 하나 화공의 심미안에 비친 그 눈은 어제의 눈이 아니었다.

아름답기는 다시 없는 아름다운 눈이었다. 그러나 그 눈은 사랑을 구하는 여인의 눈이었다. 병신이라 수모 받던 전생을 벗어 버리고 어젯밤 처음으로 인생의 봄을 맛본 처녀는 이제는 한 개의 지어미의 눈이요 한 개의 애욕의 눈이었다.

"용궁은?"

"용궁에 어서 가서 여의주를 얻어서 제 눈을 띄여주세요. 밝은 천지도 천지려니와 당신이 어서 눈 뜨고 보고 싶어……."

어젯밤 잠자리에서 자기는 스물네 살 난 풍신 좋은 사내라고 자랑한 화공의 말을 그대로 믿는 소경 처녀였다.

"응, 얻어 주지. 그 칠색이 영롱한―."

"그 칠색이 어서 보고 싶어요."

"그래그래. 좌우간 지금 머리로 생각해 보란 말이야."

"네, 참 어서 보고 싶어서―."

굽어보면 무릎 앞의 그림은 어서 한 점 동자를 찍어 주기를 기다리고 있다.

그러나 소경의 눈에 나타난 것은 아름답기는 아름다우나 그것은 애욕의 표정에 지나지 못하였다. 그런 눈을 그리려고 십 년을 고심한 것은 아니었다.

"자, 용궁을 생각해봐!"

"생각이나 하면 뭘 합니까? 어서 이 눈으로 보아야지."

"생각이라도 해보란 말이야."

"짐작이 가야 생각도 하지요."

어제 생각하던 대로 생각을 해봐!"

"네……."

화공은 드디어 역정을 내었다.

"자, 용궁! 용궁!

"네……."

"용궁을 생각해봐! 그래 용궁이 어때?"

"칠색이 영롱하구요."

"그래, 또?"

"또 황금 기둥, 아니 비단으로 짠 기둥이 있구요. 또 푸른 진주가……."

"푸른 진주가 아냐! 푸른 비취지."

"비취 추녀든가, 문이든가?"

"에익! 바보!"

화공은 커다란 양손으로 콱 소경의 어깨를 잡았다. 잡고 흔들었다.

"자, 다시 곰곰이― 용궁은?"

"용궁은 바다 속에……."

겁에 떠서 어릿거리는 소경의 양에 화공은 손으로 따귀를 갈기지 않을 수가 없었다.

"바보!"

이런 바보가 어디 있으랴? 보매 그 병
신 눈은 깜박일 줄 모르고 허공을 바
라보고 있다. 그 천치 같은 눈을 보
매 화공의 노염은 더욱 커졌다. 화
공은 양손으로 소경의 멱을 잡았다.

"에이 바보야. 천치야. 병신아!"

생각나는 저주의 말을 연하여 퍼부으면서 소경의 멱을 잡고 흔들
었다. 그리고 병신다이 멀쩡게 뜬 눈자위에 원망의 빛깔이 나타나
는 것을 보고 더욱 힘있게 흔들었다. 흔들다가 화공은 탁 그 손을 놓
았다. 소경의 몸이 너무도 무거워졌으므로—.

화공의 손에서 놓인 소경의 몸은 눈을 위솟은 채 번뜻 나가 넘어
졌다. 넘어지는 서슬에 벼루가 전복되었다. 뒤집어진 벼루에서 튀
어난 먹방울이 소경의 얼굴에 덮였다.

깜짝 놀라서 흔들어 보매 소경은 벌써 이 세상의 사람이 아니었
다.

화공은 어찌할 줄을 몰랐다. 망지소조하여 허둥거리던 화공은 눈
을 뜻없이 자기의 그림 위에 던지다가 악! 소리를 내며 자빠졌다.

그 그림의 얼굴에는 어느덧 동자가 찍히었다. 자빠졌던 화공이
좀 정신을 가다듬어 가지고 몸을 일으켜서 다시 그림을 보매, 두 눈
에는 완전히 동자가 그려진 것이었다.

그 동자의 모양이 또한 화공으로 하여금 다시 덜썩 엉덩이를 붙
이게 하였다. 아까 소경 처녀가 화공에게 멱을 잡혔을 때에 그의 얼
굴에 나타났던 원망의 눈!

그림의 동자는 완연히 그것이었다.

소경이 넘어지는 서슬에 벼루를 엎는다는 것은 기이할 것도 없고

벼루가 엎어질 때에 먹방울이 튄다는 것도 기이하달 수도 없지만, 그 먹방울이 어떻게 그렇게도 기묘하게 떨어졌을까? 먹이 떨어진 동자로부터 먹물이 번진 홍채에 이르기까지 어찌도 그렇듯 기묘하게 되었을까? 한편에는 송장, 화상을 놓고 망연히 앉아 있는 화공의 몸은 스스로 멈출 수 없이 와들와들 떨렸다.

수일 후부터 한양성 내에는 괴상한 여인의 화상을 들고 음울한 얼굴로 돌아다니는 늙은 광인(狂人)이 하나 생겼다. 그의 내력을 아는 사람이 없었고, 그의 근본을 아는 사람이 없었다. 그 괴상한 화상을 너무도 소중히 여기므로 사람들이 보자고 하면 그는 기를 써서 보이지 않고 도망하여 버리곤 한다.

이렇게 수년간을 방황하다가 어떤 눈보라치는 날 돌베개를 베고 그의 일생을 막음하였다. 죽을 때도 그는 그 족자는 깊이 품에 안고 죽었다.

늙은 화공이여. 그대의 쓸쓸한 일생을 여(余)는 조상하노라. 여는 지팡이로써 물을 두어 번 저어 보고 고즈녁이 몸을 일으켰다.

우러러보매 여름의 석양은 벌써 백악 위에서 춤추고 이 천고(千古)의 계곡을 산새가 남북으로 건넌다.

「1930년」

배회(徘徊)

'노동은 신성하다.'

이러한 표어 아래 A가 P고무공장의 직공이 된 지도 두 달이 지났다.

자기의 동창생들이 모두 혹은 상급학교로 가고 혹은 회사나 상점의 월급쟁이가 되며, 어떤 이는 제 힘으로 제 사업을 경영할 동안, A는 상급학교에도 못 가고 직업도 구하지 못하여 헤매다가 뚝 떨어지면서 고무공장의 직공으로 되었다.

'노동은 신성하다.'

'제 이마에서 흐르는 땀으로 제 입을 쳐라.'

'너의 후손으로 하여금 게으름과 굴욕적 유산에 눈이 어두워지지 않게 하라.'

이러한 모든 노동을 찬미하는 표어를 그대로 신봉하는 바는 아니지만, 오랫동안 헤매다가 마침내 직공이라는 그룹에서 그가 자기 자신을 발견하게 되었을 때는, 일종의 승리자와 같은 기쁨을 그의 마음속에 깨달았다. 그것은 사회에 이겼다느니보다도, 전통성에 이겼다느니보다도 한번 꺾여지면서 일종의 반항심보다도, 자기도 이제는 제 힘으로 살아가는 한 개 사람이 되었다는 우월감에서 나온 기쁨이었다.

"우으로— 우으로."

생(生)고무를 베어서 휘발유를 바르며 혹은 틀어 끼워서 붙이며 이제는 솜씨 익은 태도로 끊임없이 움직이며 그는 때때로 소리까지 내어 중얼거렸다. 그러나 이 공장에 들어와서 한 주일이 지나고 열흘이 지나고 한 달이 지나는 동안에 그는 여기서 움직이는 온갖 게

으름과 시기와 허욕을 보았다. 힘을 같이하여 자기네의 길을 개척
해나가야 할 이 무리의 사이에도 온갖 시기와 불순한 감정의 흐름
을 보았다. 남직공들이 지은 신은 비교적 공평되이 검사되었지만,
여직공이 지은 신은 그의 얼굴이 곱고 마음으로 '합격품'과 '불량
품'의 수효가 훨씬 달랐다. 생고무판의 배급에도 불공평이 많았다.
서로 남의 신을 깎아 먹으려고 서로 틈을 엿보았다. 자기가 일을 빨리 하기보다 남을 더디게 하기에 더 노력하였다. 혹은 남의 지어 놓은 신을 못 보는 틈에 자리를 내어 놓는 일까지 흔히 있었다. 점심 시간에는 서로 입에 담지 못할 음담으로 시간을 보냈다.

이런 모든 엄벙뗑의 거친 감정과 살림 아래서 A는 오로지 자기의 길을 개척하려고 힘썼다. 사람으로서의 감정과 사랑과 양심을 잃지 않으려—그리고 밖으로는 늙은 어머니와 사랑하는 처자의 입을 굶기지 않으려—휘발유 브러시 롤러는 연하여 고무판 위에 문질러지며 굴렀다.

"우으로 우으로!"

그것은 A가 이 공장에 들어온 지 두 달이 지난 어느 봄날이었다.

일을 끝내고 한 달에 두 번씩 내주는 공전을 받은 뒤에 그가 막 집으로 돌아가려고 도시락갑을 꽁무니에 찰 때였다.

"여보게 A, 놀라 가세."

A와 같은 상에서 일하는 B가 찾았다. C, D 두 사람도 문 밖에서 기다리고 있었다.

"나? 나도 놀라 가잔 말인가?"

"같이 가기에 찾지."

"그럼 내 집에 잠깐 들러서."

"이 사람 걱정 심할세. 잠깐만 다녀가게. 이 사람, 그렇게 비싸게 굴면 못 써."

"그래라."

그는 다시 무슨 말을 못 하고 따라갔다. 그들은 그 공장에서 그다지 멀지 않은 어떤 집까지 이르러서 주인을 찾지도 않고 줄레줄레 신발을 문안에 들여 벗은 뒤에 들어갔다. A는 의외의 얼굴을 하였다.

그 집 안주인은 공장 근처에 있는 서른 댓쯤 난 여인이었다.

B는 그 여인에게 엄지손가락을 쳐들어보였다.

"어디 갔소?"

"내보냈지. 놀다 오라구. 오십 전 줘서."

"잘 됐어, 넷만 데려다 주."

"넷? 넷이 있을까? 하여간 잠깐 기다려요. 가보구 오께."

여인은 일어나서 옷을 갈아입고 밖으로 나갔다.

"A도 앉게나. 왜 뻣뻣이 서 있어?"

"B, 난 먼저 가겠네."

"또 나온다. 앉게."

"참 가봐야겠어."

"몹시도 비싸다. 사람이 비싸면 못 써."

"비싼 게 아니라……."

A는 하릴없이 주저앉았다.

잠깐 다녀오마고 나간 주인 여인은 한 시간이나 넘어 지난 뒤에야 겨우 돌아왔다.

"자 한턱 내야지."

그 여인의 이런 소리와 함께 뒤로는 다른 젊은 여인 넷이 들어왔다.

"저 얼간이와 또 맞선담. 좌우간 이리 와."

B는 선등 서서 들어오는 젊은 여인을 손짓하며 웃었다.

"저 싱검둥이와 또 놀아? 에라 놀아 줘라."

얼간이란 그 여인도 대꾸를 하면서 B의 곁으로 내려와 앉았다. C도 하나 맡았다. D도 하나 맡았다. 그리고 A의 몫으로 남은 것은 같은 P고무공장의 여직공으로 다니는 십팔구 세 난 도순(道順)이라는 뚱뚱한 계집애였다. 그러나 공장에서 일할 때와 달리 비단옷을 입고 얼굴에는 분도 약간 발랐다. 이것을 한번 둘러본 뒤에 A는 불쾌함을 참지 못하여 몸을 일으켰다.

"B, 난 먼저 가겠네."

"에이, 못난 자식, 가고 싶으면 가…… 여보게, 우리 좋은 친구끼리 놀러 왔다가 혼자 먼저 간다면 우리가 재미있겠나, 한 시간만 있다가 같이 가세."

A는 일으켰던 몸을 하릴없이 다시 주저앉았다.

남녀 여덟 명은 둘러앉았다. 술상도 들어왔다. 잡수세요. 먹어라, 먹자, 먹는다. 술은 돌기 시작하였다.

"샌님 먹게."

술잔은 연하여 A에게 왔다. A는 한 잔도 사양치 못하고 다 받아 먹었다. 그러나 첫잔부터 불쾌한 기분 아래서 받은 술은 그 수가 많아감과 함께 불쾌함도 따라 늘어갔다. 술은 먹을 줄을 모르는 A는 차차 자기가 취해 들어가는 것을 똑똑히 의식하면서 주는 대로 받아 마셨다. 사양하려면 B가 막았다. 술잔을 받아 놓고 조금이라도 지체하면 여인들이 채근했다.

"하하하! 맛있지?"

A가 술을 삼킬 때마다 낯을 찡그리는 것을 보고 B가 재미있는 듯이 손뼉을 치고 하였다. 여인들도 깔깔 웃어댄다.

될 대로 되어라. 몇 잔 안 되어서 벌써 얼근히 취한 A는 마음의 불쾌와 몸의 불쾌의 가속도로 늘어가는 것을 마치 남의 일과 같이 재미있게 관찰하면서, 오는 술잔은 오는 대로 다 받아 먹었다. 다섯 잔이 열 잔이 되고 열 잔이 스무 잔이 됨에 따라 그의 눈살은 더욱 찌푸려졌다.

'이게 무슨 일이냐, 무슨 거친 생활이냐? 너희에게는 너희의 봉급을 기다리는 어버이나 처자가 없느냐? 술? 환락? 술보다도 환락보다도 먼저 너희의 사람으로서의 인격을 완성시키는 것이 너희의 할 일이 아니냐? 우으로! 우으로!'

술에 취한 몽롱한 눈으로 어두운 등잔 아래서 뭉기며 헤적이는 몇 개의 몸집을 바라보던 그는 뜻하지 않고 숨을 길게 쉬었다.

"망측해, 우시네."

곁에 앉아서 술을 따르고 있던 도순이가 A의 얼굴을 쳐다보았다.

"뭐? A가 울어?"

B가 이편으로 머리를 홱 돌렸다. A는 얼굴을 돌렸다. 눈물이 나오는 바는 아니었지만 취한 그들에게 얼굴을 보이기가 싫었다.

"A, 우나? 도련님, 샌님. 하하하! 또 한잔 들게―도라지, 도라지, 도라지―짜. 은율 금산포 도라지―까(콧노래를 부르며) 하하하. 뚱뚱보, 그렇지? 또 한잔 먹어라."

"B, 난 정 먼저 가겠네."

"기? 가갸거겨는 언역지 초요, 이마털 뽑기는 난봉지초로다―이 자식, 글쎄 가기는 어딜 간단 말이냐? 푸른 술 있것다, 미희 있것다― 야, 너무 비싸게 굴지 말아라. 천 냥 짜리다. 만 냥짜리다. 십만 냥 줘라, 자 또 한 잔."

A는 또 받아 마셨다.

"하하하, 십만 냥이라는 바람에 또 먹었구나. 먹은 담에는 열 냥짜리다. 그러나 A, 내 말 듣게. 나도…… 나도……."

B는 지금껏 뚱뚱보에게 걸고 있던 왼팔을 풀어서 양 팔굽으로 술상을 짚었다. 그리고 얼굴을 A의 앞으로 가까이 하였다.

"A, 정 우나? 울지 말게."

울지도 않는 A에게 울지 말라고 권고하는 B는 자기 눈에 갑자기 괸 눈물은 의식치 못하는 모양이었다.

"울 게 아니라네—세상사가 다 그렇다네. 나도 상당한 학부(學部)를 졸업한 사람일세. 처음에는 자네와 같은 생각을 품고 있었지. 세상을 좀더 엄숙하게 보자고…… 그러나 틀렸어. 세상에 어디 엄숙이 있나? 예수? 석가여래? 모두 다 샌님이야. 이 뚱뚱보 얼간이보담도—."

B는 한 번 탁 계집을 붙안았다가 놓았다.

"듣기 싫어 싱검둥이—."

"꼴에 비싸게 구네. A! 자네 밥만 먹고 살겠나? 반찬도 있어야 하고 물도 있어야 하고 돈도 있어야지. 돈 있는 놈의 반찬은 명월관 식도원에 있고 우리 반찬은 이 뚱뚱보, 말라꽁일세그려. 자네네 그 올빼미—도순이 말일세, 오죽이나 얌전한가? 우리 얼간이하고 바꾸어 볼까? 하하하, 또 한잔 먹게, 탄력있는 몸집, 그래 어때?"

B는 술을 따라서 A에게 주지 않고 자기가 마셨다. 하하하하, 쾌활히 웃는 그의 오른편 눈은 그 웃음에 적당하게 쾌활한 빛이 있었지만, 커다랗게 뜬 왼편 눈에서는 눈물이 뺨으로 흘러내렸다.

"A, C, D, 그리구 이 요물들아, 내 말을 들어라. 오늘이 우리 아버지 생신이다. 저녁에 고등어 사가지고 가마 했다. 그러나 고등어가 다 뭐냐! 술이다, 술이야, 어따 A, 너 또 한잔 먹어라."

"B, 그럼 자네도 집에 가야겠네그려?"

"나? 내일 저녁에 가지. 남의 걱정까지는 말고 술이나 먹어라. 그렇지만 A, 이까짓 자식들—."

B는 손을 들어서 C와 D를 가리켰다.

"자식들과는 이야기할 게 없지만 때때로 생각하지 않는 바가 아니야. 상당한 학부까지 마치었다는 자식이 그래 십여 년을 배운 것을 써먹지도 못하고 고무신을 붙여서 한 켤레에 오 전씩 받는 것, 이것을 가지고—이런 술도 안 먹고야 어쩌겠나. A, 울지 말게, 울지 마."

B는 손수건을 내어 제 눈물을 씻었다.

좀 뒤에 도순의 집까지 몰아넣으려는 것을 몸을 빼쳐서 피한 A는 취한 술을 깨우기 위하여 공원에 갔다.

고요한 밤의 공원이었다. 전등불에 비치어서 A는 그 나무들의 늘어진 가지에서 장차 터지려는 탄력을 보았다. 겨울의 혹독한 바람 아래서도 자포(自暴)를 일으키지 않고 오랫동안 기다린 그 가지들의 겨우내 간직하였던 힘과 생활력을 한꺼번에 써보려는 그 자랑을 보았다.

"우으로—우으로, 좀더 사람다이."

이 나뭇가지의 용기와 아까의 B의 자포적 기분의 두 가지를 마음속에 그려 놓고 비교할 때에는 어느 편을 도울지 알지를 못하였다. B의 말에는 그럴 듯한 근거가 있었다.

'아무 바람과 광명을 발견할 수 없는 이 환경 아래서 혼자서 위로 광명으로 손을 저으며 헤매며 그것이 무슨 쓸 데가 있으랴. 필경에는 실망에 실망을 거듭한 뒤에는 또다시 탐락의 생활에 빠져들어 가지 않을 수가 없지 않으랴? 그러면 도대체 장래의 실망이라는 것을 맛보지 않게 지금부터 탐락의 생활을 시작하는 것이 도리어 옳지 않을까? 위로? 위로? 무엇이 위로냐?'

"술이다, 술이야."

아까 B가 부르짖던 부르짖음은 A 자기의 '위로 위로' 라고 부르짖는 그 부르짖음보다도 더 침통하고 진실한 부르짖음이 아닐까? 더 범인적인 부르짖음이 아닐까? A는 연하여 딸꾹질을 하여 취하여 쓰러지려는 몸을 다시 일으키고 일으키고 하였다.

이튿날 종일을 A는 불쾌하게 지냈다. 먹을 줄 모르는 술을 과음하였기 때문에 얼굴은 뚱뚱 부었다. 가슴이 별하게 쓰렸다.

그는 공장에서도 일하던 손을 뜻하지 않고 멈추고는 눈을 껌벅껌벅하였다.

"어때, 샌님?"

B가 찾는 것도 들은 체도 안 했다. 몇 번을 저절로 눈이 도순이 있는 편으로 쏠리다가는 혼자서 혀를 차고 하였다.

주위의 인생이란 인생, 여인이란 여인이 모두 더럽게만 보였다.

"그러고도 사람이냐? 더러워! 위로! 위로!"

그는 몇 번을 혀를 차고 주먹을 부르쥐고 하였다. 일이 끝나고 집에 돌아가려 할 무렵에 B가 문 밖에서 기다리고 있다가,

"또 가볼까?"

하였지만, A는 대답도 없이 지나가 버렸다.

"하하하하!"

뒤에는 B의 웃음소리가 들렸다.

"위로─위로─."

A는 머리를 숙이고 걸음마다 힘을 주면서 집으로 돌아왔다.

어떤 날 점심때 끝낸 장화공(長靴工)들은 넓은 방에 앉아 잡담들을 하고 있었다.

그때 어느 여공이 이런 말을 꺼냈다.

"이즈음 불량품이 많이 나."

"당신은 면상이 멍텅구리거든."

어느 남직공이 놀렸다.

"아니야, 나도 많이 나는데."

이번은 얼굴 좀 빤빤한 계집애가 이렇게 말하였다.

"그럼 당신은 얼마나 예쁘우?"

아까의 남직공은 또 놀렸다.

"아이구, 당신은 입이 왜 그리 질우?"

"질지 않아 물이면 어때?"

한참 이렇게 주고받을 때에 B가 쑥 나섰다.

"그런 것들이 아냐, 내게서도 이즘 불량품이 많이 나는데 아마 배합(配合)이 나쁜가봐."

사실 이즈음은 불량품이 많이 났다. 그것은 얼굴 미운 여직공에서만 많이 나는 것이 아니요, 남직공이며 얼굴 예쁜 여직공에게서도 검사에 불합격되는 신이 많이 났다. 불량품 한 켤레를 낼 때마다 그 직공은 '불량품을 낸 벌'로서 한 켤레와, '불량품이 된 원료에 대한 보상'으로서 한 켤레─이렇게 두 켤레를 공전을 안 받고 만드는 것이 고무공장의 내규였다. 그런지라, 한 켤레의 불량품을 내면 그 직공은 공전 못 받는 세 켤레(불량품까지)를 만드는 셈이었다. 잘해야 하루에 십칠팔 켤레 이상은 못 붙이는 그들이 어떻게 해서 하루에 세 켤레만 불량품을 내어 놓으면 그날은 공전받는 일은 칠팔 켤레밖에는 못 한 셈이 되는 것으로, 사실 불량품이 많이 난다 하는 것은 직공들에게 대하여는 큰 문제였다.

"배합이 나빠."

B의 말을 따라서 제각기 일어섰다.

"난 어제 네 켤레 퇴맞았는데."

"난 그저께 여섯 켤레."

한 시간 전까지는 불량품 낸 것을 수치로 생각하고 그 수효를 줄이거나 감추려던 그들은 그것의 책임이 자기네에게 있지 않는 것을 아는 동시에 각각 그 수효의 많음을 자랑하였다. 세 켤레다. 네 켤레다. 제각기 들고 일어섰다.

"여러분들, 이럴 것이 아니라―이렇게 지껄이거나 하면 뭘 하오. 그러니까 우리는 어떻게 그 대책을 연구합시다."

"대책이래야 배합사를 두들겨 주는밖에 수가 있나?"

누가 이런 말을 하였다.

"두들겨라."

"때려라."

몇 사람이 응하였다. 하하하, 웃는 사람도 있었다.

"담뱃불 좀 주게."

딴 소리 하는 사람도 있었다.

"좀 조용들 해요. 우리 문제를 좀 구체적으로 생각해 봅시다그려."

그들은 머리를 모으고 의논하였다. 제각기 의견을 제출하였다. 그러던 끝에 마침내 B의 의견을 좇아서 지배인에게 배합사를 주의시켜 달라기로 결정되었다. 그리고 그 대표자로는 A가 뽑혔다. A는 그 직책을 달갑게 받았다.

모든 장화공들의 성원 아래 그들을 문 밖에 남겨 두고 A는 지배인의 앞에 갔다. 지배인은 무슨 일이 났는가고 눈이 둥그렇게 되며 장부를 집어치웠다.

"무슨 일이어?"

"저 다름이 아니라—."

A는 분명하고 똑똑하게 이즈음 유화(硫化)할 때에 불량품이 많이 발견되며, 이 때문에 장화공들의 받는 손해가 막심하니 배합사를 불러서 좀 주의하도록 명하여 달라고 말하였다.

지배인의 명으로 배합사가 왔다.

"이즈음 배합이 나빠서 불량품이 많이 난다는데……."

이 지배인의 말에 대하여 배합사는 즉시로 반대하였다.

"네? 그럴 리가 있습니까? 꼭 저울로 달아서 이전과는 같이 하는 배합에 변동이나 착오가 있을 리가 없습니다. 아마 네리〔錬〕가 부족한 모양입지요."

"네리? 그러면 네리공을 불러."

네리공이 왔다.

"네리를 이즈음 어떻게 하나?"

"전과 같습니다."

"그래두 생고무 품질이 나빠서 불량품이 많이 난다고 말이 있는데."

"네리에는 부족이 없습니다. 그럼 혹은 유화(硫化)가 혹은 과하거나 부족하거나 하지 않습니까? 유화시킬 때의 취급이 너무 거칠지는 않습니까?"

"어디 유화공을 불러봐."

유화공이 왔다.

"이즈음 유화를 어떻게 하나?"

"네?"

"이즈음 불량품이 많이 나는 건 알겠지?"

"네?"

"왜 잘 유화시키지 않아?"

"천만에, 붙이기를 잘못 붙이는지는 모르겠습니다만 유화에는 잘못이 없습니다. 기압 오십 파운드로 한 시간 반씩 과부족이 없습니다."

배합에서 네리로, 유화로, 이 세 책임자의 말을 듣는 동안 A의 머리는 점점 수그러졌다. '내가 무엇 하러 여기 들어왔는가? 서로 책임을 밀고 주고…… 여기 들어온 나부터가 벌써 마음을 잘못 먹지 않았나? 사람이란 당연히 제가 져야 할 책임까지도 남에게 밀지 않고는 살아가지 못하나. 여기 들어온 나부터가 잘못이다. 아무리 배합이 나쁠지라도, 아무리 네리가 부족할지라도, 아무리 유화가 잘못되었을지라도 성심껏 붙이기만 하면 안 붙을 바가 아니었다. 왜 그 책임을 남에게 밀려 했는가? 위로? 위로? 좀더 사람다이.' 감격키 쉬운 그의 눈에는 눈물까지 괴려 하였다.

"자네도 듣다시피 제각기 잘했노라니까 어느 편이 잘못했는지 모르겠네그려. 허허허."

지배인은 수염을 쓰다듬었다.

"네, 듣고 보니 아마 붙이기를 잘못한 것 같습니다."

A는 머리를 숙인 채 돌아서서 지배인실을 나왔다.

그가 머리를 숙이고 직공들 틈을 지나갈 때에, 어떤 여공이 그를 멍텅구리라 하였다. A는 그 말을 들은 체도 않고 빨리 공장으로 돌아와서 제 모자를 뒤집어쓰고 도시락갑을 꽁무니에 찼다. 그리고 막 밖으로 나오려다가 B와 마주쳤다.

"잘 만났네. 술 안 먹겠나? 내 한턱 냄세."

"뭐! 술, 만세, 좌우간 오늘 일을 끝내고."

"에 불쾌해!"

"왜 그러나? 하하하, 제각기 책임을 밀던가? 그런 거라네, 사람이란 건…… 거기서 네 장화공들이 붙이기를 잘못하였나 보다 하던 자네의 태도는 예수 그리스도이데, 예수 그리스도야. 예수, 석가여래, 하하하하, 하여간 좀 있다 술을 잊어서는 안 되네. 그리스도의 술을 얻어먹기가 쉽겠나?"

이튿날 아침 목이 말라서 깬 때는, A는 뜻밖에도 도순의 집에 있는 자기를 발견하였다. A는 벌떡 일어났다.

정신이 아뜩하였다.

'이게 무슨 일이냐? 이게 무슨 짓이냐?'

무한한 자책(自責)과 불쾌 때문에 가슴이 찢어지는 듯하였다. 증오에 불타는 눈을 도순의 얼굴에 부었다. 얼굴에 발랐던 분이 절반만큼 지워져서 버짐 먹은 것같이 된 면상에 미소를 띠고 있는 도순을 보매 불쾌감이 더욱 맹렬하여졌다. 그 얼굴에 침을 탁 뱉고 싶었다. A는 황급히 일어났다. 무엇이라 그의 등을 향하여 도순이가 부르짖었지만 듣지도 못하였다. 문 닫고 가란 말만 간신히 들렸다. 잠에 취한…….

그 집을 뛰쳐나온 A는 자, 어디로 가나 하였다. 밤을 다른 데서 보내고 이제 어슬렁어슬렁 제 집으로 돌아가기에는 그의 양심은 너무도 맑았다. 지금껏 아내 이외의 딴 계집을 접해본 일이 없는 그였다.

'무슨 짓이냐, 이 내 꼴은?'

불쾌하였다. 침이 죽과 같이 걸게 되었다. 마음은 부단(不斷)히 향상을 바라면서도 행위에 있어서 양심과 배치되는 일을 저지르는 제 약함을 스스로 꾸짖어 마지 않았다. 그는 불쾌한 감정 때문에 연하여 사지를 떨면서 골목에서 거리로, 거리에서 골목으로 빙빙 돌고 있었다.

'아아, 거친 삶이다. 바보, 바보, 왜 나는 좀더 사람답게 못 되는가. 사람으로서의 사랑과 감정과 양심―이것을 왜 기르지를 못하느냐? 위로, 위로, 좀 사람다이!'

그는 메시꺼운 듯이 침을 뱉고 하였다. 하릴없이 공장으로 갔다. 하루 종일 불쾌하게 지냈다. 공장에서 일할 동안 저편 여직공들의 일터에서 무엇이 좋다고 재재거리는 도순의 뒤 태도를 증오에 불붙는 눈으로 수없이 흘겼다.

"벌써 잊었으냐? 에익 더러워. 한 사내와 한 계집의 결합이라는 것은 결코 농담이 아닐 것이다. 무지(無知)로다. 더럽다."

소리까지 내어서 중얼거리고 하였다. 여전히 천하를 태평히 보자는 B는 일손을 멈추고 A를 돌아보며 웃었다. 그러나 A는 그의 미소에는 응하지 않고 타는 듯한 증오의 눈을 B에게 보낼 뿐이었다.

"오늘 밤도 또 가려나?"

응하지 않는 것을 탓하지 않고 B가 두 번이나 말을 붙일 때에, A는 몸까지 홱 B편에서 돌려 버리고 말았다.

그러나 그날 밤, A는 혼자서 몰래 술을 몇 잔을 먹은 뒤에 또다시 도순의 집의 문을 두드렸다. 아직 양심이 썩지 않은 A는 자기의 양심이 어긋나는 이 행동에 대하여 억지로 자기 스스로를 속일 핑계라도 없지 않을 수가 없었다. 그는 자기 스스로를 속여서 도순에게 한 사내와 한 계집의 결합이라는 것은 좀더 엄숙히 볼 문제라는 것을 설교해 주겠다고 핑계를 만들었다.

배합사와 장화공 사이의 문제는 A의 철저치 못한 태도와 지배인의 '허허허' 하는 웃음소리로 한 단락을 맺은 듯하나 그것으로 온전히 끝이 난 것이 아니었다. 이튿날도 불량품을 낸 직공에게마다 배합사에 대한 원성이 나왔다. 그 이튿날도 마찬가지였다. 이리하여 날이 지날수록 그들의 원망은 차차 더하였다. 그러나 거기 대하여 구체적으로 어떻게든지 하자는 사람은 없었다.

"제길 도적놈!"

이것이 그들의 최고의 원성이었다.

A는 지배인에게 향하여 이제부터는 잘 붙여 보겠노라 하고 나온 뒤로 정성을 다하여 붙였다. 전에는 하루 열여섯 켤레 붙이던 그가 다음부터는 열두 켤레를 한다고 붙였다. 그러나 이틀에 한 켤레씩은 역시 불량품이 나왔다. 아무런 일에든지 '되는 대로'를 표방하고 지나는 B에게서는 하루 평균 세 켤레가 났다.

어떤 날, 브러시질하던 손을 멈추고 B를 찾았다.

"여보게 B, 이러다가는 참 안 되겠네."

"뭐이?"

"불량품 문제 말일세."

"하하하, 자네도 걱정이 나는가? 붙이기만 잘 붙여 보게나— 아닌 게 아니라 걱정일세. 그래서 어저께 나 혼자 몰래 지배인을 찾아갔다네. 그자(지배인)하구 우리 집하구는 본시 세교 집안이기 때문에 내가 아무리 일개 직공이라 해도 그리 괄시를 못 한다네. 그래서 담판을 했지. 배합사를 내쫓아달라구. 그랬더니 그 대답이 이렇더구만. 지금의 배합사는 이 공장이 창설될 때 공장에서 일부러 고베(神戸)까지 보내서 수천 원을 삭여가면서 배합법을 도둑질해온 거라구. 그래서 보통 배합사라면 한 달에 월급 일백이십 원은 줘야 하는데 그자에게는 월급 그 반액 육십 원밖에 안 준단다. 십 년 동안을 육십 원씩 주고 그 뒤부터야 보통 배합사의 월급을 준다네. 그런 사정이 있으니까 내보낼 수가 없대."

"B, 난 어젯밤에 이런 생각을 해봤는데 어떨까. 우리 장화공의 수효가 삼백 명이 아닌가. 그 삼백 명이 한 달에 네 켤레씩 불량품을 낸다면 그 공전 손해가 육십 원이지? 그리고 불량품을 낸 배상으로 이천사백 켤레의 공짜 신까지 합하면 매달 일백팔십 원이라는 돈이 떠오르네그려. 그 떠오르는 돈으로 즉─ 우리 돈으로 말일세. 우리 돈으로 우리가 배합사 한 명과 네리공 한 명을 야도우〔雇〕해보면 어떨까 하는 말이야. 공장측 배합사와 네리공을 감독하는 셈일세그려. 우리가 지금 배합이나 네리가 나쁜 탓으로 받는 손해가 한 달에 한 사람 네 켤레는 될 걸세그려."

"만세! A 만세! 씨르럭푸르럭 톨스토이식의 헛소리나 하는 자넨 줄 알았더니 이런 지혜도 있었나? 만세, 만세, 만만셀세. 그렇지만 역시 공상가의 생각일세. 도련님의 생각이야. 샌님 도련님, 직공들이 이 말을 들을 줄 아나? 배합이 나빠서 한 달에 일만 원을 손해 볼지언정 그것을 개량할 비용으로 십 전은커녕 일 전도 안 낸다네."

"그럴 리야 있겠나?"

"그러기에 자네는 샌님이라지. 하하하하."

"사리(事理)를 설명해─."

"사리? 사리를 알 것 같으면 자네 같은 철학자나 나 같은 주정꾼이 되지. 좌우간 말해 보게나. 나쁜 일은 아니니깐."

A는 다시 브러시를 들었다. B의 이야기는 독단(獨斷)이었다. 사람의 사람으로서의 신성함을 무시하는 독단이었다. A는 다시 그 이야기를 B에게 안 하려 하였다. 그리고 이튿날 공장에 출근할 때는 그는 어저께 B에게 이야기한 것과 같은 규맹서(規盟書)를 작성하여

가지고 왔다.

   점심때를 이용하여 그는 B에게 도장 찍기를 원하였다. B는 웃으면서 찍었다. 그러나 다른 사람에게는 좀처럼 도장을 받지 못하였다.

   "도장을 못 가져왔구려."

   어떤 사람은 이렇게 대답하였다.

   "다들 찍으면 나도 찍지요."

   어떤 사람은 이렇게 대답하였다.

   "집에 가서 의논해야겠네."

어떤 사람의 대답은 이것이었다.

이리하여 그가 받은 도장은 삼백 명 직공 가운데서 겨우 열서너 사람에 지나지 못하였다.

그날 일을 끝내고 몹시 불유쾌하여 돌아가려 할 때가 B가 따라왔다.

"어때, 몇 사람이나 받았나?"

"에익, 더러워! 짐승만도 못한 것들."

"하하하하, 안 찍던가? 글쎄 내가 그러지 않던가? 안 찍네, 안 찍어."

"돼지, 개!"

"돼지, 개!"

"몹시 노여우신 모양일세그려. 술 먹고 싶지 않은가, 한턱 내게나."

A는 B의 얼굴을 바라보았다. 그리고 B의 얼굴에 뱉으려고 준비하던 침을 탁 땅에 뱉은 뒤에 돌아서서 빠른 걸음으로 집으로 향하였다.

도순과의 일이 있은 뒤부터 A는 자주 도순을 찾았다. 도순이 집을 다녀온 이튿날마다 몹시 불쾌하여 다시 안 가려고 맹세하고 하였다. 그러나 그의 발은 뜻하지 않고 그리로 향하여지고 하는 것이었다.

공장에서는 도순과 A는 서로 모른 체하였다. 처음 한동안은 도순이가 말을 붙여 보려 하였으나 A가 부끄러워 피하고 하였다. 그 뒤부터는 도순이도 모르는 체하였다. 간간 도순이가 A의 곁으로 지나가다 꼬집고 하는 것뿐이었다.

그것은 오월 단오가 가까운 어느 날이었다. A가 저녁을 먹고 거리(?)에라도 나갈까 하고 망설이고 있을 때에 아내가 찾았다.

"어디 또 나가려우?"

"응."

"여보, 응이 대체 뭐요, 응이 뭐야? 집안 꼴 좀 봐요. 쌀이 있소, 내일 모레가 명절인데 아이 옷이 있소?"

"우루사이 온나다나(귀찮은 여편네로군)!"

"할 말 없으면 저런 말 한담."

아내는 어이없는지 핏하고 웃었다. A도 그만 웃어 버렸다. 그리고 싱겁게 귀동이(그의 두 살 난 아들)를 두어 번 얼러 본 뒤에 집을 나섰다.

집을 나선 그는 B를 찾아가서 B를 문간까지 불러냈다.

"여보게 B, 돈 한 이 원만 취해 주게."

"밤중에 돈은 해서 뭘 하겠나?"

"집에 쌀이 떨어졌네그려."

"뭐? 쌀? 그거야 되겠나? 가만 있게, 이 원으로 되겠나? 한 오 원 줄까?"

A는 B의 얼굴을 바라보았다. 천하만사를 되는 대로 해 나가는 듯한 B─그가 집에는 생활 비용을 여유 있게 남겨 두며, 친구의 청구에 두말없이 꾸어 주는 그의 태도, 눈물이 나오려 하였다.

"오 원이면 더 좋지."

"잠깐 기다리게."

B는 들어가서 제 아버지(?)와 중얼중얼하더니 오 원을 가지고 나왔다.

"자, 쓰게. 딴 데는 쓰지 말게."

"이 사람아."

이런 일에 감격키 쉬운 A는 눈물이 나오려는 것을 막고 B에게 사례를 하고 돌아섰다.

집에 들어서면서 장한 듯이 홱 내던진 그 물건들을 아내는 생긋이 웃으면서 집어치웠다. 제 저고리감에 대하여는 그는 그다지 기뻐하는 듯이 보이지 않았다. 한순간 펴본 뿐, 곧 집어치웠다. 자리에 누워서도 당신의 옷이나 끊어 오지요 할 뿐, 제 것에 대한 치하는 안 했다. 이튿날 아침, A가 깨어서 세수를 하려고 문을 열 때였다. 혼자서 불을 때며 제 저고리감을 뒤적이고 있던 그의 아내는 A의 나오려는 바람에 얼른 감추어 버렸다. 얼굴이 주홍빛이 되었다. 말도 없고 표정도 없었지만 얼마나 좋아하는지가 역력히 보였다.

집을 나서서 공장으로 가는 동안, A의 마음은 명절을 맞은 어린 아이들과 같이 괴상히도 들먹거렸다. 무한 명랑하고 기뻤다. 단 일원, 그것으로 아내의 마음을 그만큼 기쁘게 할 수가 있는 것이었다. 싸지 않느냐.

그는 문득 도순을 생각하였다.

연애? 그것도 아니었다. 성의 불만? 그것도 아니었다.

유쾌? 오히려 그 반대였다. 여성 정복이라는 일종의 병적 쾌감이 그를 도순에게 끄는 유일의 원인이었다. 그것은 더러운 감정이었다.

"위로— 위로."

이리하여 그는 도순의 집을 다시 가지 않았다. 공장에서도 할 수 있는 대로 도순을 보지 않으려 하였다.

집에 누워서 때때로 그 도순의 일을 회상하고는 심란해질 때는 언제든지 귀동이를 찾았다.

"야. 귀동아!"

"어?"

"응, 너 착하지."

"까─따─빠."

"뭘?"

"따─떼여이!"

"그렇지 따, 떼, 여이지."

그리고 그는 거기서 도순과 만났을 때와는 온전히 종류가 다른 만족과 희열을 발견하였다. 귀동이의 까, 따, 빠는 도순의 흥에 지지 않을 매력이 있었다. 제 아내에게 무슨 물건을 사줄 때마다 본체만체하는 아내의 태도는 사다 주는 물건에 입을 맞추며 기뻐서 날뛰는 도순이보다도 A에게는 은근스럽고 흡족하였다.

그의 생활은 다시 건전한 데로 돌아섰다.

여름도 절반이 갔다.

그 어떤 여름날 공장을 끝내고 돌아오는 길에 A는 문득 앞에 B가 도순이를 끼고 소곤거리면서 가는 것을 보았다.

집에 돌아와서 저녁을 먹은 뒤에 곤하여 자려 하였으나 그의 마음은 공연히 뒤숭숭하였다.

"아빠."

귀동이가 찾으면서 왔다. 그러는 것을 그는 밀었다.

"저리 가!"

"따 띠?"

"뭘?"

"여이 따─떼이."

"엄마한테 가."

"마?"

"응. 응."

A는 벌떡 일어났다. 더워하면서 그는 모자를 쓰고 집을 나섰다. 야시며 일없이 거리를 빙빙 돌다가 아홉 시쯤 하여 도순의 집 앞에 가서 귀를 기울였다.

"올빼미 같으니."

"흥― 넌 싱검둥이지?"

안에서는 확실히 B와 도순의 목소리가 들렸다. A는 문을 두드렸다. 안의 소리들은 끊어졌다. A는 두 번째 두드렸다. 대답은 없었다. A는 또다시 두드렸다. 세 번째야 '누구요' 하는 소리가 건넌방에서 들렸다.

"도순이 있어요?"

"놀라 나갔소."

"언제쯤이오?"

"아까요."

A는 홱 돌아섰다.

'나를 따는구나. 있고도 없다고. 짐승들! 더러워! 더러워!'

거기서 돌아선 그는 그로부터 두 시간쯤 뒤에 도순의 집에 이르렀다. 그때는 그는 먹을 줄 모르는 술에 정신없이 취해 있었다.

"도순이!"

그는 몸 전체로 대문을 받았다. 그리고 그 여력으로 넘어진 그는 주저앉은 채로 대문을 찬다.

"도순이!"

한 마디 부르고는 앉은 채로 서너 번씩 대문짝을 차고 하였다.

'지금 연놈이 끼고 누워 있나?'

"어이, 나가네."

이윽고 안에서 대답 소리가 났다. B의 목소리였다.

"이 사람아, 좀 기다려. 대문 쪼개지겠네."

안에서 문 여는 소리가 나고 신발 끄는 소리가 나고 대문이 덜걱 덜걱하다가 열렸다.

"자, 들어가세."

A는 그만 싱겁게 일어났다.

"B인가. 난 누구라구. 가겠네. 어 취해."

"들어가세나."

"가겠네, 재미보게. 응, 재미봐."

A는 뿌리치고 돌아섰다.

'바보! 바보! 뭘하러 거기까지 다시 갔던가? 이야말로 태산을 울린 뒤에 겨우 쥐 한 마리란 격이로구나.'

술과 불쾌 때문에 그는 귀가 어두워지고 눈이 어두워졌다.

'바보! 바보! 이게 무슨 창피스런 꼴이냐?'

'집에만 돌아가면 즐거운 가정이 있지 않느냐? 귀동이가 있지 않느냐? 아내가 있지 않느냐? 시골에는 늙은 어미가 있지 않느냐? 그리고 그들은 모두 나 하나를 힘입고 살고 있지 않느냐? 나는 그들을 돌볼 권리와 의무가 있지 않느냐? 나는 사람이다. 위로!'

술과 노여움으로 흥분된 A는 혼자서 중얼중얼 말을 하면서 고개를 푹 숙이고 거리거리를 비틀거리며 돌아다니고 있었다. 그러다가 어디선지 쓰러져 자버렸다.

이튿날―새벽에 길로 뛰쳐나왔다.

A는 오늘은 공장을 쉴까 하였다. 공장에서 B를 만나기가 싫었다.

그러나 갈 데가 (이 이른 새벽에) 없어서 빙빙 돌다가 오정쯤 드디어 공장으로 갔다.

"요!"

B는 여전히 손을 들어 인사하였다. 이것은 A에게는 의외였다. B는 부끄러워하려니 하였다. 그런 일이 있고 뻔뻔스럽게도 천연하랴? 그날 일을 하는 동안에 B에 대한 시기가 차차 커가다가, 그 시기가 노염이 되고 노염은 종내 대수롭지 않은 일로 폭발이 되었다. B는 자기의 브러시가 보이지 않았던지 A의 승낙도 받지 않고 A의 브러시를 집어갔다.

"이 자식―남의 것 왜 집어가는 거야?"

A는 붙이던 신을 상 위에 놓은 뒤에 팔을 내밀었다. B는 브러시를 빼앗기지 않으려는 듯이 손을 돌렸다.

"자네 것이면 좀 못 쓰나?"

"내 해, 내 것, 내, 내, 내 해야."

A는 숨을 덜컥덜컥하였다.

"야, A, 비싸게 굴지 마라."

"뭘? 이리 못 내겠느냐?"

"내 쓰고 주지 않으랴."

"에익!"

A는 주먹으로 B를 쥐어박았다. 눈이 충혈이 되면서 일어섰다. 이 통에 다른 직공들도 와 하니 일어서서 둘러섰다. 큰 구경이 난 것이다. 그 가운데서 일단 넘어졌던 B는 옷의 먼지를 털면서 일어났다. A는 B가 달려들 줄 알고 그 준비를 할 때에, B는 옷을 다 털고 나서 앞에 놓인 꽤 굵은 쇠뭉치를 잡았다. 그리고 무릎을 쇠뭉치의 중간에 대고 양손으로 쇠뭉치의 양끝을 잡아 힘껏 당겼다. 쇠뭉치는 그 두려

운 힘에 항복하는 듯이 구부러졌다.

"A, 이봐, 내가 힘으로 너한테 지는 바는 아니다. 그렇지만 너한테 차마 손을 못 대겠다. 네 브러시를 쓰지 않으면 그뿐이 아니냐. 예따, 받아라! 네 브러시로다."

B는 브러시를 A에게 던졌다. 그리고 제 브러시를 얻어 가지고 방금 그 분쟁을 잊은 듯이 제 일을 시작하였다. 그 오후, A는 일할 동안 몇 번을 B를 몰래 보고 하였다. A는 지금 브러시가 아니라 그보다 더한 것이라도 B가 달라기만 하면 곧 주고 싶었다. 아까의 제 행동을 뉘우쳤다. 부끄러운 일이라 하였다. 사람의 짓이 아니라 하였다. 저녁 때 일을 끝내고 돌아가려 할 때 A는 공장 문 밖에서 B를 기다렸다.

"여보게 B!"

"또 싸움을 하―."

"아까는 미안하이."

"하하하하, 사죄인가. 경우 밝은 녀석일세. 세 시간도 못 지나 사조할 일을 왜 한담,(또 콧노래 한 가락 하고 나서) 그런데 A, 브러시가 그렇게 아깝던가?"

A는 머리를 숙였다.

"B, 웃지 말고 대답해 주게. 도순……."

"하하! 아, 알았다. 아까 그 일이 거기서 나왔구나, 이 못난 자식아. 샌님이야, 술이나 먹으러 가자. 오늘은 내가 한턱 하지."

A는 술을 피하고 싶었다. 그러나 B에게 대한 미안한 생각은 A로 하여금 싫은 술좌석일지라도 기쁜 듯이 가지 않을 수가 없게 하였다.

그날 저녁을 기회로 A의 생활은 또다시 불규칙하게 되었다. 또

다시 술, 계집…….

그날 저녁 B는 얼간이를 소개하
였다. 얼간이는 싱겁게 웃은 뒤에
이를 승낙하였다. A는 순교자와
같은 비창한 마음으로 이를 승낙
하였고, 대단한 불쾌와 그 가운데
약간 섞여 있는 호기심으로 얼간이
의 집으로 갔다.

이날의 이 일은 A에게는 마치 아편의 독소와 같았다.

‘위로─위로, 더욱 높은 데로!”

마음으로는 여전히 향상을 바라고 부단의 자책과 공포를 느끼면
서도 그의 이성, 그의 양심을 무시하고 그의 행동은 어긋나는 길로
가는 것이었다.

그날의 그 일은 A의 양심의 첨단을 갈아내는 줄(鑢)이었다. 커다
란 이 줄에 끝을 쓸리어나간 그의 양심은 그로 하여금 얼굴 붉힐 일
을 연하여 행하게 하였다.

아침 자리에서 일어날 때는 언제든 그는 이즈음의 제 생활을 돌
아보고 커다란 부끄러움을 느끼고 하였다.

‘고쳐야겠다. 이런 생활에서 어서 떠나야겠다.’

이런 생각이 아침 일어날 때마다 그의 마음을 지배하였지만, 공
장에서 돌아올 때에 동무들이 그의 어깨를 한 번 툭 치는 것을 기회
로 그의 양심은 자취를 감추고, 또다시 그들과 어깨를 겨루고 좋지 못
한 곳을 찾아가는 것이었다. 그런 뒤에는 술과 계집과 방탕이 시작
되는 것이었다.

술은 언제든 A의 마음을 무겁게 하였다. 남들은 술이 들어가면

언제든 마음이 들뜬다 하나, A의 속에 들어가면 언제든 마음이 차차 무거워 갔다. 순교자와 같은 비참한 마음이 늘 생겼다. 술은 언제든 그의 양심으로 하여금 부끄럽게 하였다. 제 거친 생활을 뉘우치게 하였다. 취기가 들면 들수록 그는 자기의 비열하고 참되지 못한 생활과 행동을 뉘우치게 하였다.

그리고 이런 곳에 같이 따라온 제 약한 마음을 채찍질하였다.

'위로―위로―.'

"아아!"

지금은 주량도 무척 는 그였다.

불량품 문제는 이전의 그 자리에서 조금도 진척되지 않았다. 역시 불량품이 많이 났다. 그러나 거기 대하여 제각기 불평을 말하면서도 어떤 조처를 하자고 발의를 하는 사람도 없었고 생각조차 하는 사람도 없었다.

"제길! 또?"

이것이 그들의 가장 큰 원성이었고 가장 큰 반항이었다. 그 이상은 아무것도 없었다. 더구나 여름이라 하는 시절은 고무공업은 한산한 시절이라 공장주 측에서도 아무런 조처도 없었다. 직공은 직공대로 다만 목잘리지 않기를 위주하였다. 이리하여 많은 '제기!'와 많은 불량품 가운데서 한산한 여름은 지나갔다.

어떤 날 낮, 배합사가 A와 B를 찾아서 저녁 때 좀 조용히 만나기를 청하였다. 저녁 때 배합사와 A와 B의 세 사람은 어떤 조용한 중국 요릿집에 대좌하였다. 처음에 두어 마디 잡담이 돌아간 뒤에 배합사는 옷깃을 바로 하며 눈을 아래로 떨어뜨리고,

"오늘 부러 두 분을 청한 것은 다름이 아니라, 특별히 부탁할 일이 있어선데 들어 주시겠습니까?"

하고 공손히 부탁하였다.

A는 B의 얼굴을 보았다. B는 배합사의 얼굴을 보았다. 그리고 아무 대답도 없는데 배합사는 또 말을 꺼냈다.

"들어 주시겠습니까가 아니라, 꼭 들어 주셔야겠습니다. 이것은 내게 뿐만 아니라 노형들에게 해롭지 않은 일이외다."

"어디 말씀해 보세요."

B는 담배를 붙여 물고 배합사를 바라보았다.

"네, 형공 두 분을 믿고 말씀드리리다. 다른 게 아니라, 그 배합에 대해서도 언젠가도 이야기가 났었지만…… 불량품이 많이 나는 건 역시 배합사가 나빠서 그래요. 부끄러운 말씀올시다만 내 집안 식구가 열셋이야요. 그런데 내가 여기서 받는 월급이 겨우 육십 원이겠지요. 그걸로 어떻게 열세 식구가 살아갑니까? 보통 배합사면 아무 데를 가든지 월급은 백 원이 넘습니다. 그런데 이 공장과 나와의 사이엔 특별한 관계가 있어서…… 그 관계란 것이…….'

말의 순서를 잘 따질 줄 모르는 배합사의 선후며 연락이 없는 이야기를 종합하여 들건대―그리고 정 이해가 어려운 곳은 다시 묻고 또 묻고 하여 알아들은 결론에 의지하건대, 그의 말의 요지는 다음과 같았다.

―먼저 그는 자기가 이 공장의 돈으로 고베(神戶)까지 파견되어 배합법을 배워온 경유를 말한 뒤에 말을 계속하여―자기는 분명 그 은혜가 크기는 크다. 금전으로 바꾸지 못할 귀중한 보배, 마를 길 없는 지식의 샘(배합법이라는), 공장의 덕으로 머릿속에 잡아넣기는 넣었다. 그 은혜의 큰 바를 모르는 바는 아니지만 한 달에 겨우 육십

원이라는 봉급으로는 열 세 식구가 살아갈 수 없다. 그러나 십 년 만기까지는 이 공장에 팔린 몸이매 제 자유로 나갈 수도 없다. 은혜 내지는 의뢰와 현실 생활—이러한 딜레마에서 헤매던 그는 마침내 한 가지의 방책을 발견한 것이었다. 즉 공장에서 자기를 내쫓도록 수단을 쓰는 것이었다. 그래서 그는 부러 배합을 허투루 하여 고무가 붙지 않도록 하였다. 그리고 직공측에서도 문제가 일어나기를 기다렸다.

그러나 그의 기대와 달리 잠시 일어나던 문제는 사라지고, 그러는 동안에 고무 공업계의 한산기인 여름이 되어서 그냥 잠자코 있었는데—아무리 하여도 육십 원의 월급으로 열세 식구가 먹고 살 수가 없으니, 직공측에서 운동을 하여 자기를 내쫓도록 해달라는 것 이것이 배합사의 부탁의 뜻이었다,

"A 자네 의견은 어떤가? "

배합사의 이야기를 들은 뒤에 B는 A에게 먼저 의견을 물었다. 모든 일을 농담으로만 넘겨 버리려는 B의 얼굴에도 이때만은 비교적 엄숙한 기분이 되었다.

"글쎄……."

A는 이렇게 대답할 뿐이었다. 이즈음 술과 허튼 생활로써 마비된 A의 머리로는 이런 일에 임하여 갑자기 옳은 판단을 내릴 수가 없었다. 온갖 일이 권태의 대상이요, '감동' 이라 하는 것을 잃어버린, 한낱 기계과 같이 되어 버린 A의 머리에는 이러한 미묘한 감정에 얽힌 인생 문제는 판단 내릴 수가 없었다.

"글쎄……."

또 한 번 뇌면서 A는 곤한 듯이 담배를 붙여 물었다.

1.열세 식구와 육십 원—이러한 괴로운 경지에서 배합사가 쓴 수

단에 틀림없으나, 사랑하는 부모 처자의 구복을 위해서 할 수 없이 쓴 수단이니 배합사의 행위는 용납할 것인가?

2. 저부터 살고야 볼 것인가, 남부터 살릴 것인가?

3. 배합사는 공장의 덕택으로 일생을 써먹어도 마를 길이 없는 귀한 보배인 지식을 얻었다. 여기 대한 의리와 의무를 벗어 버리려는 배합사의 행위는 옳은 것인가, 그른 것인가? 만약 옳다 할진대 그것은 에고이즘이다. 그르다 할진대 너무 도학적이다.

4. 자기의 한 가족을 위하여 몇 달 동안 삼백여 명의 직공과 수천 명의 가족들을 괴롭게 한 그 행위는 밉다 볼 것인가?

5. 비열한 행동은 해서 못 쓴다.

6. 밥은 먹고야 산다.

7. 그러나 '정당한 행위'와 밥이 서로 배제될 때는 어느 길을 취해야 하나?

순서없이 연락없이, 그리고 한 토막의 해답도 없이 이런 생각이 머리에 얽혀 돌아갔다.

B가 지금껏 먹던 담배를 휙 내던지고 코를 두어 번 울리었다. 배합사를 찾았다.

"좌우간 여보 노형, 혼자를 위해서 몇 달 동안 배합을 못 되게 해서 삼백여 명의 직공을 손해 입혔으니 그게 무슨 비열한 짓이오? 지금 새삼스러이 성내야 쓸데없는 일이지만, 미리 서로 어떻게든 의논했으면 좀더 달리 변통할 도리라도 있었지요."

"면목 없습니다."

"면목? 면목쯤으로 당하겠소…… 좌우간 우리는 어차피 노형을 배척은 해야겠소. 그건 노형을 위해서가 아니고 우리들을 위해서 하는 일이지만…… 이 뒤 다른 데 가서라도 그런 짓은 아예 다시 하지 마오—. A, 자네 돈 가진 것 있나?

A는 주머니를 뒤졌다.

"일 원밖에 없네."

"일 원 내게."

"뭘 하겠나?"

"글쎄, 내게."

B는 돈을 받아 가지고, 보이를 불러 가지고 회계를 명하였다. 배합사가 창황히 말렸다.

"이보세요, 이번 것은 내 내지요. 두 분께 부탁할 일이 있어서 부러 청한 것이니깐."

"걱정 마시오. 조합식으로 합시다. 이런 부탁을 받으려고 음식을 먹었다면 우리도 속으로 불유쾌하니깐 삼분해서 내기로 합시다."

A는 눈을 들어서 B와 배합사를 번갈아 보았다. 커다랗게 뜬 오른편 눈을 약간 떠는 뿐, 아무 표정도 없는 B의 얼굴과 부끄러움으로 풀이 죽은 배합사의 얼굴을 번갈아 보는 동안, A의 마음에는 '감동'이라고밖에는 형용할 수 없는 괴상스런 감정이 생겼다. 그리고 그것은 이즈음 한동안은 그의 마음에서 발견할 수 없던 감정이었다.

A의 눈도 약하게 떨렸다.

삼사 일 동안은 그 배합사의 문제는 A와 B 두 사람이 아는 뿐, 일체 누설치 않았다. 온갖 일에 대하여 자기의 푯대의 주장을 가지고 있는 B는 이런 일을 당할지라도 주저하지 않고 일을 진행시켰다.

A의 들은 바,

1. 임금 인상

2. 대우 개선

3. 배합사 해고

이 세 가지의 문제에 대하여 B는 웃어 버렸다.

"배합사 무조건 해고."

B의 주장은 이 단 한 가지 조건이었다.

"소위 개선(改善)이라 하는 건 한 가지씩 점진적으로 해야 된다네. 한꺼번에 여러 가지를 구했다가는 질겁을 해서 승낙을 안 해. 지금 우리에게 절박한 문제는 배합사가 아닌가. 게다가 공연히 '임금 인상'이며 '대우 개선'을 덧붙였다가는 공장주측에서 질겁을 하고 물러서고 말리. 한 가지씩 한 가지씩 해 나가면 손쉽게 될 가능성이 있는 걸 공연히 섣불리 덤벼서 동맹 파업이라 무엇이라 해 가지고 피차에 손해를 보면 긁어 부스럼이야. 우선 급한 문제만 해결하고 기회를 봐서 서서히……."

그리고 또 이렇게 보태었다.

"또 공장주측에서 배합사를 내쫓을 때 배합사를 유학시킨 비용을 증서로 받는다든가 하면 배합사가 불쌍하지 않은가! 우리측에서 보면 배합사의 한 일은 괘씸하지만, 그것도 무슨 악의에서 나온 바가 아니고 자기의 밥을 위해서 한 거니까, 그 수단이 무지하기는 하지만, 그 사람의 장래도 생각해 줘야 할거야. '악의'는 용서할 수 없지만 '무지'는 용서할 여지가 있는 일이야. 그 사람도 노동자일세."

A는 이러한 B의 말을 들을 때에 막연하게나마 커다란 인류애를 느꼈다. 오른쪽 눈과 왼쪽 눈이 제각기 활동을 하는 사팔뜨기 B의 표정에는 이런 때는 신성하고 엄숙한 기분이 넘쳤다.

이러한 삼사 일 동안, A는 금년 여름을 보낸 그 들뜬 기분을 잊었다. 때때로 불끈 그 생각이 솟아오를 때는 그는 얼굴을 붉혔다. 그의 마음은 마치 핸들을 잡은 운전사와 같이 긴장되어 있었다. 온갖 술과 계집의 허위와 너털웃음의 들뜬 생활—여름 동안은 그렇듯 그의 마음을 끌고 그의 온 정신을 유혹하던 그 생활—더구나 삼사 일 전까지도 계속 되던 그 생활은 이제는 그에게는 이상한 애조로서 장사당한 한 옛적의 일과 같이 어떤 엷은 베일로 감추어져 버렸다.

B는 아무 일에도 구애됨이 없이 낮에는 천연히 일하였다.

"네 나이는 열아홉, 내 나이는 스물하나—니까. 너고 나고 언제든……."

늘 콧소리로 흥얼거리면서, 한편 불량품을 연하여 내면서 때때로는 멀리 떨어져 있는 여공들의 일간을 향하여, 큰소리로 농담을 던지면서 천연히 일을 하였다. A는 B를 부러워하였다. 아무런 일에 처하여도 자기 본심만은 잃지 않는 B를 어떤 의미로 보아서는 A에게는 영웅으로까지 비치었다. 아무런 일이든 B는 그 일이나 마음을 지배하였지 거기 지배당하지는 않았다. 꼭 같은 일을 A와 B가 할지라도 A에게 있어서는 '그 일에 끌려서 행하는 것'에 반하여 B는 '그 사건을 지배' 하였다. A에게는 B의 그 점이 몹시 부러웠다. 그리고 A는 막연하게나마 자기의 성격이라 하는 데 대하여도 처음으로 이해의 눈이 벌려지기 시작하였다. 공장 노동이라 하는 것은 자기에게 적당치 않은 것을 어렴풋이 깨달았다. B와 같이 굳센 성격의 주인이거나, 그렇지 않으면 다시 소생할 여망 없이 타락한 사람이 아닌 이상에는, 공장 노동이란 십중팔구는 그 사람의 성격을 파산시키며 순진함과 향상욕을 멸망케 하는 커다란 기관이란 것도 어렴풋이 짐작되었다. 검은 물은 들기가 쉽고, 따라서 무서운 전파력을 가졌다는 평범한 진리도 다시금 느꼈다.

며칠 뒤, 좀 두드러진 직공 몇 사람을 모아놓고 이번의 배합사 문제를 내놓고 배합사를 내쫓도록 공장측에 요구하자는 의향을 그들 앞에 제출할 때에 반대가 있으리라고는 뜻도 안 하였다. 그 반대의 이유는 이러하였다.

　"그럼, 그 배합사는 부러 배합을 고약하게 해서 우리를 손해를 입혔단 말이지? 그러면 말하자면 배합사는 우리의 원수인데 우리가 애써서 그 사람을 내쫓아서 봉급 많이 주는 데 갈 수 있게 해줄 필요가 어디 있단 말인가?"

　거기 대하여 B는 이렇게 대답하였다.

　"여보게, 그렇게 생각할 게 아닐세, 우리는 우리를 위해서 그것을 요구하는 것이지 배합사를 위해서 요구하는 것이 아니네. 배합사는 잘 되건 못 되건 생각할 필요가 없고, 우리는 우리 문제, 즉 불량품 많이 나는 문제만 없어지면 그뿐 아닌가. 배합사의 봉급 참견까지야 할 필요가 어디 있나?"

　"글쎄, 남의 일은 참견 말고 우리 일이나 하세그려. 유조건 해고든 무조건 해고든, 그것까지야 왜 참견하자나?"

　—어떤 직공이 또 이렇게 반대하였다. 그리고 제 말재간을 자랑하는 듯이 둘러보았다.

　"그건 궤변이야. 궤변은 함부로 쓰면 못 써."

　"궤변?"

　그 직공은 '궤변'의 뜻을 모르는 모양이었다. 싱거운 듯이,

　"궤변 아니야."

　할 뿐 잠잠하여 버렸다. 다른 직공이 또 반대하였다.

　"노동자는 제 밥벌이만 해도 바쁜데 원수까지 사랑할 겨를은 없네. 우리는 예수교인이 아니니까."

"이 사람아(B의 말이었다) 말을 왜 그렇게 하나? 아무리 겨를이 없다 해도 겸사겸사해서 해지는 일을 왜 피하겠나? 저도 좋고 나도 좋을 일을, 왜 나만 좋자고 그 사람의 일을 일부러 뽑겠나. 그 사람 배합사도 노동잘세."

"그 사람은 양복 입었네."

또 반대였다.

"나도 양복이다."

─B는 마침내 성을 내었다. 그는 발을 구르면서 죄다 해진 양복의 앞자락을 쳐들었다. 왁 하니 웃음소리가 났다. 그러나 A에게는 이것은 결코 웃지 못할 장면이었다. 다 해져서 걸레에 가까운 알파카 양복의 앞자락을 쳐들며 일어서는 B의 모양에는 웃지 못할 엄숙함이 있었다. 문제는 진행되지 않았다. 변변치 않은 문제에 걸려서 제각기 의견을 제출하고 반대하고 하노라고 그날은 종내 해결짓지 못하였다. 그리고 내일 다시 모이기로 하고 헤어졌다.

이튿날 다시 회의는 열렸다. 회의의 벽두에 누가 동맹파업의 문제를 일으켰다. 그때에 뜻밖에도 동맹파업이라 하는 것은 거기 모인 사람들의 흥미를 몹시 일으켰다. 뭇 입에서는 동맹 파업을 부르짖는 소리가 높았다.

처음에는 어이없어서 방관적 태도로 입을 봉하고 있던 B가 너무도 모든 사람의 의견이 그리로 몰리므로 종내 입을 열었다.

"여보, 일에는 순서가 있지 않소? 먼저 우리의 요구를 제출해서 그 요구가 용납되지 않으면 동맹파업도 할 수 있는 일이지만, 동맹파업부터 먼저 한다는 법이 어디 있소?"

"요구야 물론 안 들을 게지."

"아, 들어 줄지, 안 들어 줄지 지내 봤소? 대체 여보 당신네들이 알고 그러우, 모르고 그러우? 어쩐 셈이오?"

"알고 모르고가 있나?"

―도리나레바(노래 가사)를 부르는 사람이 있었다.

"여보들, 순서를 밟아서 일을 하면 혹은 무사히 우리 요구를 들어 줄지도 모를 일을 파업부터 하면 뭘하오?"

"그래야 혼내우지."

"하하하하, 설사 혼이 난다 합시다. 혼이 나면 그 동안 우리들의 집안 식구는 어떻게 무얼로 살아갈 테요?

"그런 걱정까지 해서 큰일을 하나."

"아아, 이 무지여! 외래사상(外來思想)을 잘 씹지도 않고 그저 그 대로 삼켜서, 그것이면 무조건하고 좋다고 자기의 환경과 입장을 고찰하지도 못하고 덤비는 이 무리들이여―."

A에게는 딱하고 한심하기가 끝이 없었다.

B와 A의 의견과 다른 직공들의 의견의 사이에는 현격한 차이가 있었다. 그 차이를 갖다가 맞붙이기는 힘들었다.

직공들의 대부분은 공연히 동맹파업이라는 생각에 들떠서 사리 를 생각할 여유를 잃은 모양이었다.

문제는 해결되지 못한 채로 셋째날로 넘어갔다.

문제는 다섯째날에야 겨우 타협점을 발견하였다.

1. 배합사의 해고에 '무조건' 이란 문구를 뽑을 것.

2. 공장측에서 직공의 요구를 듣지 않는 경우에는 동맹파업을 하 되 B와 A가 그 지도자가 되어 줄 것.

이러한 조건 아래 타협이 성립된 것이었다.

그날 밤, A와 B는 교외로 산보를 나갔다. 벌써 저녁때는 꽤 서늘한 절기였다. 달 밝은 밤이었다. 소나무들은 커다란 그림자를 땅 위에 던져 주고 있었다. A와 B는 잠자코 걸었다. 어떤 바위에까지 가서 걸 터앉았다. 그러나 말은 없었다. 한참 뒤에 A가 먼저 입을 열었다.

"B, 나는 공장을 그만둘까봐."

"찬성이네."

B는 간단히 대답하였다.

"그리고 시골로 내려갈까 봐."

"찬성이네."

"이즈음 한 주일을 거의 한잠도 못 자고 생각했는데 참 못 견디겠어."

"글쎄, 시골로 가도 자네 같은 결벽(潔癖)의 사람에게 만족이 될지 안 될지는 의문이지만, 도회보다야 낫겠지. 가보게."

말은 또 끊어졌다.

한참 뒤에 이번엔 B가 말을 꺼냈다.

"자네 결벽도 무던하네. 좌우간 도회, 더구나 공장 노동자로서는 그런 결벽을 가지고는 사실 성격까지 파산하겠기에 그 결벽을 없이 해보려고 나도 꽤 애를 썼지만 자네 같은 벽창호 결벽가가 이 세상에 있으리라고는 뜻도 못 했네. 하느님의 초특작품(超特作品)인데."

A는 적적히 웃었다.

담배를 꺼내어 B에게 권하였다.

서너 모금 뻐금뻐금 빤 뒤에 A는 또 입을 열었다.

"어머니도 내려오시라고……."

"어머님? 참 어머님도 자네가 놀아난 것을 눈치챘겠지?"

"우리 처가 편지를 한 모양이야. 몹시 걱정하시던데……."

"부인은 나를 원망하겠네그려?"

"왜 안 원망하겠나?"

"하하하하, 나도 못된 놈이지."

B는 적적히 웃었다. A도 따라 적적히 웃었다.

"자네마저 가면 난 적적할세그려."

"피차."

B는 하늘을 우러러 콧노래를 불렀다.

"네 나이는 열아홉, 나는 벌써 스물셋이니까."

그러나 A에게는 몹시 이 노래가 구슬프게 들렸다.

A는 기지개를 켜면서 일어섰다.

이튿날 직공들은 공장에 자기네의 조건을 제출하였다.

공장측에서는 한 주일의 유예를 청하였다.

한 주일 뒤에 가부간 회답을 하겠다는 것이었다.

그 기간이 끝나는 것을 기다리지 못하고—아니 기다리지 않고 A는 공장을 그만두고 처자를 거느리고 시골로 떠났다.

A가 시골로 내려간 지 두 주일쯤 뒤에 B에게서 편지가 왔다.

그 편지에는 이런 말이 씌어 있었다.

(상략) 공장 측에서는 직공 측의 요구를 다 승낙하였소. 그러나 직공 측에서는 역시 만족해하지 않았소. 왜? 다름이 아니라, 직공

측에서는 '동맹파업'이라는 것을 일종의 유회적 기분으로 기대하고 있었는데, 공장주 측에서 모든 조건을 승낙하니 '동맹파업'을 일으킬 구실이 없어지기 때문이오. (중략)

무지(無智)의 위에 '외래사상(外來思想)'을 도금한 것—이것이 도회 노동자의 모양이외다. 외래사상을 잘 씹지도 않고 삼켜서 소화불량증에 걸린 딱한 사람들이외다. (하략)

이 편지에 대하여 한 A의 회답에 이런 말이 있었다.

(상략) 농촌도 도회 같지는 않으나 소화불량증이 꽤 침입이 되어 있소. 좋은 의사가 생겨나서 좋은 약을 발견하지 않으면 큰 야단이외다. (하략)

「1930년」

붉은 산

어떤 의사의 수기

그것은 여(余)가 만주를 여행할 때 일이었다. 만주의 풍속도 좀 살필 겸 아직껏 문명의 세례를 받지 못한 그들 사이에 퍼져 있는 병(病)을 좀 조사할 겸해서 일 년의 기한을 예산하여 가지고 만주를 시시콜콜히 다 돌아온 적이 있었다. 그때에 ××촌이라 하는 조그만 촌에서 본 일을 여기에 적고자 한다.

××촌은 조선 사람 소작인만 사는 한 이십여 호 되는 작은 촌이었다. 사면을 둘러보아도 한 개의 산도 볼 수가 없는 광막한 만주의 벌판 가운데 놓여 있는 이름도 없는 작은 촌이었다.

몽고 사람 종자(從者)를 하나 데리고 노새를 타고 만주의 농촌을 돌아다니던 여가 그 ××촌에 이른 때는 가을도 다 가고 어느덧 광포한 북극의 겨울이 만주를 찾아온 때였다.

만주의 어느 곳이나 조선 사람이 없는 곳은 없지만 이러한 오지(奧地)에서 한 동네가 죄 조선 사람으로만 되어 있는 곳을 만나니 반가웠다. 더구나 그 동네는 비록 모두가 만주국인의 소작인이라 하나, 사람들이 비교적 온량하고 정직하여 장성한 이들은 그래도 모두 천자문 한 권 쯤은 읽은 사람들이었다. 살풍경한 만주 그 가운데서 살풍경한 살림을 하는 만주국인이며 조선 사람의 동네를 근 일 년이나 돌아다니다가 비교적 평화스런 이런 동네를 만나면, 그것이 비록 외국인 동네라 하여도 반갑겠거늘, 하물며 우리 같은 동족임에랴. 여는 그 동네에서 한 십여 일 이상을 일없이 매일 호별 방문을 하며 그들과 이야기로 날을 보내며 오래간만에 맛보는 평화적 기분을 향락하고 있었다.

'삵'이라는 별명을 가지고 있는 '정익호'라는 인물을 본 것이 여기서이다.

익호라는 인물의 고향이 어디인지는 ××촌에서 아무도 몰랐다. 사투리로 보아서 경기 사투리인 듯하지만 빠른 말로 재재거리는 때에는 영남 사투리가 보일 때도 있고, 싸움이라도 할 때는 서북 사투리가 보일 때도 있었다. 그런지라 사투리로써 그의 고향을 짐작할 수는 없었다. 쉬운 일본말도 알고, 한문 글자도 좀 알고, 중국말은 물론 꽤하고, 쉬운 러시아말도 할 줄 아는 점 등 이곳저곳 숱하게 주워 먹은 것은 짐작이 가지만 그의 경력을 똑똑히 아는 사람은 없었다.

그는 여(余)가 ××촌에 가기 일 년 전쯤 빈손으로 이웃이라도 오듯 후더덕 ××촌에 나타났다 한다. 생김생김으로 보아서 얼굴이 쥐와 같고 날카로운 이빨이 있으며, 눈에는 교활함과 독한 기운이 늘 나타나 있으며, 발룩한 코에는 코털이 밖으로까지 보이도록 길게 났고, 몸집은 작으나 민첩하게 되었고, 나이는 스물다섯에서 사십까지 임의로 볼 수 있으며, 그 몸이나 얼굴 생김이 어디로 보든 남에게 미움을 사고 근접치 못할 놈이라는 느낌을 갖게 한다.

그의 장기(長技)는 투전이 일쑤며, 싸움 잘하고, 트집 잘 잡고 칼부림 잘하고, 색시에게 덤벼들기 잘하는 것이라 한다.

생김생김이 벌써 남에게 미움을 사게 되었고, 거기다 하는 행동조차 변변치 못한 일만이라 ××촌에서도 아무도 그를 대척하는 사람이 없었다. 사람들은 모두 그를 피하였다. 집이 없는 그였으나 뉘 집에 잠이라도 자러 가면 그 집주인은 두말없이 다른 방으로 피하고 이부자리를 준비하여 주곤 하였다. 그러면 그는 이튿날 해가 낮이 되도록 실컷 잔 뒤에 마치 제 집에서 일어나듯 느직이 일어나서 조반을 청하여 먹고는 한 마디의 사례도 없이 나가 버린다.

그리고 만약 누구든 그의 이 청구에 응치 않으면 그는 그것을 트집으로 싸움을 시작하고, 싸움을 하면 반드시 칼부림을 하였다.

동네의 처녀들이며 젊은 여인들은 익호가 이 동네에 들어온 뒤부터는 마음놓고 나다니지를 못하였다. 철없이 나갔다가 봉변을 당한 사람도 몇이 있었다.

'삵' ——.

이 별명은 누가 지었는지 모르지만 어느덧 ××촌에서는 익호를 익호라 부르지 않고 '삵' 이라고 부르게 되었다.

"삵이 뉘 집에서 묵었나?"

"김서방네 집에서."

"다른 봉변은 없었다나?"

"요행히 없었다네."

그들은 아침에 깨면 서로 인사 대신으로 '삵' 의 거취를 알아보곤 하였다.

'삵' 은 이 동네에는 커다란 암종이었다. '삵' 때문에 아무리 농사에 사람이 부족한 때라도 젊고 튼튼한 사람은 동네의 젊은 부녀를 지키기 위하여 동네 안에 머물러 있지 않을 수가 없었다. '삵' 때문에 부녀와 아이들은 아무리 더운 여름 저녁이라도 길에 나서서 마음 놓고 바람을 쐬어 보지를 못하였다. '삵' 때문에 동네에서는 닭의 가리며 돼지 우리를 지키기 위하여 밤을 새우지 않을 수가 없었다.

동네의 노인이며 젊은이들은 몇 번을 모여서 '삵'을 이 동리에서 내어쫓기를 의논하였다.

물론 합의는 되었다. 그러나 내어쫓는 데 선착할 사람이 없었다.

"첨지가 선착하면 뒤는 내가 담당하마."

"뒤는 걱정 말고 형님 먼저 말해 보시오."

제각기 '삵'에게 먼저 달겨들기를 피하였다.

이리하여 동리에서는 합의는 되었으나 '삵'은 그냥 태연히 이 동리에 묵어 있게 되었다.

"며늘년들이 조반이나 지었나?"

"손주놈들이 잠자리나 준비했나?"

마치 그 동네의 모두가 자기의 집안인 것같이 '삵'은 마음대로 이 집 저 집을 드나들었다.

××촌에서는 사람이라도 죽으면 반드시 조상 대신으로,

"삵이나 죽지 않고."

하는 한 마디의 말을 잊지 않곤 하였다.

누가 병이라도 나면,

"에익! 이놈의 병 '삵' 한테로 가거라."

고 하였다.

암종―누구나 '삵'을 동정하거나 사랑하는 사람이 없었다.

'삵'도 남의 동정이나 사랑은 벌써 단념한 사람이었다. 누가 자기에게 아무런 대접을 하든 탓하지 않았다. 보이는 데서 보이는 푸대접을 하면 그 트집으로 반드시 칼부림까지 하는 그이었지만 뒤에서 아무런 말을 할지라도―그리고 그것이 '삵'의 귀에까지 갈지라도 탓하지 않았다.

"흥……."

이 한 마디는 그의 가장 큰 처세 철학이었다.

흔히 곁동네 만주국인들의 투전판에 가서 투전을 하였다. 때때로 두들겨맞고 피투성이가 되어서 돌아오는 일도 있었다. 그러나 그는 그 하소연을 하는 일이 없었다. 한다 할지라도 들을 사람도 없거니와―아무리 무섭게 두들겨맞은 뒤라도 하루만 샘물에 상처를 씻고 절룩절룩한 뒤에는 또 이튿날은 천연히 나다녔다.

여(余)가 ××촌을 떠나기 전날이었다.

송첨지라는 노인이 그 해 소출을 나귀에 실어 가지고 만주국인 지주의 있는 촌으로 갔다. 그러나 돌아올 때는 송장이 되었다. 소출이 좋지 못하다고 두들겨맞아서 부러져 꺾여진 송첨지는 나귀 등에 몸이 결박되어서 ××촌으로 겨우 돌아왔다. 그리고 놀란 친척들이 나귀에서 몸을 내릴 때에 절명되었다.

××촌에서는 와자하였다.

"원수를 갚자!"

명 아닌 목숨을 끊은 송첨지를 위하여 동네의 젊은이는 모두 흥분되었다. 제각기 이제라도 들고 일어설 듯하였다.

그러나 그뿐이었다. 누구든 앞장을 서려는 사람이 없었다. 만약 누구든 이때에 앞장을 서는 사람만 있었다면 그들은 곧 그 지주에게로 달려갔을지 모른다. 그러나 제가 앞장을 서겠노라고 나서는 사람은 없었다.

제각기 곁 사람을 돌아보았다.

발을 굴렀다. 부르짖었다. 학대받은 인종의 고통을 호소하며 울었다. 그러나―그뿐이었다. 남의 일로 지주에게 반항하여 제 밥자리까지 떼이기를 꺼림인지, 용감히 앞서나가는 사람은 없었다.

여는 의사라는 여의 직업상 송첨지의 시체를 검시를 하였다. 돌아오는 길에 여는 '삵'을 만났다. 키가 작은 '삵'을 여는 내려다보았다. '삵'은 여를 쳐다보았다.

"가련한 인생아. 인종의 거머리야. 가치없는 인생아. 밥버러지야. 기생충아!"

여는 '삵'에게 말하였다.

"송첨지가 죽은 줄 아나?"

여의 말에 아직껏 여를 쳐다보고 있던 '삵'의 얼굴이 아래로 떨어졌다. 그리고 여가 발을 떼려는 순간 얼핏 '삵'의 얼굴에 나타난 비창한 표정을 여는 넘길 수가 없었다.

고향을 떠난 만리 밖에서 학대받은 인종의 가엾음을 생각하고 그 밤은 여도 잠을 못 이루었다.

그 억분함을 호소할 곳도 못 가진 우리의 처지를 생각하고 여도 눈물을 금치를 못하였다.

이튿날 아침이었다.

여를 깨우러 오는 사람의 소리에 여는 반사적으로 일어났다.

'삵'이 동구(洞口) 밖에서 피투성이가 되어 죽어 있다는 것이었다. 여는 '삵'이라는 말에 눈살을 찌푸렸다. 그러나 의사라는 직업상 곧 가방을 수습하여 가지고 '삵'이 넘어진 데까지 달려갔다. 송첨지의 장례식 때문에 모였던 사람 몇은 여의 뒤로 따라왔다.

여는 보았다. '삵'의 허리가 기역자로 뒤로 부러져서 밭고랑 위에 넘어져 있는 것을 여는 달려가 보았다. 아직 약간의 온기는 있었다.

"익호! 익호!"

그러나 그는 정신을 못 차렸다. 여는 응급 수단을 하였다. 그의 사지는 무섭게 경련되었다.

이윽고 그가 눈을 번쩍 떴다.

"익호! 정신 드나?"

그는 여의 얼굴을 보았다. 끝이 없이 한참 쳐다보았다. 그의 눈동 자가 움직이었다.

겨우 처지를 깨달은 모양이었다.

"선생님, 저는 갔었습니다."

"어디를?"

"그놈―지주놈의 집에―."

무얼? 여는 눈물 나오려는 눈을 힘있게 닫았다. 그리고 덥석 그의 벌써 식어 가는 손을 잡았다. 잠시의 침묵이 계속되었다. 그의 사지에서는 무서운 경련이 끊임없이 일었다. 그것은 죽음의 경련이었다. 듣기 힘든 작은 그의 소리가 또 그의 입에서 나왔다.

"선생님."

"왜?"

"보구 싶어요. 전 보구 시······."

"뭐이?"

그는 입을 움직였다. 그러나 말이 안 나왔다. 기운이 부족한 모양이었다. 잠시 뒤에 그는 또다시 입을 움직였다. 무슨 소리가 그의 입에서 나왔다.

"무얼?"

"보구 싶어요. 붉은 산이—그리고 흰 옷이!"

아아, 죽음에 임하여 그는 고국과 동포가 생각난 것이었다. 여는 힘있게 감았던 눈을 고즈넉이 떴다. 그때에 '삵'의 눈도 번쩍 뜨이었다. 그는 손을 들려고 하였다. 그러나 이미 부러진 그의 손은 들리우지 않았다. 그는 머리를 돌이키려 하였다. 그러나 그 힘이 없었다.

그의 마지막 힘을 혀끝에 모아 가지고 입을 열었다.

"선생님!"

"왜?"

"저것—저것—."

"무얼?"

"저기 붉은 산이—그리고 흰 옷이— 선생님, 저게 뭐예요!"

여는 돌아보았다. 그러나 거기는 황막한 만주의 벌판이 전개되어 있을 뿐이었다.

"선생님, 노래를 불러 주세요. 마지막 소원―노래를 해주세요. 동해물과 백두산이 마르고 닳도록―."

여는 머리를 끄덕이고 눈을 감았다. 그리고 입을 열었다. 여의 입에서는 창가가 흘러나왔다.

여는 고즈넉이 불렀다.

"동해물과 백두산이……."

고즈넉이 부르는 여의 창가 소리에 뒤를 둘러섰던 다른 사람의 입에서도 숭엄한 코러스는 울리어 나왔다.

무궁화 삼천리
화려 강산―

광막한 겨울의 만주벌 한편 구석에서는 밥버러지 익호의 죽음을 조상하는 숭엄한 노래가 차차 크게 엄숙하게 울리었다. 그 가운데 익호의 몸은 점점 식었다.

「1932년」

발가락이 닮았다

노총각 M이 혼약을 하였다―.

우리들은 이 소식을 들을 때에 뜻하지 않고 서로 얼굴을 마주보았습니다.

M은 서른두 살이었습니다. 세태가 갑자기 변하면서 혹은 경제 문제 때문에, 혹은 적당한 배우자가 발견되지 않기 때문에, 혹은 단지 조혼(早婚)이라 하는 데 대한 반항심 때문에 늦도록 총각으로 지내는 사람이 많아 가기는 하지만, 서른두 살의 총각은 아무리 생각하여도 좀 너무 늦은 감이 없지 않았습니다. 그래서 그의 친구들은 아직껏 기회가 있을 때마다 그에게 채근 비슷이, 결혼에 대한 주의를 하곤 하였습니다. 그러나 M은 언제나 그런 의논을 받을 때마다 (속으로는 흥미를 가진 것이 분명한데) 겉으로는 고소로써 친구들의 말을 거절하곤 하였습니다. 그러던 M이 우리가 모르는 틈에 어느덧 혼약을 한 것이외다.

M은 가난하였습니다. 매우 불안정한 어떤 회사의 월급쟁이였습니다. 이 뿌리 약한 그의 경제 상태가 그로 하여금 늦도록 총각으로 지내게 한 듯도 합니다. 그리고 이 때문에 친구들은 M의 총각 생활을 애석히 생각하여 장가들기를 권하는 것이었습니다.

그러나 나만은 M이 장가를 가지 않는 데 다른 종류의 해석을 내리고 있었습니다. 의사라는 나의 직업이 발견한 M의 육체적인 결함―이것 때문에 M의 서른이 넘도록 총각으로 지낸다, 나는 이렇게 믿고 있었습니다.

M은 학생 시절부터 대단한 방탕 생활을 하였습니다. 방탕이래야

금전상의 여유가 부족한 그는, 가장 하류에 속하는 방탕을 하였습니다. 오십 전 혹은 일 원만 생기면 즉시로 우동집이나 유곽으로 달려가던 그였습니다. 체질상 성욕이 강한 그는 그 불붙는 정욕을 끄기 위하여 눈앞에 닥치는 기회는 한 번도 놓치지 않았습니다. 친구들을 만날지라도 음식을 한 턱 하라기보다 유곽을 한 턱 하라는 그였습니다.

"질(質)로는 모르지만 양(量)으로는 세계의 누구에게든 지지 않을 테다."

관계한 여인의 수효에 대하여 이렇게 방언하기를 주저치 않을 만큼 그는 선택(選擇)이라는 도정을 밟지 않고 '집어세었'습니다. 스무 서너 살 때는 벌써 이백 명은 넘으리라는 것을 발표하였습니다. 서른 살 때부터 벌써 괴승(怪僧) 신돈(辛旽)이를 멀리 눈아래로 굽어보았을 것입니다. 그런지라 온갖 성병(性病)을 경험하지 못한 것이 없었습니다. 더구나 술이 억배요, 그 위에 유달리 성욕이 강한 그는 성병에 걸린 동안도 결코 삼가지를 않았습니다. 일 년 삼백육십여 일 그에게서 성병이 떠나본 적이 없었습니다. 늘 농이 흐르고 한 달 건너쯤 고환염(睾丸炎)으로써, 걸음걸이도 거북스러운 꼴을 하여 가지고 나한데 주사를 맞으러 오곤 하였습니다. 그러는 동안에도 오십 전, 혹은 일 원만 생기면 또한 성행위를 합니다. 이런지라, 물론 그는 생식 능력이 없어진 사람이었습니다.

이 일을 잘 아는 나는, M이 결혼을 안 하는 이유를 여기다가 연결시켜 가지고, 그의 도덕심(?)에 동정까지 하고 있었습니다. 일생을 빈곤한 가운데서 보내고 늙은 뒤에도 슬하도 없이 쓸쓸하게 지낼 그, 더구나 자기를 봉양할 슬하가 없기 때문에 백발이 되도록 제 손으로 이 고해를 헤엄치어 나갈 그는, 과연 한 가련한 존재이겠습니다. 이렇던 M이 어느덧 우리의 모르는 틈에 우물우물 혼약을 한 것이외다.

하기는 며칠 전에 이런 일이 있었습니다. 그날 저녁을 먹은 뒤에, 혼자서 신간 치료 보고서를 읽고 있을 때에 M이 찾아왔습니다. 그리고 비교적 어두운 얼굴로 내가 묻는 이야기에도 그다지 시원치 않은 듯이 입술의 대답을 억지로 하고 있다가, 이런 질문을 나에게 던졌습니다.

"남자가 매독을 앓으면 생식을 못 하나?"

"괜찮겠지."

"임질은?"

"글쎄, 고환은 '오까사레루' 하지 않으면 괜찮아."

"고환은—내 친구 가운데 고환염을 앓은 사람이 있는데, 인제는 생식을 못 하겠다고 비관이 여간이 아니야. 고환을 '오까사레루' 하면 절대 불가능인가? 양쪽 다 앓았다는데……."

"그것도 경하게 앓았으면 영향 없겠지."

"가령 그 경하다치면—내가 앓은 게 그게 경한 편일까? 중한 편일까?"

나는 뜻하지 않고 그의 얼굴을 보았습니다. 중하기도 그만큼 중하게 앓은 뒤에, 지금 그게 경한 거냐 중한 거냐 묻는 것이 농담으로밖에는 들리지 않았으므로……. M의 얼굴은 역시 무겁고 어두웠습니다. 무슨 중대한 선고를 기다리는 사람과 같이 눈을 폭 내리뜨고 나의 대답을 기다리고 있었습니다.

잠시 그의 얼굴을 바라본 뒤에 나는 어이가 없어서,

"아주 경한 편이지."

이렇게 대답하여 버렸습니다.

"경한 편?"

"그럼."

이리하여 작별을 하였는데, 지금에 이르러 생각하면 그 저녁의 그 문답이 오늘날의 그의 혼약을 이루게 하지 않았는가 합니다.

M이 혼약을 하였다는 기보(奇報)를 가지고 온 것은 T라는 친구였습니다. 그때는 마침 (다 M을 아는) 친구가 너덧 사람 모여 있을 때였습니다.

"골동(骨童)―국보 하나 없어졌다."

누가 이런 비평을 가하였습니다.

나는 T에게 이렇게 물었습니다―.

"그래 연애로 혼약이 된 셈인가요?"

"연애? 연애가 다 무에요. 갈보 '나까이' 밖에는 여자라는 걸 모르는 녀석이 어디서 연애의 대상을 구하겠소?"

"그럼 지참금(持參金)이라도 있답디까?"

"지참금이란 뉘 집 애 이름이오?"

나는 여기서 이 혼약에 대하여 가장 불유쾌한 면을 보았습니다. 삼십이 넘도록 총각으로 지낸 그로서, 연애라 하는 기묘한 정사 때문에 그 절(節)을 굽혔다면 그것은 도리어 축하할 일이지 책할 일이 아니외다. 지참금을 바라고 혼약을 하였다 하더라도 지금의 세상에 살아가는 우리로서(더구나 그의 빈곤을 잘 아는 처지인지라) 크게 욕할 수가 없는 일이외다. 그러나 연애도 아니요, 금전 문제도 아닌 이 혼약에서는 가장 불유쾌한 한 가지의 결론밖에는 얻을 수가 없습니다.

"그럼―."

나는 가장 불유쾌한 어조로 이렇게 말하였습니다―.

"유곽에 다닐 비용을 절약하기 위하여 마누라를 얻은 셈이구려."

이 혹평(酷評)에 대하여 T는 마땅치 않다는 듯이 나를 보았습니다.

"그렇게 혹언할 것도 아니겠지요. M도 벌써 서른두 살이든가 세 살이든가, 좌우간 그만하면 차차로 자식도 무릎에 앉혀 보고 싶을 게고, 그렇다고 마땅한 마누라를 선택할 길이나 방법은 없고."

"자식? 고환염을 그만큼이나 심히 앓은 녀석에게 자식? 자식은."

불유쾌하기 때문에 경솔히도 직업적 비밀을 입밖에 낸 나는, 하던 말을 중도에 끊어 버렸습니다. 그러나 이미 한 말까지는 도로 삼킬 수가 없었습니다.

"네? 그게 무슨 말씀이오?"

M의 생식 능력에 대하여 사면에서 질문이 들어왔습니다. 이미 한 말에 대하여 책임을 지지 않을 수 없는 나는 그 말을 돌려 꾸미기에 한참 애를 썼습니다. 단언할 수는 없지만 혹은 M은 생식 능력이 없을지도 모른다. 그러나 진찰을 안 해본 바이니까, 혹은 또한 생식능력이 있을지도 모른다. M이 너무도 싱거운 혼약을 한 데 대하여 불유쾌하여 그런 혹언을 하였지만 그 말은 취소한다. 이러한 뜻으로 꾸며대었습니다. 그리고 그 좌석에 있던 스무 살쯤 난 젊은 이가,

"외려 일생을 자식 없이 지내면 편치 않아요?"

이러한 의견을 내는 데 대하여 '젊은이로서는 도저히 이해할 수 없는 혈족의 애정'이라는 문제와 그 문제를 너무도 무시하는 요즘의 풍조에 대한 논평으로 말머리를 돌려 버리고 말았습니다.

M은 몰래 결혼식까지 하였습니다. 그의 친구들로서 M의 결혼식의 날짜를 미리 안 사람은 한 사람도 없었습니다. 뿐만 아니라, 지

금 모두들 제각기 하는 소위 신식 혼례식을 하지 않고 제 집에서 구식으로 하였답니다. 모 여고보 출신인 신부는 구식 결혼이 싫다고 하였지만 M이 억지로 한 것이라 합니다.

이리하여 유곽에서는 한 부지런한 손님을 잃어버렸습니다.

"독점이라 하는 건 참 유쾌하던걸."

결혼한 뒤에 M이 어느 친구에게 이런 말을 하였다 합니다. 비록 연애로써 성립된 결혼은 아니지만 그다지 실패의 결혼은 아닌 듯하였습니다. 오십 전, 혹은 일 원의 돈을 내어 던지고 순간적 성욕의 만족을 사던 이 노총각이, 꿈에도 생각지 못한 독점을 하였으매 그의 긍지가 작지 않았을 것이외다. 연애 결혼은 아니었지만 결혼한 뒤에 연애가 생긴 듯하였습니다. 언제든 음침한 기분이 떠돌던 그의 얼굴이 그럴싸해서 그런지 좀 밝아진 듯하였습니다.

"복 받거라."

"우리들─더구나 나는 그들의 결혼을 심축하였습니다. 처음에는 한낱 M의 성행위의 기구로 M과 결합케 된 커다란 희생물인 그의 아내를 위하여, 이것이 행복한 결혼이 되기를 축수하였습니다. 동기는 여하간 결과에 있어서 아름다운 열매를 맺어라. 너의 젊은 아내로서 한 개 '희생물'이 되지 않게 하여라. 어머니로서의 즐거움을 맛볼 기회가 없는 너의 아내에게, 그 대신 아내로서는 남에게 곱되는 즐거움을 맛보게 하여라. M의 일을 생각할 때마다 진심으로 이렇게 축수하였습니다.

신혼의 며칠이 지난 뒤부터는, M이 젊은 아내를 학대한다는 소문이 조금씩 들렸습니다. 그러나 나는 이 문제는 그다지 크게 생각지 않았습니다. 이런 소문이 귀에 들어올 때마다 나는 '아라비안나

이트'의 마신(魔神)의 이야기를 머릿속에서 되풀이하여 보곤 하였습니다.

어떤 어부가 그물질을 하고 있었습니다. 그런데 한번은 그물을 끌어올리니까 거기는 고기는 없고 그 대신 병(甁)이 하나 걸려 있었습니다. 병은 마개가 닫혀있고, 그 위에 납으로 굳게 봉함까지 되어 있었습니다. 어부는 잠시 주저한 뒤에 병의 봉함을 뜯고 마개를 뽑아 보았습니다. 즉, 병에서는 한 줄기 검은 연기가 하늘로 올라갔습니다. 그리고 하늘로 올라간 그 연기는 차차 뭉쳐서 거기는 커다란 마신이 나타났습니다.

"나를 이 병 속에 감금한 것은 선지자 솔로몬이다. 이 병 속에 갇혀 있는 동안 나는 스스로 맹세하였다. 백 년 안에 나를 구해주는 사람이 있으면 그 사람에게 거대한 부(富)를 주겠다고, 그리고 백 년을 기다렸지만 아무도 나를 구해주는 사람이 없었다. 그래서 나는 다시 맹세했다. 이제 다시 백 년 안으로 나를 구해주는 사람이 있으면 나는 그 사람에게 이 세상에 있는 보배를 다 주겠다고. 그리고 헛되이 백 년을 더 연기해서 그 백 년 안에 나를 구해주는 사람이 있으면 그 사람에게 이 세상에서 가장 큰 권세와 영화를 주겠다고. 그러나 그 백 년이 다 지나도 역시 구해주는 사람이 없었다. 그래서 나는 마지막으로 다시 맹세했다. 인제 누구든지 나를 구해주는 놈이 있거든 당장에 그 놈을 죽여서 그새 갇혀있던 그 분풀이를 하겠다고."

이것이 병 속에서 나온 마신의 이야기였습니다. M이 자기의 젊은 아내를 학대한다는 소문이 들릴 때에, 나는 이 이야기를 생각지 않을 수가 없었습니다. 삼십이 지나도록 총각으로 지낸 그 고통과 고적함에 대한 분풀이를 제 아내에게 하는 것이라 했습니다. 그리고 실컷 학대하라, 더욱 축수하였습니다.

M이 결혼한 지 이 년이 거의 된 어떤 날 저녁이었습니다. 그와 나는 어떤 곳에서 저녁을 같이하고 있었습니다.

그의 얼굴은 이날 유난히 어둡고 무거웠습니다. 그는 음식에는 거의 손을 대지 않고 술만 들이켜고 있었습니다. 본시 말이 많지 않은 그가 이날은 더욱 입이 무거웠습니다.

몹시 취하여 더 술을 먹지 못할 만큼 되어서, 그는 처음으로 자발적으로 입을 열었습니다. 충혈이 된 그의 눈은 무시무시하게 번뜩이었습니다.

"여보게 여보게. 속이지 말구 진정으로 말해주게. 내게 생식 능력이 있겠나?"

"글쎄 검사를 해보아야지."

나는 이만큼 하여 넘기려 하였습니다.

"그럼 한 번 진찰해봐 주게."

"왜 갑자기—."

그는 곧 대답하려 하였습니다. 그러나 나오려던 말을 삼켰습니다.

그리고 다시 술을 한 잔 먹은 뒤에 눈을 폭 내리뜨며 말했습니다—.

"아니, 다른 게 아니라, 내게 만약 생식 능력이 없다면 저 사람(자기의 아내)이 불쌍하지 않나? 그래서 없는 게 판명되면 아직 젊었을 때에 헤어져서 저 사람이 제 운명을 다시 개척할 '때'를 줘야 하지 않겠나? 그래서 말일세."

"진찰해 보아야지."

"그럼 언제 해보세."

그 며칠 뒤에 나는 M의 아내가 임신했다는 소문을 듣고 깜짝 놀랐습니다. 검사해 볼 필요도 없습니다. M의 그 능력이 없을 것입니다. 그런데 M의 아내는 임신했습니다.

그리고 며칠 전에 M이 검사하겠다던 마음을 짐작했습니다. 그것은 결코 그날의 제 말마따나 '아내의 장래를 위하여' 하려는 것이 아니고, 아내에 대한 의혹 때문에 하여 보려는 것일 것이외다. 자기도 온전히 모르는 바는 아니로되, 십중팔구는 자기의 생식 불능자일 텐데 자기의 아내는 임신을 한 것이외다.

생각하면 재미있는 연극이외다. 생식 능력이 없는 M은, 그런 기색도 뵈지 않고 결혼을 하였습니다. 그리하여 M에게로 시집을 온 새 아내는 임신을 하였습니다. 제 남편이 생식 불능자인 줄 모르는 아내는, 뻐젓이 자기의 가진 죄의 씨를 M에게 자랑을 하고 있을 것이외다. 일찍이 자기가 생식 불능자인지도 모르겠다는 점을 밝혀주지 않은 M은, 지금이 의혹의 구렁이에서도 제 아내를 책할 권리가 없을 것이외다. 그가 검사를 하겠다 한, 검사를 하여서 자기가 불구자인 것이 판명된 뒤에는 어떤 수단을 취할는지 짐작도 할 수가 없습니다. 아내의 음행을 책하자면 자기의 사기적 행위를 폭로시키지 않을 수가 없을 것이외다. 그것을 감추자면 제 번민만 더욱 크게 할 것이외다.

어떤 날, 그는 검사를 하자고 왔습니다. 그때 마침 환자가 몇 사람 밀려 있던 관계상 나는 그를 내 사실에 가서 좀 기다리라 하고, 처리를 다 하고 내려갔습니다. 그랬더니 그는 나를 기다리지 않고 돌아가 버렸습니다. 이튿날 그는 다시 왔습니다. 그러나 그는 또 돌아가 버렸습니다.

나도 사실 어찌하여야 할지 똑똑히 마음을 작정치 못했던 것이

외다. 검사한 뒤에 당연히 사멸해 있을 생식 능력을 살아 있다고 하
자니, 그것은 나의 과학적 양심이 허락지 않는 바외다. 그러나 또한
사멸하였다고 하자니, 이것은 한 사람의 일생을 망쳐 버리는 무서
운 선고에 다름없습니다. M이라 하는 정당한 남편을 두고도 불의의
쾌락을 취하는 M의 아내는 분명히 책받을 여인이겠지요. 그러나 또
한 다른 편으로 이 사건을 관찰할 때에 내가 눈을 꾹 감고 그릇된 검
안을 내린다면, 그로 인하여 절대로 불가능하던 M이 슬하에 사랑스
런 자식(?)을 두고 거기서 노후의 위안도 얻을 수 있을 것이요, 만사
가 원만히 해결될 것이외다.

내가 자유로 선택할 수 있는 두 가지의 갈림길에 서서, 나는 어느
편 길을 취하여야 할지 판단을 주저하고 있었습니다. 이 문제가 사
오일 뒤에 저절로 해결이 되었습니다. 그날도 역시 침울한 얼굴로
찾아온 M에게 대하여 나는 의리상,

"오늘 검사해 보자나?"

하니깐 그는 간단히 대답하였습니다 .

"벌써 했네."

"응? 어디서?"

"P병원에서."

"그래서 그 결과는?"

"살았다네."

"?"

나는 뜻하지 않고 그의 얼굴을 보았습니다. 그것은 의외에 대답
을 들은 때문이라기보다 오히려 '살았다네' 하는 그의 음성이 너무
침통했기 때문에⋯⋯.

"그것이 안심이겠네."

이렇게 대답하는 동안 나는, 내가 하마터면 질 뻔한 괴로운 임무에서 벗어난 안심을 느끼는 동시에, P병원에서의 검안의 의외에 눈을 크게 뜨지 않을 수가 없었습니다. 내 눈을 만난 M의 눈은 낭패한 듯이 이리저리 돌아다녔습니다. 그리고 나는 그 눈으로 그가 방금 한 말이 거짓말이었음을 알았습니다.

그럼 그는 왜 거짓말을 하였나? 자기의 아내를 명예를 보호하기 위하여 세상과 제 마음을 속여 가면서라도 자식을 슬하에 두어 보기 위하여? 나는 그의 마음을 알 수 없었습니다―그가 입을 열었습니다. 무겁고 침울한 음성이었습니다.

"여보게, 자네 이런 '기모찌' 알겠나?"

"어떤?"

그는 잠시 쉬어서 말을 시작했습니다.

"월급쟁이가 월급을 받았네. 받은 즉시로 나와서 먹고 쓰고 사고, 실컷 마음대로 돈을 썼네. 막상 집으로 돌아가는 길일세. 지갑 속에 돈이 몇 푼 안 남아 있을 것은 분명해. 그렇지만 지갑은 못 열어봐. 열어보기 전에는 혹은 아직은 꽤 많이 남아 있겠거니 하는 요행심도 붙일 수 있겠지만 급기야 열어 보면 몇 푼 안 남은 게 사실로 나타나지 않겠나? 그게 무서워서 아직 있거니, 스스로 속이네그려. 쌀도 사야지. 나무도 사야지. 열어 보면 그걸 살 돈이 없는 게 사실로 나타날 테란 말이지. 그래서 할 수 있는 대로 지갑에서 손을 멀리하고 제 집으로 돌아오네. 그 '기모찌' 알겠나?"

"알겠네."

그는 다시 입을 봉하였습니다. 그러나 그때에 나는 알았습니다. M은 검사도 하여 보지 않은 것이외다. 그는 무서워합니다. 그는 검사를 피합니다. 자기의 아내가 임신을 하였습니다. 그것은 상식으로 판단하여 물론 남편의 아이일 것이외다. 거기 대하여 의심을 품을 자는 하나도 없을 것이외다. 의심을 품을 필요도 없는 것이외다. 왜? 여인이 남편을 맞으면 원칙상 임신을 하는 것이 당연한 일이니깐.

이 의심할 필요가 없는 것을 의심하다가 향기롭지 못한 결과가 나타나면 이것은 자작지얼로서 원망을 할 곳이 없을 것이외다. 벌의 둥지를 건드리는 것은 어리석은 것이외다. 십중팔구는 향기롭지 못한 결과가 나타날 '검사'를, M은 회피한 것이외다. 절망을 스스로 사지 않으려—그리고, 번민 가운데서도 끝끝내 일루의 희망을 붙여 두려, M은 온전히 검사라는 위험한 벌의 둥지를 건드리지 않기로 한 것이외다. 그리고 상식으로 판단할 수 있는(제 아내의 뱃속에 있는) 자식에 대하여 억지로 애정을 가져 보려 결심한 것이외다. 검사를 하여서 정충이 살아 있으면 다행한 일이지만, 사멸하였다면 시재 제 아내와의 새에 생길 비극과 분노와 절망은 둘째 두고라도, 일생을 슬하에 혈육이 없이 보내고 노후에 의탁할 곳을 가질 가능성조차 없는 절망의 지위에 빠지지 않을 수가 없을 것이외다.

이것은 무서운 일이외다. 상식으로 판단할 수 있는 일을 거부(拒否)하고까지 이런 모험 행위를 할 필요가 없을 것이외다. 이리하여 그는 검사는 단념했지만 마음에 있는 의혹만은 온전히 끄지를 못한 모양이었습니다.

그 뒤 어떤 날 그는 이런 이야기, 저런 이야기를 하다가 이런 말을 했습니다―. "자식은 꼭 제 애비를 닮는다면 좋겠구먼……."

거기 대하여 나는 닮은 예를 여러 가지로 들어서 말하여 주었습니다. 그는 한숨을 내쉬었습니다.

"여인이 애를 배면 걱정일 테야. 아버지나 친할아비를 닮는다면 문제는 없겠지만 외편을 닮거나, 그렇지 않으면 아무도 닮지 않으

면 걱정이 아니겠나, 그저 애비를 닮아야 제일이야. 하하하⋯⋯.”

나는 대답하였습니다.

“글쎄 말이지. 내 전문이 아니니깐 이름은 기억 못 하지만, 독일소설에 이런 게 있지 않나. 〈아버지〉라나 하는 희곡 말일세. 자식을 낳았는데 제 자식인지 아닌지 몰라서 번민하는 그런 이야기가 있지? 그것도 아버지만 닮으면 문제가 없겠지."

"아! 아, 다 귀찮어."

M의 아내가 아들을 낳았습니다.

그 아이가 반 년쯤 자랐습니다.

어떤 날 M은 그 아이를 몸소 안고, 병을 뵈러 나한테 왔습니다. 기관지가 조금 상하였습니다.

약을 받아 가지고도 그냥 좀 앉아 있던 M은, 묻지도 않는 이런 말을 하였습니다.

"이놈이 꼭 제 증조부님을 닮았다거든."

"그래?"

나는 그의 말에 적지 않은 흥미를 느끼면서 이렇게 응했습니다. 내 눈으로 보자면, 그 어린애와 M과는 아무런 관련도 없는 바인데, 그 애가 M의 할아버지를 닮았다는 것은 기이함으로써…… 어린애의 친편과 외편의 근친(近親)에서 아무도 비슷한 사람을 찾아내지 못한 M의 친척은 하릴없이 예전의 조상을 들추어낸 모양이었습니다. 그리고 그 어린애에게 커다란 의혹과 그보다 더 커다란 희망(의혹이 오해였던 것을 바라는)은 M으로 하여금 손쉽게 그 말을 믿게 한 모양이었습니다. 적어도 신뢰하려고 마음먹게 한 모양이었습니다.

내가 자기의 말에 흥미를 가지는 것을 본 M은, 잠시 주저하다가 그가 예비했던 둘째말을 마침내 꺼내었습니다―.

"게다가 날 닮은 데도 있어."

"어디?"

"이 보게."

M은 어린애를 왼편 팔로 가만히 옮겨서 붙안으면서 오른손으로 제 양말을 벗었습니다.

"내 발가락 보게. 내 발가락은 남의 발가락과 달라서, 가운뎃발 가락이 그중 길어. 쉽지 않은 발가락이야. 한데…….."

M은 강보를 들치고 어린애의 발을 가만히 꺼내어 놓았습니다.

"이놈의 발가락 보게. 꼭 내 발가락 아닌가, 닮았거든……."

M의 열심으로, 찬성을 구하듯이 내 얼굴을 바라보았습니다. 얼 마나 닮은 곳을 찾아보았기에 발가락 닮은 것을 찾아내었겠습니 까?

나는 M의 마음과 노력이 눈물겨웠습니다. 커다란 의혹 가운데서 그 의혹을 어떻게 하여서든 삭여 보려는 M의 노력은 인생의 가장 요절할 비극이었습니다. M이 보라고 내어 놓은 어린애의 발가락은 안 보고, 오히려 얼굴만 한참 들여다보고 있다가, 나는 마침내 이렇 게 말하였습니다―.

"발가락뿐 아니라, 얼굴도 닮은 데가 있네."

그리고 나의 얼굴로 날아오는(의혹과 희망이 섞인) 그의 눈을 피하 면서 돌아앉았습니다.

「1932년」

234

 곰 네

통칭 곰네였다.

어버이가 지어준 것으로 길녀(吉女)라 하는 이름이 있었다. 박가라 하는 성도 있었다. 정당히 부르자면 '박길녀'였다.

그러나 길녀라는 이름을 지어준 부모부터가 벌써 정당한 이름을 불러 주지를 않았다. 대여섯 살 나는 때부터 벌써 부모에게 '곰네'라 불리었다. 어렸을 때부터 어머니가 어린애를 붙안고 늘 곰네, 곰네 하였는지라, 그 집에 다니는 어른들도 저절로 곰네라 부르게 되었고, 이 곰네에게 '길녀'라는 정당한 이름이 있는 줄은 아는 사람조차 드물게 되었다. 곰네 자신도 자기가 늘 곰네라는 이름으로 불리었는지라, 제 이름이 곰네인 줄만 알았지 길녀인 줄은 몰랐다. 그가 여덟 살인가 났을 때에 먼 일가 노파가 찾아와서 그를 부름에 길녀야 하였기 때문에 곰네는 누구를 부르는 소리인지 몰라서 제 장난만 그냥 하고 있었다. 그러다가 그 사람이 자기 쪽으로 손을 벌리며, 그냥 길녀야 길녀야 이리 오너라, 하고 연방 부르는 바람에 비로소 자기를 부르는 소리인 줄을 알았다. 그리고는 그 사람에게로 가지 않고 제 어미에게로 갔다.

"엄마, 엄마야, 데 사람이 나보구 길녀라고 그래. 길녀가 무어요? 남의 이름도 모르구. 우섭구나, 야아."

어머니가 곰네를 위하여 변명하였다.

"이 엠나이(계집애)! 어른보구 그게 뭐야…… 엠나이도 하두 곰통같이 굴러서 곰네라구 곤텟다우…… 이 엠나이, 좀 나가 놀아!"

"히! 곱다구 곰네디 곰통 같다구 곰넬까? 곰통 같으믄 곰통네디!”

“나가 놀아!”

“양우 찍!”

사실 계집애가 하두 곰동지같이 완하고 억세기 때문에 곰네였다.

얼굴의 가죽이 두껍고 거칠고 손과 팔의 마디가 완장하고 클 뿐
아니라 가슴이 떡 벌어지고 왁살스럽고, 그 목소리까지도 거칠고
뚝하였다. 머리카락까지도 굵고 뻣뻣하였다. 그에게서 억지로라도
여자다운 점을 찾아내자 하면 그것은 그의 잠꼬대에서는 그래도 간
간 가냘픈 소리며 아기를 업고 싶어하는 본능이 보이었다. 그 밖에
는 여자다운 점은 터럭끝 만큼도 없었다.

이름이 길녀라 하지만 ‘길’ 하다든가 ‘실’ 하다든가 한 점은 얻어
낼 수가 없었다. 곱다는 곰네가 아니요 곰동지 같다는 곰네야말로
명실이 맞는 그의 이름이었다.

젖떨어지면서부터 농토에 나섰다. 농토래야 빈약한 것으로, 풍
년이나 들면 간신히 그의 식구(아버지, 어머니, 곰네―이렇게 단 세 사
람)의 굶주림이나 면할 정도의 것이었다.

곰네가 농토에 나서면서부터는 어머니의 부담이 훨씬 줄었다.
그의 아버지라는 사람은 농군답지 않은 게으름뱅이에
기력도 적은 사람이어서 보잘 여지 없는 소위 망나
니였다. 술이나 얻어먹고 투전판이나 찾아다니고
남의 집 여편네나 담 너머 엿보러 다니는 사람이
었다. 농사 때에는 단 내외의 살림이라 하릴없이
논통에 나서기는 하지만, 손에 흙을 대기를 싫어
하고 게다가 기운이 없어서 조금 힘든 일을 하면
숨이 차서 당하지를 못하고, 게으름 꾀만 가득 차서

피할 궁리만 공교롭게 하는 사람이었다. 그런지라, 아주 쉽고 가벼운 심부름 이상은 하지 않기도 하였거니와, 시킨댔자 감당도 못할 위인이었다. 대여섯 살 나서부터 농사에 어머니에게 몸 내놓고 조력한 곰네가 훨씬 도움이 되었다. 힘과 기운으로써 벌써 아버지보다 승하였거니와 어린이답게 열이 있고 정성이 있었다.

그런지라, 팔구 세 때에는 벌써 농군으로서의 한 몫을 당해냈고 농사의 눈치도 어른 등떠먹으리만큼 열렸다.

곰네가 열세 살 나던 해에 그의 게으름뱅이 아버지가 죽었다. 이 가장의 죽음도 그 집 경제상에는 아무 영향도 없었다. 극단적으로 말하자면 한 식구 줄었으니 그만큼 셈이 폈달 수도 있었다. 살아 있대야 곡식만 소비할 뿐이지 아무 도움도 없는 인물이라 없는 이만 못 하였다.

그래도 십여 년 살던 정이 그렇지 못하여 곰네의 어머니는 흰 댕기도 드리고 좀 한심스러운 듯이 막연히 하늘을 우러러볼 때는 있기는 하였으나, 생활 자체에는 아무 영향도 없었다. 놀고 먹고 귀찮게나 굴던 가장이요, 가사에는 아무 도움이 없었는지라 가사도 여전하였거니와, 이제는 제 한몫 당하는 곰네가 조력을 하는지라, 어머니로서는 훨씬 노력을 덜하게 되었다. 눈치있는 곰네가 앞장서서 일하는 것을 어머니는 도리어 보고 있기만 한 때가 많았다.

열다섯 살에 어머니마저 세상을 떠났다.

세상 보통의 처녀로서는 아뜩한 일이었다. 빚은 주는 사람이 없었으니 없었지만, 남기고 간 것이라는 것은 솥 나부랭이와 부엌 물건 두세 가지, 해진 옷 두세 벌밖에는 아무것도 없는 씻은 듯한 가난한 살림에 이 집안의 큰 기둥 어머니마저 넘어진 것이다.

그러나, 갓 나서부터 여유라는 것을 모르고 지낸 곰네는, 이 점으로는 낭패하지 않았다. 다만 보잘것없는 밭 나부랭이지만, 그래도 그것을 얻어부치던 것은 어머니의 면의 덕이라, 그것을 떼이게 된 것이 큰일이었다.

가을에 가서 약간한 추수라는 것을 가지고 밭 주인(밭주인이래야 가난한 자작농이었다)을 찾아갔더니 아니나 다를까,

"아버지 오마니 다 죽었으니 밭 다룰 사람이 없겠구나!"

이런 말이 나왔다.

"아바지가 살았으면 뭘 하댔나요?"

곰네는 반대하여 보았다.

"아바진 그렇다 해두 오마니가 보디 않았니?"

"오마닌 또 뭘 했나요? 다 내가 했디."

"그래도 체니(처녀)아이 혼자서야 농살 하나?"

"해요. 꼬박꼬박 추수 들여놨으믄 그만이디요, 내 감당해요."

곰네는 지금껏도 자기가 농사를 죄 맡아서 하던이만큼 자기가 계속하겠다는 데 대해서 딴 의견이 있을 줄은 뜻도 안 하였다. 그러기 때문에 거기 대해서는 걱정도 않고 대책도 생각지 않았다. 그러나 한 마디 두 마디 하는 동안 좀 의심스럽게 되었다. 그 밭을 떼이려는 눈치를 직감하였다.

여기 협위를 느낀 곰네는 그 땅을 그냥 자기가 보겠다고 처음은 간원하였다. 그 다음은 탄원하였다. 애걸까지 하였다.

그러나 땅 주인은 곰네의 탄원도 애걸도 모두 일소에 붙이고 말았다.

"체니아이 혼자서두 땅을 보나?"

요컨대 실력 여하를 막론하고 처녀 단 혼자 살림에는 소작을 맡길 수 없다는 것이었다.

그래서 그 땅을 종내 떼이고 말았다.

그러나 곰네는 겁을 내지 않았다.

빈궁한 중에서 나서 빈한 중에서 자란 그는, 빈한이라는 것을 무서워할 줄을 모르는 사람이었다.

부모에게 물려받은 단칸 오막살이가 있었다. 거기 거처하였다.

이 조그만 마을에서는 모두가 서로 아는 사람이었다. 이집저집으로 찾아다녔다.

가을 추수 뒤에는 농가에서는 새끼도 꼬고 가마니도 짜고 한다. 곰네는 돌아다니면서 이런 일의 조력을 하였다. 집에 따라서는 일한 품삯으로 돈푼이나 주는 집도 있었고, 혹은 끼니나 먹이고 마는 집도 있었다.

끼니만 먹이고 말든 혹은 돈푼이나 주든, 곰네는 그 보수에 대해서는 아무 요구도 없었고 아무 불평도 없었다. 먹여 주면 다행이었다. 게다가 돈푼이라도 주면 그런 고마운 일이 없었다. 본시 충직하고 욕심이 없는데다가 간사한 지혜라는 것을 아직 모르는 곰네는 남의 일, 자기 일을 구별할 줄을 몰랐다. 자기가 자기 손으로 착수한 일이면 모두 자기 일이었다. 누가 보든 안 보든 한결같이 열과 성의로 일하였다. 사내들은 담배도 먹고 한담도 하여 헛시간을 보내지만, 곰네에게는 그것도 없었다. 아침에 손을 대기 시작하면 점심때도 그냥 일을 하면서 점심을 먹고 저녁때도 캄캄하게 되기까지 그냥 일을 계속하고—그 위에 살뜰한 가정이 없는 그는 대개는 저녁때까지도 그 집 삽귀퉁이에 붙어서 되는 대로 먹고 하였다.

—삯 헐하고 일 세차게 할 뿐더러 부지런히 하는 그 동리의 귀한 일꾼의 하나였다.

"곰네는 시집갈 밑천 장만하느라구 저렇게 돈을 몹게다."

동리 여인들이 이렇게 놀려대어도 아직 시집 살림이 어떤 것인지 똑똑히 이해하지 못하는 곰네는,

"흰! 시이."

하고 웃어 버리고 마는 것이었다.

"곰네, 너 어드런 새서방 얻어 갈래?"

이렇게 농삼아 물어도 부끄러워할 줄도 모르고 그렇다고 기뻐할 줄도 모르는 곰네였다.

새 서방이라든가 시집이라든가 하는 것은 아직 곰네에게는 상상도 못 하는 이상한 물건이었다. 가마니를 짤 때 새끼를 꼴 때, 사내들과 손이 마주치고 혹은 잡히고 할 때도 움츠려 버리거나, 치워 버릴 줄도 모르고, 마치 사내사내끼리나 여인여인끼리와 같은 심정으로 태연히 지내는 그였다.

그 생김생김이며 태도, 행동이 모두 하도 사내 같으므로, 함께 일하는 사내들도 곰네만은 여인같이 생각이 안 가는 모양이었다. 어찌어찌하여 곰네를 붙안아 옮겨놓든가 얼굴을 서로 마주댈 필요가 생길 때라도 조금도 주저하지 않고 마치 사내끼리인 것과 마찬가지로 행동하였다.

곰네 자신도 역시 그런 심사였다.

처녀 열여덟에 땟국에서는 향내가 난다 한다. 곰네도 사람의 종자라, 열여덟에도 나 보았다.

다른 처녀 같으면 몰래 거울도 보고 손에 물칠하여 머리도 빗어 보고 낯설은 사내 소리라도 나면 문틈으로 내다보고 싶기도 한 나이가 되었다.

그러나 곰네에게는 그런 달콤한 시절은 없었다.

그래도 변한 데가 있었다.

남의 집에서 일하다가 밤늦게 혼자 쓸쓸한 제 집으로 돌아오기가 싫은 때가 간간 있었다. 남편이 농토에서 농사짓는데 점심때쯤 그 아내가 밥 광주리를 이고 어린애를 등에 달고 농토로 찾아오는 것이 부러운 생각도 간간 났다. 누구가 혼사를 하였다, 누구가 상처를 하였다, 하는 소문이 귀에 심상치 않게 들리는 때가 잦아졌다.

게다가 동리 여인들이,

"곰네도 시집을 가야디 않나?"

"데리다가는 체나루 늙갔네!"

하는 소리며,

"부모가 없으니 누가 혼인은 주장해 줄 사람이 있어야디."

"힘세서 새서방 얻어두 일은 세차게 잘 할게야."

이런 소리들이 차차 귀에 솔깃하게 들렸다.

더구나 그 사이도 간간 소작 땅이라도 얻으러 가면 그 매번을 '처녀 혼잣살림에 땅을 어떻게 부치느냐'는 말을 들었지만, 시재 자기가 처녀 혼잣몸이니 어찌할 수 없는 것이라 단념하여 두었더니, 지금 다시 생각하면 남편이라는 것을 얻으면 '처녀 혼잣살림'이 아니라 남의 땅도 얻어부칠 수가 있고, 남의 땅을 얻어부치고 그 위에 틈틈이 새끼며 가마니를 짜면 힘도 훨씬 펴서 지금 단지 남의 삯일만 하는 것보다는 천승만승할 것이다.

'서방을 하나 얻을까?'

서방의 자격에 대하여도 아무 희망도 요구도 없었다. 농촌이니 사내로 생겨서 농사 지을 것은 당연한 일이다. 학식이라든가 인격이라든가 하는 것은 곰네는 그 가치는커녕 존재도

모르는 바다. 곱게 생기고 밉게 생긴 것도 전혀 모르는 바다. 사내로 서방이라는 명칭이 붙는 자면 그것만으로 넉넉하다. 그 이상, 그 이외의 것은 존재도 모르거니와 부럽지도 않고 욕심나지도 않았다.

소작터를 얻기 위하여―그리고 또 농사에 힘을 아우를 자를 구하기 위하여 서방이 필요하였다.

―이리하여 곰네가 스무 살 나는 해 가을에 동리 노파의 주선으로 혼인을 정하였다. 서방 역시 곰네와 같이 혈혈단신이요, 배운 것도 없고, 나이는 스물다섯이지만 아직 총각이요, 저축도 없는 대신 빚도 없고 어디서 어떻게 굴러먹던 사람인지 삼사 년 전에 단신으로 이 동리에 들어왔고, 이 동리에 들어온 이래로 지금껏 제 집이라고는 없이, 이 집 윗목 저 집 윗목으로 굴러다니면서 그 집일을 도와 주는 체하면서 끼니를 얻어먹어 연명을 하여 오던 초라하기 짝이 없는 사람이었다.

"제 집이 없으니 그렇게 디냈디, 에미네(여편네) 얻으믄 그래도 제 몫이야 안 당하리."

"사나이 대장부라니 에미네 굶길까?"

중매한 사람 혹은 조혼한 사람이 모두 이렇게 말하였다. 곰네의 생각으로도 사내 한 사람이 더 있으면 그만큼 힘이 펼 것으로, 어서 성혼하면 생활이 좀 넉넉해질 것으로 믿었다.

섣달에 품삯을 셈해 받아 옷 한 벌 장만해 가지고, 정월에 들어서 길일을 택하여 성례하였다.

신혼 재미는 꿈과 같다 한다.

그러나 곰네에게 있어서는 생활상이고 감정상이고 아무 변화도 없었다.

혼자 자던 방에, 혼자 자던 이불 속에 웬 사내 한 사람이 더 들어온 뿐이었다.

신혼 첫날만은 동리 여인들이 와서 저녁을 지어 주고 이부자리를 펴주었다. 남이 지은 밥을 먹고 깔아준 이부자리에서 잔다는 것은 곰네가 철든 이래 처음 당하는 경험이었다. 뿐더러 여인들은 한사코 곰네에게 못 하게 하고 자기네들이 도맡아 보아 주었다.

"새색시두 일하나?"

모두 곰네를 상전이나 모시듯 서둘렀다.

그러나 그 밤을 지내고 이튿날부터는 곰네의 생활은 옛날대로 돌아갔다.

이튿날 아침, 예에 의하여 머리를 수건을 얹고 가마니를 짜러(좀 넓은 방이 있는) 이서방네 집으로 가서 부엌으로 들어섰더니 새색시도 이런 데를 오느냐고 단박에 밀리었다. 그래서 어떡하느냐고 물으매,

"일감을 가지고 너의 집에 가서 알뜰한 서방님하고 마주 앉아서 주거니받거니하면서 일하는 게디, 서방 버려 두구 이런 델 와? 그래 조반이나 지어 먹었니?"

한다. 그래서 볏짚을 한 아름 안고 제 집으로 돌아온 것이었다.

그로부터 곰네는 집안에서 할 수 있는 일은 제 집에서 하였다.

남의 주선으로 조그만 밭도 하나 얻어부치게 되었다.

성례한 뒤 한동안은 곰네의 새남편은 대문 밖에를 나가본 일이 없었다. 대문이래야 수수강이로 두른 울이지만 그 밖까지 발을 내어 보아 본 적이 없었다. 뜰에까지도, 뒷간 출입밖에는 나가 보지를 않았다. 꼭 박혀 있었다. 번번 누워서 곰네의 몸만 주물럭주물럭 어루만지고 있었다.

곰네가 하도 징그럽고 귀찮아서,

"이건 왜 이래!"

하고 때밀면 그는 머쓱하여 손을 떼었다가도 다시 곧 그 동작을 계속하는 것이었다.

어느 날 이 점을 어느 여인에게 하소연하였더니, 그는 씩 웃으며,

"너머 귀해 그러디. 잠자쿠 하자는 대루 하려무나. 싫을 게 있니……."

한다.

과연 차차 지내면서 보니까, 그 동작이 처음에는 그렇게도 귀찮고 징그럽던 것이 어느덧 그 생각은 없어지고, 차차 멋이 들고 또 좀 뒤에는, 그런 일이 그리워지고, 만약 남편이 그러지 않으면 기다려지고 하게 되었다. 정이 차차 드는 셈이었다.

곰네의 얼굴 생김은 그 이름과 같디 '곰' 같아서 완하고 왁살스럽고 둔하였다. 여자다운 데는 한 군데도 없었다. 그가 가장 기뻐서 웃을 때도 얼굴만은 성났는지 웃는지 구별을 하기 힘들 지경이었다. 그 얼굴에다가 그래도 남편을 대할 때는 저절로 만족한 웃음이 나타나고 하였는데 그의 웃음이 그의 얼굴에 어울리지 않았다.

"여보!"

제법 여보 소리도 배웠다.

"숭능 줄까 냉수 줄까?"

"아아 아, 이렇게 갈할 땐 막걸리나 한 잔 있으믄 쑥 내려가갔구만."

"그럼 내 좀 얻어 오디."

종기종기 나가는 아내…….

"에에 에, 소질이 났는디 기침은 왜 이렇게 나누, 숨이 딱딱 막히

네.”

“선달네 이즈버니네 집에서 송아지 잡았다는데 한몫 들까?”

“글쎄…….”

허둥지둥 송아지 추렴에 들러 나가는 아내…….

“화기가 났는디 다리가 왜 이리 저려.”

“그럼, 내 돼지 다리 하나 맡아 올게.”

반 년 전까지는 알지도 못하던 사내에게 곰네는 온 정성을 다 바쳤다. 아버지에게 바치지 못하였던 정성, 어머니에게 바치지 못하였던 정성을 이 길가에서 주워온 사내에게 죄 바쳤다.

이전에는 밭을 주지를 않던 소지주(小地主)들도 곰네가 서방 맞이를 한 뒤에는, 조금은 떼어 맡겼다. 욕심이 적은 곰네는, 자기가 감당할 수 있는 이상의 논밭은 생각도 내지 않고, 자기 몫에 돌아온 것만 성심성의로 가꾸었다. 거름도 남보다 후히 주었고 손질도 남보다 부지런히 하였다. 가을 조이삭이 누릿누릿 익어갈 때쯤은 곰네네 밭은 먼발로 볼지라도 남의 것보다 훨씬 충실해 보였다.

처녀 시절에는 처녀 홑몸이라고 손뼘만한 밭 하나 못 얻어부쳤는데, 남편이랍시고 얻고 보니, 그다지 힘들지 않고 밭 하나를 얻어부치게 되었다. 마음이 오직 착하고 근한 곰네는 이것도 남편의 덕이라 하여 감지덕지하였다.

그렇다고 남편이 밭에 나나서 일을 하든가, 하다못해 김이라도 매는 것이 아니었다. 본시 몸이 약질로 농사를 못할 뿐더러 게으름뱅이로서 농사 같은 일은 하고자 하지도 않았다.

그 위에 곰네는 남편의 몸을 극진히 아꼈다. 저러다가 탈이라도 나면 어쩌나, 몸이라도 다치면 어찌하나, 이런 극심으로 조금이라도 힘든 일은 애당초 남편에게 맡기지를 않았다. 게으름뱅이 남편은 맡으려 하지도 않고 슬금슬금 아내를 돌아보고 하였다. 남편이 하는 일이라고는 과즉 아내의 손이 미처 돌지 못하여,

"데서 좀 이리루 팡가테 주소(저것 좀 이리로 던져 주세요.)"

혹은,

"나 이거 하는 동안, 요 끝을 꼭 누르고 있어요."

하는 등의 지극히 단순한 심부름뿐이었다.

곰네의 얼굴은 못생기고 또 못생겼다. 웬만한 사내 같으면 고금 떨어진다 해서 곁에 오지도 않을 만한 추물이었다.

남편도 코 위에 눈이 두 알이나 박혔으며 아내의 얼굴이 못생긴 것쯤은 넉넉히 알 것이었다.

그러나 그는 이 아내를 버리지를 못하였다. 이 아내를 버렸다가는 평생을 홀아비로 지낼 수밖에 다시 아내 얻을 가망이 없었다. 투전꾼(투전꾼이라 하지만 협기 있고 쾌남아형의 투전꾼이 아니요, 기신기신 투전판을 엿보다가 개평이나 얻어먹는 종류의 투전꾼이었다)이요, 위인이 덜난 위에 게으르기 짝이 없는 그의 남편이 이십오 년간 독신 생활(아니, 총각 생활) 끝에 어쩌다가 우연히 얻어 만난 이 처녀(곰네)는 그에게는 하늘이 주신 복이고 다시 구하지 못할 금송아지라, 얼굴 생김은 탓할 처지가 못 되었다. 얼굴은 어떻게 생겼든 간에, 여인은 여인이요, 옷 지어 주고 밥 지어 먹이고 게다가 벌이(농사며 가마니, 새끼에 이르기까지)도 혼자 당해내고, 남편 되는 사람은 남편이라는 명색 하나만 띠고 지어 주는 밥 먹고, 지어 주는 옷 입고, 간간 용돈까지도 주며, 펴주는 이부자리에서 자고, 여보 소리도 들어 보고…… 이런 상팔자는 다시 만나지 못할 것이었다. 몸이 튼튼하매 병나지 않고 얼굴이 못생겼으매 딴 사내 곁눈질할 걱정 없고 천성이 직하매 속기 잘 하고… 나무랄 데가 없는 아내였다. 군색한 데서

자랐으니 곤궁을 싫어할 줄 모르고, 성내면 왝왝거리기는 하지만 뒤가 없고, 어려서부터 동리의 인심을 샀으니 부족한 물건은 융통할 수 있고…… 흥부의 박이었다. 배를 가르니 복만 튀겨져 나왔다.

혼인한 첫해는 풍년도 들었거니와 아내의 헌신적 노력으로, 오는 해의 계량이 되고도 남았고, 겨울 동안에 부업이라도 하면, 적지않은 저축도 남길 가망이 있었다.

곰네 내외의 새살림은 무사하고 평온한 가운데서 일 년이 지났다.

세상에서 손가락질 받던 남편도 일 년 동안은 꿈쩍 안 하고 근신하였다. 지어 주는 밥 먹고, 지어 주는 옷 입고, 시키는 대로 잔말 없이 일하고, 술도 곰네가 받아다 주는 막걸리만으로 참아왔다.

이 이삼십 호 될까말까하는 동리에서는 곰네네 집안은 즐거운 집안으로 꼽히었다.

일 년 동안의 근면의 덕으로 돈도 삼사백 냥 앞섰다.

아들도 하나 생겼다.

"사람은 지내봐야 알 거야."

"에미넬(여편넬) 얻어야 사람 한몫 된단 말이다."

턴덩배필(天定配匹)이 아니야? 그 망나니가 사람 될 줄 알았나? 에미넬 얻더니 노상 서방 구실, 애비 구실 하느라구 씩씩거리믄 성 돌아가거든."

"뭘, 에미네 잘 얻은 덕이다. 에미네 복은 있는 사람이야!"

"아니야, 에미네두 그렇디, 턴덩배필 아니구야, 그 상판대길 진저리나서두 하루인들 마주 있을라구. 한 자리에서 코 마주대구…… 에, 나 같으믄 무서워서 하루두 못 살겠네. 가채(가까이) 서 본즌 가채서 볼수록 더 왁살스럽구, 솜털 구녕 하나이 대동문통만큼씩한 거이, 어, 무서워!"

"그래두 재미만 나서 사는 걸 어떡허나. 옛말에두 안 있소? 곰보에게 정들이구 보니 얽은 구녕마다 복이 가득가득 찼더라구. 저 보기에 달렸디."

"그렇구말구. 아, 형님네두 그 덥석부리 뒤상(구레나룻영감)하구 삼십 년이나 살디 않았소? 에, 퉤! 수염엔 이 안 끓었습디까?"

"에이, 요 망할 것! 남의 영감 왜 들추니?"

"코 풀은 수염에 매닥질 하구, 수염 씻은 건건쩝절한 물을 늘 먹구. 더러워, 퉤! 퉤!"

"듣기 싫다!"

"그래두 젊었을 때 입두 맞춰 봤소?"

"요것!"

동리의 평판이었다.

동리를 더럽히던 안서방이 여편네를 얻은 뒤부터는 딴 사람이 된 듯이 단정하여진 것도 평판되었거니와, 못생긴 처녀 곰네가 서방 맞은 뒤부터는 서방에게 반하여 남의 눈 부끄러운 줄도 모르고 맞붙어 돌아가는 양이 더 평판되었다. 얌전하고 입 무겁던 곰네가 이렇듯 말 많고(남편 자랑이었다) 들떠 돌아갈 줄은 꿈밖이었다.

마치 열 육칠 세의 숫배기 총각 처녀가 모인 것 같았다. 노인네들의 눈에는 망측스럽게 보이리만큼 남의 눈을 기이지를 않았다.

일 년이 지났다.

또 반 년이 지났다.

정월 중순께였다. 곰네의 남편 안서방은, 그 해의 추수를 팔러 읍으로 들어갔다. 금년도 풍년도 들었거니와, 금년은 금년 소득을 죄

팔기로 방침을 세웠다.

곰네가 서둘러 주선하여 밭도 좀 더 얻어부쳐서, 소득도 전보다 훨씬 나았거니와, 곡가도 여기와 고을과는 약간의 차이가 있었다. 여기 소득을 전부 고을에 갖다가 팔아서, 작년의 남은 것까지 합쳐서 자그마한 것이나마 제 땅을 좀 마련하고, 단경기까지는 새끼와 가마니며 누에를 쳐서 연명을 하면 새해에는 제 땅의 소득도 얼마는 될 것이다. 농사 지은 것을 전부 팔고, 다른 방도로 연명을 하자면 한동안은 곤란은 하겠지만, 그 한동안만 지나면 그 뒤는 훨씬 셈이 펴게 될 것이다. 이러한 몇 해만 꿀꺽 참고 지나면 몇 해 뒤에는 지주의 자세 받지 않고도 제 것만 가지고도 빈약한 살림은 할 수가 있을 것이다.

─이런 생각으로 곰네는 남편에게 자기의 몫의 전부를 맡겨서 고을로 보낸 것이었다.

곰네의 꿈은 즐거웠다. 남편이 고을에 갖고 간 곡식을 마음으로 계산하여 보고, 이즈음 이 근처에 팔려고 내놓은 땅의 값을 비교하여 보고 혼자서 웃고 웃고 하였다.

"애!"

아직 아무것도 모르는 갓난애였다.

"우린 이젠 밭 산단다. 이 담에 너 크믄 다 너 줄거야. 좋디? 네 밭에서 네가 농사하구, 네가 추수하구…… 어서 커라, 아이구 내 새끼야!"

애를 붙안고 쫄레쫄레 춤을 추며 방 안을 이리저리로 돌아다니는 것이었다. 그리고 지금 팔려고 내놓았다는 밭도, 애를 업고 그 근처를 아닌 듯이 누차 배회하였다.

여기서 고을까지가 일백이십 리─이틀길이었다. 이틀 가고 하루

쉬고 이틀 돌아오노라면, 합해서 닷새가 걸릴 것이었다. 어떻게 하여 하루 지체되면 엿새가 걸릴지도 모를 것이다.

처음의 이틀, 사흘, 나흘은 몹시 초조하게 지냈다. 아직 기한이 아니니 돌아올 바는 아니지만 마음은 한량없이 초조하였다. 혹은 그 사람도 마음이 급하여 달음박질쳐 가서, 하루에 득달하고, 천행 그 밤으로 홍정이 되고 이튿날 새벽에 그곳서 떠나 당일로 돌아오면—이틀이면 될 것이다. 가능성 없는 이런 몽상까지도 품어 보았다. 쓸데없는 일인 줄 번히 알면서도 돌아오는 길 쪽으로 이십여 리를 찬 바람을 안고, 갓난애를 업고 마중 나가서 한나절을 기다려 보기도 하였다. 동전 한 푼이 새로운 그는 촐촐 굶으면서 끊어지듯이 아픈 등을 두드려 가면서 한나절을 기다렸다. 돌아올 때는, 그 헛되이 보낸 하루를 단 몇 발이라도 새끼를 꼬았던 편이 훨씬 좋았을 것이라고 후회를 하였지만, 이튿날 하루를 쉬고(쉰대야 역시 집에서 일을 하였지만) 또 그 이튿날은 또다시 나가 보았다. 빨리 오면 이날쯤은 올 듯도 싶었다.

그날도 역시 헛걸음이었다. 또 이튿날은 정수로 따지자면 당연히 올 날이라, 곰네는 물론 또 나갔다. 시장하여 돌아올 남편을 위하여, 엿을 반 근이나 사가지고 이른 새벽에 나갔다.

다음 동리 장마당까지 가서 기다렸다.

사람 기다리기같이 어려운 노릇은 없었다. 그 사이 며칠은 안 올 줄 번히 알면서도 행여나 하여 기다렸다. 이날은 당연히 올 날이므로 더 가슴 답답히 기다렸다.

"애 아버지가 오늘 온다우."

물동이를 이고 지나가다가 곰네의 앞에서 동이를 다시 바로 이는 여인에게 곰네는 밑도 끝도 없이 말을 붙였다.

그 여인은 물동이를 인 채로 곁눈으로 의아한 듯이 곰네를 보면서 대답도 안 하고 지나가 버렸다.

그 근처 어디 우물이 있는 양하여 물동이 인 여인들이 연락 부절로 그의 앞을 오고간다. 그 매사람에게 향하여 곰네는 제 남편이 돌아오는 것을 자랑하고 있었다.

야속한 해는 중천에서 서쪽으로 차차 기울었다. 기울면서 차차 바람이 일기 시작하였다. 등의 갓난애는 추운지 악을 쓰면서 울어 댄다.

"자장 자장, 너 용타! 아버진 지금 말고개쯤 왔갔다. 아바지 오믄 아탕두 주구 왜떡두 주구. 자장 자장, 너 용타!"

연하여 등의 아이를 들추며 달래며, 왔다갔다 하였다.

울고 불고 울던 끝에 갓난애는 기진하였는지, 울음을 멈추고 잠이 들었다. 그러나 이때는 어린애 대신으로 곰네가 통곡하고 싶게 되었다.

아무리 짧은 해라 하지만 고 해도 벌써 산허리를 절반이나 넘었다.

어린애를 업고 왔다갔다 하는 동안, 몸집은 혹은 동편으로 혹은 서편으로 일정치 않았지만 눈만은 잠시도 북편쪽 대로에서 떠나본 적이 없었다. 남편이 오려면 반드시 그 길로 해서야 온다. 지름길도 없다. 곁길도 없다. 가장 가까운 단 한 가락의 길이다. 그 길에서 한때도 헛눈을 판 일이 없거늘 남편은 아직 오지 않는다.

"열 번만 더 갔다 오자."

우물에서 가게까지 한 이십여 집 거리 되는 곳을, 몇백 번 왕복하였는지 모른다. 이때껏 안 온 사람이면 오늘 철로는 가망이 없다. 집으로 돌아갈 밖에는 도리가 없었다. 그러나 돌아가려니 그래도 마음이 남아서, 열 번을 더 우물까지 왕복하기로 하였다.

열 번을 다 왕복하였지만 기다리는 사람은 여전히 안 나타났다. 헛왕복이었다.

"더 가딤(덤) 열 번만 더⋯⋯."

열 번을 더 왕복하였다. 그리고도 아무 결과도 못 얻은 그는, 통곡하고 싶은 마음을 억제하고 얼굴을 감추고, 이젠 하릴없이 제 집으로 발을 떼었다.

남편은 이튿날도 안 돌아왔다. 또 그 이튿날도 안 돌아왔다. 나흘 만에야 돌아왔다.

동저고리바람으로 옷고름이 통 뜯기고, 흙투성이가되고 참담한 꼴이었다.

"아이구머니! 이게 웬일이오?"

"오다가 아찻고개에서 불한당을 만나서⋯."

"그래 몸이나 상한 데 없소?"

"몸은 안 상했디만, 돈은 동전 한 닢 없이 홀짝 뺏겼군!"

아뜩하였다.

"몸 다틴 데 없으니 다행이디. 그래 언제 그랬소?"

"⋯⋯그저께로군."

"그럼 그저께까진 어디 있었소?"

"아니, 그그저껜까?"

"그 전날은?"

"그 전날이야 고을에 있었디."

"고을은 뭘 하레 사흘 나흘씩 있었소?"

"어 춥다!"

남편은 정면으로 대답지 않고 이불을 내려 폈다.

"봉변했으믄 왜 곧 집으로 오지 않았소?"

"에이! 한잠 자야겠군."

남편은 그냥 옷을 입은 채 자리도 안 펴고 이불 아래로 들어가서 머리를 푹 썼다.

"배고프디 않소? 찬밥밖에 밥두 없는데."

남편은 들었는지 못 들었는지, 이불을 뒤집어쓰고 대답도 않는다.

곰네는 기가 막혔다. 보매 상한 데는 없는 모양이니 그편은 마음이 놓이지만, 일 년간의 정성과 커다란 희망이 물거품으로 돌아간 것이 기가 딱 막혔다. 이불을 뒤집어쓰고 누워 있는 남편의 곁에 갓난애를 업고 앉아서 몸을 앞뒤로 흔들면서 망연히 앉아 있었다.

지금 잃어버린 그만큼을 다시 만들려면 일 년 나마를 다시 공을 들여야 하겠고, 그리고도 풍년이 계속되고 우환이 없고, 다른 아무 고장도 없어야 할 것이다.

그 노력도 노력이려니와 과거에 들인 공과 노력이 그렇게도 맹랑히 꺾어져 나가니, 지금 같아서는 눈앞이 아득할 뿐이지, 새 용기가 생길 듯싶지도 않았다.

무심한 한숨만 기다랗게 나오고 하였다.

이 마을에는 이상한 소문이 하나 퍼졌다.

곰네의 남편 안서방은 나락을 맡아 가지고 고을로 가서 팔아서 투전을 하여 홀짝 잃어버렸다. 그러고는 집에 돌아갈 면목이 없어서 불한당을 만난 듯이 옷을 모두 찢고 험상스런 꼴을 하여 가지고 제 집으로 돌아왔다. 며칠을 잃는 시늉까지 하였다—이런 소문이었다.

그러나 다른 데로 통할 길이 없는 마음이라, 서로 쉬쉬 하여 그 소문은 곰네의 귀에까지는 안 들어갔다.

이런 소문은 있건 말건, 춘경에는 또 금년의 생활을 위하여, 곰네는 남편을 독촉하여 벌에 나섰다. 금년 봄에는 빈약하나마 자터 약간을 장만하려던 것이 꿈으로 돌아간 것이 기막히기는 하나, 작년의 실패를 금년에 회수할 생각으로 더욱 용기를 돋우어 가지고 나선 것이다.

저 밭을 사리라……찬바람을 무릅쓰고 갓난애를 업고 몇 번을 돌본 그 밭을 먼발로 바라볼 때에 입맛이 썼다. 금년은 꼭 그보다 나은 땅을 장만하고야 말겠다고 스스로 굳은 힘을 썼다. 그러나 이 봄부터 남편의 태도가 좀 다른 데가 보였다.

일터에서 일을 하다가라도 틈을 엿보아 몰래 빠져나간다. 빠져나갔다가 한참 있다가 몰래 돌아오는데 돌아와서는 슬슬 피하지만 가까이서 맡으면 약간 술냄새가 나고 하였다.

"어디 갔뎃소?"

아내가 이렇게 물으면, 남편은,

"너머 졸려서 수수밭 고랑에서 한잠 잤군."

하면서 사뭇 졸린다는 듯이 기지개를 하고 하였다.

남편을 의심할 줄 모르는 곰네도 마지막에는 종내 의심을 품지 않을 수가 없었다.

어떤 날—이날은 꼭 참으리라 하고 눈치만 엿보고 있었다. 아니나 다를까 한참을 엿보니까, 슬금슬금 눈치를 보다가 밭고랑 속으로 몸을 감추어 버린다.

고랑으로 숨어서 가는 남편을 곰네는 먼발로 뒤를 밟았다. 남편은 밭들을 다 지나서 마을 어귀까지 이르러서는 한 번 뒤를 돌아본 뒤에 어떤 술집으로 들어가 버린다.

곰네는 쫓아갔다. 울 뒤로 돌아가면 뒤뜰이 있다. 곰네는 뒤뜰로 돌아가서 낟가리 뒤에 숨어서 엿들었다.

방 안에서는 상을 갖다 놓는 소리며 술잔 소리도 들렸다. 부어라 먹어라가 시작되는 모양이었다. 그 가운데는 계집의 소리도 섞여 있었다.

곰네는 좀 나섰다. 안의 소리도 좀 듣고 싶었다. 그때 사내의 소리로,

"떡돌에 눈 코 그런 거, 알아 있니?"

계집의 소리로,

"그만두소, 안상 성나갔소."

사내 소리로,

"이 자식아, 거기다가 아일 만들 생각이 나든?"

계집의 소리로,

"방상은 눈뜨고 잡디까? 눈 감구야 곱구 미운 걸 아나? 눈 감구라도 아이만 만들었으믄 됐디."

곰네는 더 참을 수가 없었다. 직한 사람은 노염도 더 크다. 잠들은 아이를 짚 위에 가만히 내려 놓았다. 양팔을 높이 걷었다. 다음 순간 문을 박차면서 안으로 뛰어들었다.

들어오는 발 앞에 계집이 있었다. 계집의 머리채를 왼손으로 움

켜잡았다. 그 곁에 남편이 있었다. 오른손으로 남편의 멱을 잡았다. 다른 사내는 문을 차고 도망쳤다.

"이 놈의 엠나이. 뭐이 어쩌구 어째!"

계집의 머리채를 움켜 잡아 가지고 그것으로 남편의 이마를 받았다.

그리고는 남편의 머리를 잡아 계집의 면상을 받았다.

"그래 떡돌을 맞아 봐라!"

이름 맞추 곰같이 성난 그는 좌충우돌하였다. 약골의 남편, 술장수 계집, 모두가 이 성난 곰을 막을 수가 없었다.

"여보 마누라, 마누라!"

"내가 떡돌이디, 왜 마누라야!"

"내야 언제 그럽디까. 여보 마누라!"

여보 마누라라 불리는 것은 곰네의 생전 처음이었다. 성난 가운데 반가웠다.

"내가 떡돌이믄 넌 떡메가?"

"여보 마누라! 내가 언제 그럽디까. 내가 우리 마누랄 왜 험굴할까?"

"방금 한 것 뭐이구?"

그러나 곰의 울뚝밸은 벌써 적지않게 삭은 때였다.

"마누라! 내가 하두 목이 텁텁해서 막걸리라두 한 잔 할라구 왔더니, 그 망할 놈들이 그런 소릴 하는구만. 나두 분해서 그 놈들하고 한판 해볼래는데 마누라 잘 왔소. 어, 내 속이 시원하군!"

"흥! 이 엠나이 매맞은 게 알끈하디!"

"그게 무슨 소리라구 그냥 한담. 자 갑시다. 우리 당손(長孫)이는 어디 있소?"

—이리하여 내외는 그 집에서 나왔다.

그날은 무사히 평온하게 일이 끝장이 났다.

그러나 남편의 못된 버릇은 좀체 고쳐지지 않았다. 본시 곰네와 만나기 전에서부터 깊이 젖었던 버릇이었다. 곰네와 만난 뒤 한동안은 스스로 근신함인지, 혹은 새 아내를 맞은 체면상 억지로 참음인지, 또는 새 아내가 무서워서 그만둠인지, 한동안은 못된 데 다니는 버릇이 없어졌다. 그렇던 것이 곡식을 팔러 고을에 들어간 때 우연히 또다시 접촉하기 시작하여서, 그 뒤에는 집에 돌아와서도 틈틈이 아내의 눈을 기이면서 그 방면으로 다녔다.

한번 술집에서 들켜서 큰 소란을 일으키고 아내를 달래서 집으로 돌아오면서도, 아내를 속여서 자기는 누구 만날 사람이 있으니 잠깐 돌아가겠다고 아내만 돌려 보내고 자기는 술집으로 다시 돌아섰던 것이었다.

그 뒤에도 돈만 생기든가, 안 생기면 아내의 주머니를 뒤지어서까지라도 틈틈이 그 방면으로 다녔다. 그것으로 아내와 싸우기도 수없이 싸웠고, 기력이 약한 그는 싸울 때마다 아내에게 눌리어서 숨을 허덕거리면서 다시는 쇠아들 치고 그런 데 안

다니마고 맹세하고 하였지만, 그 맹세를 하면서도 어디 비어져 나갈 기회나 틈새를 생각하는 그였다.

그들의 살림은 나날이 빈약하여 가고 나날이 영락되어 갔다. 못된 곳에 출입하는 도수가 잦아지면서는 남편은 일손을 다시 잡지 않았다. 못된 데 출입하는지라 돈의 쓸 데가 더 많아진 그는 어떤 때는 아내를 달래고 어떤 때는 속이고 어떤 때는 싸우고 어떤 때는 훔치기까지 해서 제 용돈을 썼다.

아내는 살을 깎고 뼈를 갈아 가면서 일했다. 남편이 다시 일터에 나서지 않는지라, 남편의 노력까지 저 혼자서 맡아서 하였다. 푼푼이 돈이 앞설 때도 있었다.

남편만 없으면 좀 앞세워 놓고 살아갈 수도 있었다. 그러나 돈에 대한 불가사리 남편이 등 뒤에 달려 있는지라, 어쩔 도리가 없었다.

마음이 왈왈하고도 직한 곰네는, 아무리 남편을 밉다 보고 다시는 그의 말을 안 믿으리라 굳게 결심하지만, 남편이 들어와서 그의 등을 쓰다듬으며, 양간의 소리로 여보 마누라, 마누라 하면, 그의 굳게 먹었던 결심도 봄날 눈과 같이 사라지고 마는 것이었다. 그리고, 깊이 감추었던 주머니를 꺼내어 남편 마음대로 쓰라고 내어맡기는 것이었다.

"내가 민해!"

남편이 나간 뒤에 텅 빈 주머니를 만져 보며 스스로 후회하고, 다시는 안 속으리라고 또다시 결심하지만, 그 결심할 때조차 이 결심이 끝끝내 버티어질지 못 질지 스스로 자신이 없었다.

어떤 날, 곰네는 고을 장에 갔다.

언제든 그는 장에 갈 때에는 애초에 집에서 조떡을 만들어 가지고 가서 그것으로 요기를 하는 것이었다.

그날도 집에서 남편이 하도 조르므로 돈 이 원을 주고 나선 것이었다. 주기는 했지만 장에까지 와서 보니 아까웠다. 자기는 십오 전 어치 떡을 사먹기가 아까워서 집에서부터 조떡을 만들어 가지고 오고, 목이 메는 조떡을 물 한 모금 없이 먹는데, 남편은 좋다꾸나 하고 홍덩히 술만 먹고 있을 생각을 하니 자기의 아끼는 것이 어리석고 헛일 같았다.

시장하여 보따리를 펴고 조떡을 꺼내었다. 목이 메고 텁텁한 위에 속조차 심란하여 먹기 싫은 것을 장난 삼아 한 입 두 입 먹고 있노라니까, 무엇이 곁에서 종알종알한다. 그 쪽으로 돌아다보니, 여남은 살쯤 난 사내애가 하나 자기더러 무엇을 청구하는 것이었다.

"무얼?"

"나 떡 하나."

조떡을 하나 달라는 것이었다. 곰네는 어차피 자기는 먹기 싫은 위에 그 애가 매우 시장해 보이므로 큼직한 것 두 덩이를 주었다. 그랬더니 그 애는 단숨에 두 개를 다 먹었다.

"또 하나 달란?"

그 애는 머리를 끄덕끄덕하였다. 또 두 개를 내어 주었다. 그 애는 하나는 단숨에 또 먹었지만 나머지 한 개는 절반만큼 먹고는 더 못 먹겠는지 멈추고 만다.

"더 먹으렴."

"아이 배불러!"

"너 조반 먹었니?"

그 애는 머리를 끄덕이었다.

"왜? 오마니가 안 해주던?"

"오마닌 죽었어."

"가엾어라! 아버지두 없구?"

"아바진 술만 먹다가 어디 갔는지 나가구 말았어. 나 혼자야!"

곰네는 가슴이 뭉클하였다. 등에서 쌕쌕 잠자는 아이를 황급히 앞으로 돌려 안았다. 머리를 숙였다. 자기의 머리로 사랑하는 아이의 뺨을 문질렀다.

아버지라는 사람은 아이에게는 남이로구나. 술값 이 원은 아깝지 않으되 어린애 사탕값 일 전은 아끼는 자기 남편……내가 살아야겠다. 내가 살아야 이 아이가 산다. 어떤 일이 있든 어떤 곤경이 있든, 결단코 넘어져서는 안 된다. 내가 넘어지면 이 아이까지도 아울러 넘어진다…….

"야, 당손아! 너 뭘 가지고 싶으니? 뭘 먹고 싶으니? 아무게나 네 마음에 있는 걸 말해라."

잠자는 아이였다. 잠자는 아이를 깨워서 그 뺨을 비벼대며 물었다. 어린애는 깨면서 제 눈 딱 맞은편에 어머니의 얼굴이 있는 것을 보고 안심한 듯이 기다랗게 기지개를 한다.

"얘!"

곰네는 거지아이를 돌아보았다.

"너두 엄마 아빠 다 없으니 오죽 궁진하고 출출하겠니? 나하고 가자. 내 너 먹구픈 거 가지구픈 거 다 사줄게 이리 오너라!"

자기의 아들은 앞으로 돌려안아 그 부드러운 뺨에 자기의 뺨을 비벼대며, 거지아이를 달고 시장(市場) 쪽으로 향하여 갔다.

「1941년」

신앙으로

1

"아버지, 나을까요?"

열두 살 난 은희는 아버지의 얼굴을 쳐다보면서 근심스러운 듯이 이렇게 물었다.

"글쎄, 내야 알겠냐. 세상의 만사가 하나님의 오묘하신 이치 가운데서 돼나가는 게니깐 하나님을 힘입을밖에야 다른 도리가 없지."

아버지도 역시 근심스러운 얼굴로 이렇게 대답했다.

집안은 어두운 기분에 잠겼다. 네 살 난 막내 아들의 위태한 병은 이 집안으로 하여금 웃음과 쾌활을 잊어버린 집안이 되게 하였다.

어린 만수의 병은 처음에는 대수롭지 않은 감기에서 시작되었다.

그 감기는 며칠이 걸리지 않아서 거의 나았다. 그러나 거의 나았을 때에 어린애의 조르는 대로 한 번 밖에 업고 나갔던 것이 큰 실수였다. 만수의 병은 갑자기 더하여졌다. 병은 기관지로 하여 마침내 폐에까지 미쳤다.

온 집안은 힘을 다하여 간호하였다. 소아과(小兒科)의 이름있는 의사가 하루에 두 번씩 만수의 병을 보러 왔다. 태평양과 인도양을 건너서 온 여러 가지 약이 만수 때문에 조제되었다. 찜, 흡입, 복약, 주사…… 의학의 정교함을 다하여 의사는 만수를 위하여 자기의 지식을 쏟아 놓기를 아끼지 않았다.

그러는 일면 그 집에서는 어린 만수가 쾌차되기를 하나님께 빌기를 또한 잊지 않았다. 아니, 차라리 기도가 첫째고 의학의 정이 버금이 된다고 하고 싶을 만큼 기도에 정성을 다하였다.

"뜻대로 하시옵소서. 그러나 만약 이 어린애를 저의 집안에 그냥 살려두어 주시는 것이 아버님의 뜻에 과히 거슬리지 않거든 아버님의 충성된 종을 위하여⋯⋯."

그들은 이렇게 기도하였다.

그 가운데서도 은희의 정성과 기도는 가장 컸다. 세상의 많은 누이들이 이런 어린 동생에게 가지는 가장 큰 사랑을 만수에게 가지고 있는 은희는 몸부림까지 쳐가면서 기도하였다.

"아버지, 만수를 살려 주세요. 무슨 죄가 있습니까. 아직 말도 변변히 못하는 어린애가 무슨 죄를 지었길래 벌써 데려가시렵니까. 낫게 해주세요. 죽고 사는 것은 아버지께 달렸습니다."

은희는 마치 억지쓰듯 이렇게 기도하곤 하였다.

그러나 정성을 다한 기도도, 의학의 정교도 자연의 힘에 비기건대 아무것도 아니었습니다. 만수의 병은 나날이—아니 각각으로 더하여 갔다.

기운이 진하여 울지도 못하는 어린애가 답답한 입맛을 연하여 다시며, 조금의 시원함이라도 보려고 연방 손을 휘젓는 양식이며 쌕쌕거리는 숨소리는 과연 듣기 힘든 것이었다. 아버지와 어머니는 어린애가 안타까워서 헤적일 때마다 차마 보지 못하겠다는 듯이 머리를 돌이키고 하였다. 한숨조차 쉬지 못하였다.

그러나 은희는 잠시도 그에게서 눈을 떼지를 않았다. 자기가 머리를 돌이킨 뒤에 어린애가 죽어 버리면 어쩌나 하는 근심은, 그로 하여금 눈을 잠시도 어린애에게서 떼지 못하게 하였다. 속으로 하나님께 걱정의 기도를 드리면서도, 그의 눈은 어린 동생에게 향하여 있었다.

'구하는 자에게는 주시며…….'

성경의 이 한 구절은, 성경 전체의 다른 많은 구절 가운데서 가장 귀한 구절로 은희에게는 보였다.

'구하고 주시니…….'

"아버님, 만수를 살려 주세요. 꼭 아버님께 한 죽음이 쓸 데 있으면 저를 불러가세요. 저는 죄를 많이 지었습니다. 죽어도 쌉니다. 그러나 만수야 무슨 죄가 있습니까. 꼭 낫게 해주세요. 구하면 주시는 아버님이시여!"

아직 남을 의심할 줄을 모르는 소녀는 정성과 믿음을 다하여 어린 동생을 위하여 기도하였다.

2

어린애의 목숨은 마침내 의사도 내던졌다. 과학과 숫자로 짜내어, 어린 만수의 목숨은 이제는 어떠한 힘으로라도 구할 수가 없다고 단안을 내렸다.

그러나 은희는 그 말을 믿지를 않았다. 그 말의 뜻조차 알 수가 없었다.

'믿음은 태산이라도 움직이느니라.'

'구하는 자에게는 주시며…….'

이러한 성경 구절은, 이이는 사와, 삼삼은 구보다도 은희에게는 더 정확하고 믿음직한 말이었다. 믿음은 가장 크다. 그 믿음으로써 어린애가 쾌복되기를 하나님께 구하는 이상에야 왜 쾌복이 안 되라? 만수의 병은 쾌복된다. 만수는 가까운 장래에 다시 자기의 손에 끌려서 눈깔사탕을 사먹으러 거리에 나간다. 의사? 의사의 말이 무에냐. 하나님의 오묘하신 예산을 의산들 어찌하랴. 은희는 더욱 정성을 다하여 하나님께 기도를 하였다.

더구나 그의 아버지가 하는 기도에,

"아버님이시여, 어린애의 영혼을 아버님 나라로 보내오니 받으시옵소서."

하는 말에는 은희는 기도고 무에고 내던지고, 아버지의 무릎 위에 몸을 쓰러뜨렸다. 그리고 안타까운 듯이 발버둥을 쳤다. 왜 만수를 살려 달라 기도드리지 않고, 영혼을 받아 달라고 기도드리느냐는 것이 은희의 발버둥치는 까닭이었다.

아버지는 은희의 머리를 쓸어주었다.

"그럼 구하는 자에게는 주시지……구하는 자에게는 주시지만……."

아버지는 이뿐, 입을 닫았다. 그리고 한참 은희의 머리만 쓸어주다가 다시 입을 열었다.

"주시기는 하지만 이미 억만 년 전부터 작정하신 일이야. 우리 소소한 인생들이 구한다고 어떻게 주시겠느냐. 우리는 정성껏 억지나 써보고, 주시고 안 주시는 것은 하느님께 달렸느니라."

아버지는 한숨과 함께 이렇게 말하였다.

그러나 이 말은 은희에게는 알아듣지 못할 말이었었다. 어른에게는 어른의 지식과 판단과 이론이 있는 것과 같이 어린애에게는 어린애로서의 지식과 판단과 이론이 있었다. 만약 아버지의 말이 옳다 할진대 성경에,

'구하는 자에게는 경우에 따라서 주시기도 하느니라.'

고 하지 않으면 안 될 것이었다. 반드시 주실 것
이기에 주시마했지,

경우에 따라서야 주실 것이면 성경에 그렇게는
씌어 있지 않으리라는 것이 은희의 이론이었었다.

그러나 이 은희의 이론을 무시하고 어린애는 저녁에 마침내 죽었다. 집안이 둘러앉아서 어린애의 영혼을 위하여 기도하는 가운데서, 어린애는 마침내 이 세상을 버렸다.

그날 밤 은희가 정신을 못 차리고 울리라는 부모의 예기에 반하여, 은희는 울지 않았다. 하얀 헝겊을 덮어 놓은 어린애의 시체의 머리맡에 꼭 붙어 앉아서, 은희는 눈도 깜빡 않고 있었다.

울음은커녕 한숨조차 쉬지 않았다.

'구해도 안 주신다.'

그는 이런 생각을 하고 있었다.

"이전 수고도 했다. 며칠을 못 자더니 오늘은 좀 자라."

어머니가 이렇게 말할 때에는 은희는 못 들은 듯이 그냥 앉아 있었다. 만수와 함께 세상의 광명의 전부를 한꺼번에 잃어버린 그에게 졸음이 올 리가 만무하였다. 그의 입술과 혀는 바짝바짝 말랐다. 콧속이 껍껍 붙었다.

이튿날 장례를 따라갈 때에도 그는 눈물 한 방울을 흘리지 않았다.

말도 한 마디도 안 하였다.

'구하라. 그러면 주시리니.'

허공과 같이 된 그의 머리에는 아무 실마리 없이 때때로 이 성경 구절이 획 하니 지나가곤 하였다. 그러나 그뿐, 생각에는 앞도 없고 꼬리도 없었다.

3

만수를 잃은 뒤에 은희의 집안의 생활은 그다지 변화가 없었다.

학교에 갔다가 돌아와서는 혹은 놀고 혹은 공부하고 수요일의 저녁과 일요일은 예배당에를 출석하고…… 이러한 그의 생활의 프로그램에는 아무 변동도 안 생겼다.

그러나 사랑하는 동생 만수의 죽음이, 어린 은희의 마음에 영향된 그 그림자는 컸다. 아직껏 남을 의심할 줄을 모르던 은희의 마음에는 이때 비로소 의심의 종자가 뿌려졌다.

의심은 지식의 근원이라고 옛날 철인(哲人)이 우리에게 가르쳤다.

온갖 사물을 정면으로 받아서 그냥 들어 삼키던 은희는 만수의 죽음에서 처음으로 모든 것의 뒤에는 저것이 있다는 것을 무의식중에 깨달았다. 물론 이러한 생각이 그의 머리에 명확이 들어박힌 바는 아니었다.

그러나 은연중 그는 온갖 사물과 이야기를 들어 삼키기 전에, 그것을 씹어 보는 방법을 배웠다. 그리고 그것이 어느덧 그의 버릇으로까지 되었다.

예배당에도 여전히 다녔다. 사경회에도 다녔다. 새벽 부흥회에도 어린 눈을 비비며 다녔다. 식전 식후와 잠자리 전후와 출입 전후에 드리는 기도도 역시 여전하였다. 그리고 자기로서도 신앙에 대한 흔들림이 생긴 줄은 뜻도 안 하였다.

"아버님께서 이런 맛있는 음식을 주시니 고맙게 먹겠습니다."

"오늘 하루를 아버님의 은총 중에 무사히 지낸 것을 감사하오며, 이 밤도 또한 넓으신 사랑 가운데 편히 쉬게 하여 주시기를 바라옵나이다."

이러한 기도를 때를 갈라서 정성껏 드렸다.

그러나 만수의 죽음에서 생겨난 어린 마음에 받은 바의 커다란 상처와, 그 상처의 산물인 회의는, 그의 마음에서 그도 모르는 틈에 점점 성장하였다. 습관에 의지한 그의 종교의식적 생활과는 독립하여, 그의 마음의 한편에서는 그와 반대되는 마음이 차차 자랐다.

"예수를 믿으세요. 예수를 안 믿으면 지옥에 갑니다. 천당에 가려거든 예수를 믿으세요."

전도회 때마다 길에 지나다니는 사람들을 붙들고 맑은 눈을 치뜨고 이렇게 전도하는 자기의 마음에 신앙에 대한 흔들림이 생겼다고 누가 은희에게 들려 주는 사람이 있으면, 은희는 오히려 그 사람을 미친 사람으로밖에는 볼 수가 없을 것이었다. 그러나 그러한 가운데서도 신앙에 대한 회의는 점점 더 커갔다.

그것은 만수가 죽은 지 이태 뒤의 일이었다. 은희와 같은 조(組)에 다니던 생도 하나가 병이 위독하였다. 보름을 상학(上學)을 못 한 뒤에 마침내 학교에 이제는 살아갈 가망이 없다는 기별이 왔다.

선생의 인솔 아래 그 조(組) 생도들은 모두 병든 벗을 위문키 위하여 그 생도의 집으로 찾아왔다. 야위고 야윈 그 생도는 많은 동무들이 온 것도 모르는지, 앓는 소리도 못 내고 눈을 감은 채로 숨만 허덕이고 있었다. 이불의 들썩거리는 푼수로 보아서 여윈 가슴의 들먹거리는 모양을 짐작할 수가 있었다.

선생의 지휘아래 위문 온 애들은 앓는 동창의 위독한 목숨을 구하여 달라 엎드려 하나님께 기도를 드렸다. 생도들은 거의 다 흐득흐득 느껴 울었다. 소리를 내어 우는 생도까지 있었다. 그것은 과연 비창(悲愴)하고도 경건한 시간이었다.

종교적 정열과 소녀로서의 감정에 들뜬 생도들은, 그 집에서 나오면서 모든 경건한 마음 가운에서, 우리가 이만큼 정성을 다하여 기도하였으면, 그 애의 병도 좀 나으리라고 수근들거렸다.

그러나 은희만은 그 말에 참견치 않았다. 아까 기도할 때에도 그는 머리를 수그렸으나 눈은 말똥말똥 뜨고 있었다.

'구하는 자에게는 주시리니……'

이러한 가운데서 그는 이태 전의 일을 다시금 머리에서 꺼내 보았다.

4

은희는 보통학교를 마치고 고등학교로 갔다.

과학적 지식의 진보는 종교적 정열의 소멸을 뜻함이었다. 삼에 삼을 가하면 육일 것이다. 삼에서 삼을 감하면 영일 것이다. 삼을 삼 곱하면 구일 것이다. 삼을 삼분하면 일일 것이다. 이 원칙에 어그러지는 일은 지식으로 받아들일 수는 도저히 없었다. 더구나 어렸을 때에 벌써 회의(懷疑)라 하는 문을 열고 들어선 은희는, 감정적으로보다 오히려 이지(理智)적으로 발달된 처녀이었다.

그는 표면적 의식적 생활에는 여전히 커다란 변동은 없었다. 소녀기로 들어선 그 변화에서 생긴 변동은 있었으나, 눈에 나타날 만한 변동은 없었다.

그는 교회의 찬양대에 들었다. 아직 채 피지도 못한 소녀로서의 까무퇴퇴한 은희의 얼굴은 예쁘지는 못하였다. 웃을 때에는 입이 몹시 넓었다. 좌우 입가에는 웃을 때마다 커다란 주름이 몇 개씩 보였다. 턱과 목에도 살이 올라붙지 않았다. 어깨에도 뼈의 그림자가 적삼 위까지 두드려졌다.

그러나 그의 눈만은 놀랄 만큼 크고 광채가 있었다. 그 위에 장식된 눈썹도 검고 예뻤다. 목소리는(누가 캘리쿨치라고 별명을 지었을 만큼)·아름다웠다. 그리고 이 아름다운 눈과 목소리는 찬양대의 가장 나이 어린 은희로 하여금 가장 남의 눈에 뜨이게 하였다.

찬양대에 든 뒤부터는 예배당에 다니는 재미가 더하여졌다. 매일요일이 몹시도 기다려졌다. 그리고 일요일마다 어머니가 내어 주는 새옷을 입은 뒤에 예배당에 가서, 꾀꼬리와 같은 목소리를 돋우어서 찬양대의 찬양을 더욱 아름답게 하는 재미는, 여간한 다른 재미와는 비교하지 못할 것이었다.

더구나 학교 주최로서 종교에 대한 웅변회가 열렸을 때에, 은희는 종교 신앙에 대하여 열변을 토하였다. 종교 신앙을 가지지 못한 사람의 마음의 불안과, 신앙에서 받은 바의 안심에 대하여 그는 까무퇴퇴한 이마에 핏줄을 일어 세워 가지고 열변을 토하였다. 그리고 각색 종교 가운데 예수교가 가지고 있는 지위와 가치를 논하였다.

"장래의 큰 일꾼."

"하나님의 귀한 기둥."

교역자들은 그의 머리를 쓰다듬어주며 은희를 이렇게 칭찬하였다. 그리고 그의 장래를 많이 촉망하였다.

그러나 이때는 은희는 예수에 대한 신앙은 온전히 잃었을 뿐 아니라 의식으로도 자기가 예수교의 신앙에 흔들림이 생긴 것을 깨닫기 시작한 때였다. 예수교를 반대하는 사람들 앞에서는 그의 목에 핏줄을 세워 가지고 예수교를 변호하였다. 반대하는 사람의 반대 이유를 깨뜨려 버리기 위해, 그는 미약하나마 자기 머리에 들어앉은 과학 지식의 전부를 다 썼다. 그러나 예수교를 칭찬하는 노파들 앞에서는 또한 노골적으로 예수의 결점을 들추어내기를 결코 주저치 않았다. 그리고 어려서부터 예수교의 품 안에서 생장(生長)한 은희는 과학적 해부안(解剖眼)과 비판력이 생기기만 하면, 그 결점을 드러내기에는 가장 적당한 사람에 다름없었다.

역시 종교를 배경으로 한 학교에 다녔다. 역시 예배당에 다녔다.

찬양대의 화형대원(花形隊員)이었었다. 유년 주일학교의 선생이었었다. 전도대로 나서면 그 상쾌하고 똑똑하고 변설(辯舌)로 가장 새로 믿는 자를 많이 끌어오는 일꾼이었었다. 그러한 은희는 교회에서는 가장 사랑받는 처녀의 한 사람이었었다. 그러나 그의 마음에만은 예수에 대한 신앙의 정열은 하나도 없어졌다. 그의 하는 모든 종교의식은 흥미―흥미로써 설명이 안 된다면, 다만 전부터 하여오던 일이매 그냥 계속하여 행하는 데 지나지 못하였다.

'구하는 자에게는 주어?'

여기 대한 분노는 지금은 한낱 비웃음으로 도수가 낮아는 졌지만, 낮아진 도수는 종교에 대한 정열과 상쇄(相殺)된 분량에 다름없었다.

5

은희의 나이가 열여덟이 되었다.

까무퇴퇴하던 그의 살빛은 부옇고 희게 빛났다. 웃을 때에 생기던 입가의 주름 대신으로 왼편 볼에는 예쁘다랗게 우물이 생겼다. 턱을 달걀같이 장식한 그의 살은 목까지 넘어가서 목의 윤곽을 아름답게 하고, 어깨를 둥그렇게 하였다. 거기 맑고 광채나는 두 눈은 시꺼먼 눈썹 아래서 그의 얼굴을 더욱 화려하게 꾸미었다.

그 해 봄, 그는 고등학교를 끝내고 그 학교 음악과로 들어갔다. 예쁜 가운데도 그래도 좀 갈린 듯한 고음(高音)이 섞여 있던 그의 목소리는 이제는 원숙하여졌다. 음악과 가운데에서도 그는 가장 아름다운 목소리의 주인이었었다.

이 해를 중축삼아 가지고 그의 마음에는 커다란 변동이 생겼다. 원숙한 처녀의 마음은 누구든 숭배하고 존경할 대상을 요구하였다. 자기로서는 그 까닭을 알지 못하였지만, 은희는 때때로 예고없이 자기를 엄습하는 감정의 물결에 위압되어, 책상에 기대고 운 적이 많았다. 앉을 둥 말 둥, 자기의 몸과 행동을 지배할 판단을 얻지 못하여 마음이 뒤숭숭하여지는 때는 흔히 있었다. 밤중에 밝은 전등 아래서 거울과 마주앉아서 기껏 핀 자기 얼굴을 들여다볼 때는, 이 뜻없고 흥미 없이 지나가려는 청춘 때문에, 마음으로 발을 동동 구른 때가 여러 번 있었다.

그러나 마음의 경건함은 조금도 주지를 않았다. 때때로 이름만은 아는—혹은 알지도 못하는 사내에게서 편지를 받은 일이 있었다. 그러한 편지를, 그는 속은 펴보지도 않고 그냥 불살라 버렸다. 편지를 보냈음직한 사내를 길에서 혹은 예배당에서 볼 때에는 얼굴에 탁 침이라도 뱉아 주고 싶었다. 이러한 천박한 행동에 대한 경멸감은 비록 종교의 신앙을 잃었다 하나 경건함을 자랑하는 은희에게는 타기(打棄)할 일에 다름없었다. 찬양대에 나서서 찬송을 할 때에도 한번도 남자 쪽을 곁눈질도 해보지 않았다.

"구하기 쉽잖은 처녀."

은희의 이름은 이러한 명색 아래서 차차 더 높아갔다.

그 해 크리스마스에 그 학교에서는 종교극을 하였다. 은희는 성모마리아로 분장하였다.

그것은 거룩하고도 엄숙한 장면이었다. 예수는 세상 사람의 죄악을 대신하여 십자가에 못 박혀서 세상을 떠났다. 그 십자가 아래, 성모 마리아는 사랑하는 아드님의 최후를 통곡하였다. 비록 예수의 죽음은 커다란 의(義)에서 나온 일이라 하되 마리아의 견지로 보면, 그것은 다만 사랑하는 아들의 죽음이라는 것밖에는 아무 뜻도 없었다. 사랑하는 아들의 비참한 최후의 마리아는 목을 놓아서 통곡하였다.

관중도 눈물을 머금었다. 그것은 성극(聖劇)이 아니요, 인정극이랄 수가 있는 장면이었다. 이 장면을 할 때에는 은희는 스스로 감격되어(연극이 아니요) 정말로 목을 놓아 처울었다. 이날을 기화로 은희의 마음은 뒤집어 놓은 듯이 변하였다.

그는 찬양대원의 자리를 사임하였다. 유년 주일학교의 교사라는 명목도 집어던졌다. 이러한 경박한 혹은 한낱 의식에 지나지 못하는 명색들을 집어치우고, 한 개의 진실한 교인이 되고자 한 것이었다.

예수의 비참한 희생은 그의 마음을 움직인 것이었다. 다른 온갖 것을 보지 않더라도 세상을 위하여 자기의 목숨을 바쳤다 하는 것은 처녀 은희의 마음을 움직이기에 넉넉하였다. 몸소 성모 마리아로 분장을 하고 그 비통한 장면을 실연할 때에, 그때에 받은 감격은 그로 하여금 예수의 다시 보지 못할 커다란 희생에 대한 존경과 애모의 열을 솟아나게 한 것이었었다.

"예수시여……"

때때로 몸을 고민하듯이 떨며 하소연하는 자기를 그는 발견하게 되었다.

6

그 뒤부터는 은희는 눈에 뜨이는 새로운 성화(聖畵)는 할 수 있는 대로 구해다가 자기 방에 장식하였다. 성모의 품에 안긴 예수, 열두 살 때에 학자들과 지식을 다투는 예수, 제자들을 가르치는 예수, 십자가를 진 예수, 가시관을 쓴 예수, 십자가 위에 달린 예수, 승천하는 예수…… 가지각색의 크고 작은 성화는 그의 방 사벽에 장식되었다.

그는 할머니가 같아졌다. 그와 동갑네의 처녀들이 멋을 부리느라고 예배당에를 다니고 찬양대에 들고 전도대에 다닐 동안, 그는 예배당 한편 구석 어둑어둑한 곳에 박혀서, 떨리는 듯한 경건한 마음으로 묵도를 하고 있었다. 부활제에 새벽 찬송을 하러 돌아다니자는 권고도 단연히 거절하여 버렸다. 그러한 모든 유흥 기분이 섞인 행동을 그는 독신(瀆神)으로 보았다.

처녀의 온 정열을 예수에게 바친 은희는 세상사는 매우 무심하였다. 연애를 하느라고 울며불며 하는 동무를 대단한 경멸감으로써 내려다보는 은희였었다.

"은희는 꼭 올드 미스 같아."

친구들이 이렇게 놀리는 말도 은희는 코웃음으로 들을 수가 있었다.

한때 청춘의 은희에게 일어났던 떨리는 듯한 괴상한 감정은, 그의 마음에 예수에 대한 애모의 염이 일기 시작한 뒤부터는 어느덧 사라져 없어졌다. 그리고 그때의 그 정열은 죄다 예수에게 부어졌다.

"예수시여……"

그는 때때로 몸을 고민하듯이 떨면서, 예수의 존영을 처다보며 이렇게 하소연하였다. 어떤 날 저녁이었다. 밤기도회에서 좀 늦게 돌아온 은희는 책상 귀에 의지하고 앉았다. 그의 꼭 눈 맞은편에 다 빈치의 소화(疎畵)인 예수의 존영의 사진판이 걸려 있었다. 그것은 예수의 다른 존영과 달리 수염이 없는 존영이었다. 좀 머리를 한편 으로 갸웃하고, 눈을 감고, 얼굴에는 고민하는 표정이 나타나 있는 것을 그린 존영으로서, 표정의 위재(偉才) 다빈치의 붓끝으로 된 만 큼, 고민하는 가운데서도 온화함과 사랑에 넘치는 얼굴은 넉넉히 알아볼 수가 있었다. 그리고 그 존영은 은희가 가장 좋아하는 예수 의 화상이었었다.

은희는 책상 위에 의지하고 앉아서 그 존영을 바라보고 있었다. 깊은 밤 고요한 데서 바라보는 존영은, 다른 때에 보는 것과도 그 받는 감명이 달랐다. 한참을 정신없이 바라볼 동안, 그림의 예수의 눈이 조금 벌려졌다. 그리고 그 조금 벌려진 틈으로 눈동자를 천천 히 굴려서 은희를 바라보았다.

은희는 몸을 떨었다. 그의 눈은 미칠 듯이 광채가 났다. 얼굴에 는 차차 피가 떠오르기 시작하였다. 숨소리조차 차차 높아갔다.

"예수시여……."

은희가 펄떡 정신을 차린 때는, 그는 어느덧 그 존영을 끌어다가 뺨에 대고 정신없이 그 존영에다가 자기의 '처녀의 부드러운 뺨'을 비비고 있던 것이었다.

그는 자기가 방금 행한 독신의 죄를 뉘우칠 여유도 없었다. 자기 가 한 행동이 어떤 것인지 살펴볼 여유조차 없었다. 펄떡 정신을 차 리는 순간 그는 그 자리에 쓰려져서 처녀의 북받쳐오르는 정열을 울었다. 울고 또 울었다.

7

은희는 스무 살 나는 해 봄에 결혼하였다.

그의 남편 되는 사람은 역시 예수교의 어떤 교역자의 아들이었다. 나이는 스물여덟, 은희와는 두 번째의 결혼.

은희의 정열은 자기 앞에 나타난 이 이성의 위에 마침내 맹렬하게 불붙어 올랐다. 그의 앞에는 처음으로 정당히 사랑할 사람이 나타난 셈이었다.

신혼의 생활은 꿈과 같았다. 남편은 아내를 사랑하였다. 아내는 남편을 사랑하였다. 그리고 두 사람은 한결같이 그리스도를 믿고 힘입었다. 수요일 저녁과 일요일마다 새로운 부처는 팔을 걸고 예배당에 다녔다. 그리고 돌아올 때마다 예수의 넓은 덕을 칭송하였다.

신혼한 색시의 방에도, 처녀시절에 자기 방에 장식하였던 그리스도의 존영을 장식하는 것을 은희는 결코 잊지 않았다. 그리고 이로써 남편과 자기의 사이의 의사가 더욱 소통되는 듯이 여기고 있었다. 같은 신자로서 같은 사람을 존경하고 사모하는 것은 그들로 하여금 더욱 밀접히 하는 돌쩌귀가 될 것이므로……

그러나 혼인한 지 얼마 뒤에 어떤 날 어디 나갔다가 돌아온 은희는 방 담벽에서 다빈치의 그리스도의 존영을 발견하고, 그것을 들여다볼 동안, 그 존영이 몹시도 낯설어진 데 오히려 놀랐다. 동시에 그는 처녀 시절에는 매일 무시로 바라보고 사모하던 그 존영을, 이즈음 두 달이나 거의 한번도 살펴보지 못한 것을 경이에 가까운 마음으로 기억에 일으키지 않을 수가 없었다. 거기서 생겨나는 외로움조차 느꼈다.

그날 밤, 그의 남편은 무슨 일로 좀 늦게 돌아오게 되었다.

그 조용한 틈을 타서 은희는 다빈치의 예수의 존영을 내리어서 전등 가까운 데 갖다가 걸었다. 그리고 그 앞에 앉아서 그 그림을 바라보았다. 처녀시절에 그 그림으로 말미암아 생겨나던 정열을 한 번 다시 느껴 보고, 그 감격에 다시 한 번 잠겨 보고자 한 것이었었다. 아무리 그리스도에 대한 경애의 염은 사라지지 않았다 하나, 은희는 결혼한 이래로 아직 한번도 예전 처녀시절에 맛보던 것만한 정열과 애경을 그리스도에게 느껴본 적이 없었던 것이었었다. 그러나 예수의 존영에 눈을 던졌던 은희는, 그 던졌던 눈을 곧 다시 다른 데로 옮기지 않을 수가 없었다. 눈은 감고 있다 하나 수염도 없고 아주 예쁘장스런 사내의 고민하는 얼굴과 온화한 표정은 인처(人妻)인 은희로서는 정면으로 바라볼 수가 없었다. 그리스도의 예쁘장한 화상을 바라보고, 거기에 대하여 괴상한 감정이 북받치려 할 때에, 은희의 마음에 물건의 그림자와 같이 움직인 것은 그의 남편이었었다. 그리고 화상의 그리스도는 그때의 은희의 눈에는 성자도 아니요, 신도 아니요, 한 개의 미남자에 지나지 못하였다.

그는 남편에 대하여 큰 죄를 범한 듯이, 그리스도의 존영을 내리어서 곧 책상 위에 엎어놓고 말았다.

이튿날은 다빈치의 예수의 존영이 들었던 비단 사진틀에는, 은희의 손으로 은희의 남편의 사진이 들어갔다. 그리스도의 존영은 책갈피에 끼여서 책상 속으로 들어갔다.

책상 위에 놓인 남편의 사진을 바라볼 때에, 은희는 이전 처녀시절에 예수의 화상을 바라볼 때에 느낀 바 감정과 근사한 감정을 느꼈다.

그 뒤 어떤 일요일 날 은희는 예배당에서 문득 아무 까닭 없이, 공중에서 흐느적거리는 다빈치의 그리스도의 화상을 보았다. 은희는 머리를 힘있게 저어서 그 그림자를 머리에서 지워 버리려 하였다. 그러나 지우려면 지우렬수록 그 그림자는 더욱 분명히 보였다. 예쁘장하게 닫힌 입과, 온화하게 감긴 눈은 고민하는 듯한 얼굴을 배경으로 더욱 분명히 은희의 눈에 보였다. 은희는 예배를 끝내지도 않고 그만 집으로 돌아오고 말았다.

8

그 뒤에도 예배당에 갈 때마다 은희는 그리스도의 화상을 공중에서 보았다.

예쁘장스런 사내는 화상…… 남편에 대한 애정과 의무는, 은희로 하여금 남편이 아닌 예쁘장한 사내를 화상으로나마 바라보는 것을 용서할 수가 없었다. 은희는 마침내 그 불유쾌한 일을 피하기 위하여 예배당을 그만두었다.

"예배당에 안 가려우?"

그 일요일 날, 예배당에 갈 차림을 하지 않고 앉아 있는 아내에게 남편은 이렇게 물었다.

"머리가 좀 아파서요."

아내는 흘리는 애교를 담아 가지고 남편을 쳐다보며 이렇게 대답하였다.

그의 남편으로서 만약 독신자(篤信者)일 것 같으면 이 자리에서 당장에 아내를 꾸짖어서 예배당에 가도록 하지 않으면 안 될 것이었다. 그러나 남편 역시 아내가 안 가겠다는 것을 다행인 듯이, 자기도 번듯 그 자리에 넘어졌다.

"나도 머리가 휑뎅하군. 오늘 하루 예배당에 그만둘까?"

이러고는 아내의 의견을 요구하는 듯이 아내를 바라보았다. 아내는 미소로써 응하였다.

그 다음 일요일도 아내는 머리가 아프고, 남편은 머리가 휑뎅하였다. 그리고 일요일마다 까닭없이 예고없이 쏘고 휑뎅해지는 그들의 머리는, 그 뒤에서 늘 일요일만 되면 발병되고 하였다.

이리하여 은희의 신앙에는 마침내 최후 결단이 난 것이었다.

"은희, 왜 예배당에 부지런히 안 다니나?"

"누님, 이즈음 왜 게으르시우?"

교역자들에게 이런 말을 들을 때마다 은희는,

"살림살이를 하자니간 참 바빠서 자연히 게으르게 돼요. 가야겠다 생각은 하면서도……."

하면서 얼굴을 붉히며 웃었다. 그러나 그런 때마다 처녀시절에 제 온 정성을 바치던, 예쁘장스런 그리스도의 화상이 눈앞에 어릿거려서, 그로 하여금 그 그림자를 지우기 위하여 머리를 젓게 하는 것이었었다. 그리고 그런 때마다 그리스도의 화상 뒤로는 그의 남편의 그림자가 나타나서 은희의 정조적 양심(貞操的 良心)을 움직이게 하는 것이었었다.

"살림살이가 아무리 바빠도 예배당에는 빠지지 않고 다녀야지, 게으르면 되나?"

교역자들이 은희의 말을 무시하여 버리고 이렇게 다시 권할 때는, 은희는 그 교역자들을 어서 돌려보내기 위하여 이 다음 주일부터는 꼭 다니겠노라고 맹세를 하는 것이었었다.

그러나 그 다음 주일이 되면 은희의 머리는 또 아팠다.

남편의 머리는 또 횅뎅하였다.

어떤 때는 은희의 머리가 아프기 전에 남편의 머리가 먼저 횅뎅해지는 때도 있었다.

"우리 집에서라도 예배 봅시다."

그래도 미안스러운지 아내는 비교적 엄숙한 남편에게 이런 말을 하였다.

"그럽시다."

남편도 귀찮은 듯이 대답하고 아내와 마주앉고 하였다. 그러나 급기야 예배를 시작한 뒤에는 단 둘이 빽빽 소리를 지르며 찬미를 하는 것이 우스워서, 누구든 한 사람이 픽 하니 웃어 버리는 것이었다. 그런 뒤에는 예배고 무엇이고 내어던지고, 두 사람은 허리를 두드리며 웃는 것이었었다.

9

결혼한 지 일 년 반이 지나서 은희는 첫아이를 낳았다. 그것은 밀동자와 같이 매끈한 아들이었었다. 비교적 미남자로 생긴 은희의 남편을 닮아서 갓난애는 살결이 희고 눈정이 맑았다.

한 사람의 속에 발휘한 애정의 분량이 얼마씩이나 들었는지 그것은 알 수 없다. 은희는 아직껏 자기 속에 있는 바의 애정의 전부를 제 남편 위에 부은 줄만 믿고 있었다. 그러나 그의 몸에서 나온 이 고깃덩이 위에, 은희의 애정은 또다시 한량없이 부어졌다. 남편에 대한 애정은 조금도 줄지 않았는데도, 어디서 생겨난 애정인지 이 새로운 고깃덩이 위에 또 부을 수가 있었다.

한 달 된 어린아이는 한 달 된 만큼 사랑스러웠다. 두 달 된 어린아이는 두 달 된 만큼 사랑스러웠다. 반 년이 지난 뒤에는 또한 반 년이 지난 만큼 사랑스러웠다. 그 사랑스러울 때마다,

'이보다 더 크면 이젠 재미없으려니."

하고 근심하여 보았지만, 작으면 작은 만큼 크면 큰 만큼 어린애는 사랑스러웠다.

여덟 달이 지난 뒤에는 어린애는 지척지척 걸어다니기를 배웠다. 그 어린애의 허리를 띠로 매어 가지고 걸음걸이를 연습시키는 젊

은 어머니의 눈에는 천하에 많고 많은 다른 일은 존재할 가치조차 없었다. 이 어린애만이 천하에 유일한 존재였었다. 비록 혼자 있을 때라도 온갖 태도와 옷차림의 단정함을 자랑하던 은희도, 어린애를 기르기 위해서는 오줌똥 묻은 앞치마를 그냥 입고, 머리를 구수수하게 한 채로, 저고리 고름조차 단정히 매지 못하고 어린애를 따라다녔다. 어떤 때는 그 꼴을 한 채로 어린애를 따라서 대문 밖까지 나가본 적도 있었다.

"이 애가 오늘 쩌어쩌어해요. 말 한 마디 더 배워서 인전 야단났군."

"쩌어? 그게 무슨 말일까?"

"무슨 말이란, 젖이란 말이지."

"옳아! 쩌어라, 그럴 테지."

젊은 부처는 대수롭지 않은 일이라도 어린애의 하는 일이라면 서로 외고 기뻐하고 하였다.

"하나님께서 훌륭한 아들을 주셔서……."

교역자들이 그들 부처를 심방을 왔다가 이런 축사를 드리고 돌아가면, 돌아간 뒤에는 젊은 남편은 어린애를 끌어다가 어리둥둥을 하였다.

"하나님이 줘? 내가 만들었지. 여보, 그렇지 않소? 응? 어때?"

"뭐이 또……."

얼굴을 새빨갛게 해 가지고 남편의 말에 대답을 하는 아내는, 남편에게 어린아이를 달라고 손을 내미는 것이었다.

"내 아들 내가 좀 데리고 노는데 왜 달라고 이리 성화야?"

"어째서 당신 아들이란 말이요? 내 아들이지."

"내 아들 아니구?"

"어째서?"

"내가 만들었거든."

"뭐이 또!"

이리하여 젊은 부처는 사랑하는 아들을 가운데 놓고 각시놀음과 같은 재미있는 살림을 하였다. 예수교의 신앙은 형태만 남았던 것조차 이제는 다 없어졌다.

사랑할 대상을 둘씩이나 가진 그들은, 이제는 그 둘 이외의 다른 곳으로 보낼 사랑을 가지지도 못하였다.

한때 은희의 눈 앞에 어릿거려서 은희로 하여금 남편에게 대한 미안을 느끼게 하던 다빈치의 그리스도의 화상도, 이제는 다시 은희의 눈 앞에 나타나지도 않았다. 한번 무슨 책을 얻노라 책장을 뒤적이다가 거기 그때의 그 존영을 발견하고, 잃었던 물건을 얻은 듯이 불유쾌와 정열의 교착된 마음으로 은희가 그 존영을 들여다볼 때에도, 그 존영은 은희의 마음에 아무런 감동도 일으키게 하지 못하였다.

그 존영은 은희의 생활과 감정과는 아무 관련이 없는 한 국외의 물건에 지나지 못하였다.

10

'필립(必立)' —은희네 부처가 금과 같고 은과 같이 귀히 여기는 아들의 이름은 이것이었었다. 물론 그 이름의 배경에는 예수교가 있고, 이름만으로는 그 아이는 독신자의 자식으로 보겠으나, 필립의 부모는 이때에는 벌써 노골적 무신론자였다.

필립은 나날이 자랐다. 그리고 자라면 자랄수록 예뻐 갔다. 필립이 한 돌이 조금 넘었을 때에는 벌써 성큼성큼 뛰어다녔으며 쉬운 말은 다 하였다.

"파파, 신문."

"맘마, 화장."

이러한 말, 시골 어른도 모를 말까지 알았다. 살결이 희고 뺨에 살이 풍부하고 눈이 어글어글한 필립은 남의 주의까지 몹시 끌어서, 길에서 보는 모르는 사람도 '그놈 잘생겼다'고 칭찬하곤 하였다. 이러한 가운데서 그의 부모의 득의는 입으로 이를 수가 없었다.

"언제까지나 이렇듯 예쁘고 사랑스러울까?"

은희에게는 이런 걱정이 때때로 났다. 지금 기쁨과 사랑의 절정에 오른 그는, 그 이상 필립이 예뻐질 수는 도저히 없을 것같이만 생각되었다. 그리고 이젠 더 예뻐질 가능성이 없는데 대한 막연한 외로움조차 느끼고 그 때문에 때때로 남모르는 한숨까지 쉬었다.

그러나 자식에게 대한 부모의 사랑은 무엇으로도 비길 수가 없었다. 그 뒤에도 필립이 새로 시작하는 온갖 시늉이며 행동에 은희는 이전보다 더욱 예뻐 가는 것을 발견하고 차라리 놀랐다. 한 마디씩 배워가는 노래, 어머니가 새 예쁜 옷이라도 입으면 한사코 그것을 달려들어서 더럽혀 놓고야 마는 사랑스런 심술, 잠자면서 헛소리를 하노라고 입을 들먹거리는 양, 길에서 본 일에 대한 시늉─때때로는 다른 사람이 보면 어린애로서는 바스러진 짓이라고 눈을 찌푸릴 만한 행동까지 은희에게는 사랑스러웠다.

"어디서 주워들었는지. 필립이 아까 '아리랑' 타령을 해요. 제법……."

"'아리랑'을? 나도 좀 들을걸."

"언제라도 시킵시다그려. 필립아, 너 착하지. 어디 또 한 번 해
봐라. 아—리랑, 아—리랑……."

그러면 필립은 어글어글한 눈을 무엇을 생각하는 듯이 치뜨는 것
이었었다. 그리고 한참동안 벼르다가 노래를 시작하는 것이었었다.

"나를 버리고 가시는 님은 십 리도 못 가서 발병 난다."

하하하하! 커다란 만족과 웃음의 가운데서, 남편은 필립을 끌어
다가 입을 맞추며 사랑의 눈초리를 부은 채로 묻는 것이었었다.

"너, 님이 무엔지 아느냐?"

"알잖구?"

"뭐야?"

"좋아하는 여편네지 뭐야?"

필립은 어린애에게 당찮은 님의 의의(意義)를 막연이나마 알았다.
그러나 이것조차 은희의 부처에게는 더할 나위 없이 사랑스러웠다.

"하하하하! 조그만 놈이……그래 너 님 있으냐?"

"없어, 난 없어두……그래두."

"파파야 있지?"

"파파 있어? 그래 누구란 말이냐?"

"맘마가 파파 님 아냐? 난 다 알아."

"하하하하! 요놈, 벌써 그런 소릴 해서는 못 써."

비록 못 쓴다고 꾸짖는 양은 하나, 그것은 결코 꾸짖는 것이 아니
었다. 사랑에 넘치는 부모의 눈에는, 어린애의 여하한 행동도 예뻐
만 보였다. 이런 언행도 필립의 부모의 눈에는 조달(早達)로 보였
다. 그리고 자기네 아들 필립은 천동(天動)이거니 하고 기뻐하였다.

이러한 관대한 부모 아래서 필립은 나날이 성장하였다. 무럭무
럭 보이게 컸다.

11

필립의 세 돌도 지났다.

어떤 날 길에 필립을 끌고 나갔다가 은희는 귓결에, '조달한 아이는 단명하다' 는 말을 들었다. 조달한 아이를 가진 어머니의 귀에는 이 말을 결코 그저 넘기지 못할 말이었었다. 거기서 어떤 불안증을 받은 은희는, 집에 돌아와서 남편에게 그 말을 외어 보았다.

남편도 그 말을 들은 뒤에는 한순간 눈살을 찌푸렸다. 그러나 곧 웃어 버렸다.

"그게 다 바보 자식을 둔 부모가 부러움 끝에 꾸며낸 말이야. 별 걱정을 다 하네."

남편은 이렇게 단언하여 버렸다.

그러나 그 속담말을 맞추려는 듯이, 삼사 일 뒤에 어린 필립이 문득 독한 감기에 걸렸다. 즉일로 소아과의 이름있는 의사가 필립을 위하여 왔다. 전속 파출 간호부 하나가 고빙(雇聘) 되었다. 필립의 부모도 떠나지 않고 간호하였다. 과학의 승리를 자랑하는 가장 완전한 흡입기며 가장 정확한 체온기가 구입되었다. 그리고 의학의 할 수 있는 힘을 다하여 어린 필립을 독감에서 구하여 내려 하였다. 그러나 그런 모든 노력도 헛되이 필립의 병은 사흘 뒤에는 마침내 그의 기관지를 침범하였다. 사흘이 더 지나서는 마침내 필립의 어린 폐까지 침범하였다.

처음에는 피곤함에 못 이겨서 때때로 자며 깨며 사랑하는 아들의 병을 간호하던 은희도, 필립의 병이 폐렴으로까지 된 뒤부터는 한잠을 자지를 않았다. 아니 자지를 못했다.

이제부터 은희의 머리에는 지금부터 십수 년 전에 자기의 눈 앞에서 자기의 간호 아래서 참혹히 저 세상으로 가버린 어린 동생 만수의 모양이 무시로 비상히도 똑똑히 떠오르기 시작하였다. 혜적이던 입, 굳게 감겨 있던 눈…… . 십수 년을 잊어버렸던 기억이 사랑하는 어린 아들의 위독한 병 앞에 문득 은희 머리에 소생하였다.

"필립아, 답답하냐?"

"필립아, 무얼 먹고 싶으냐?"

어린애의 뜨거운 뺨에 입을 대고 이렇게 떨리는 소리로 묻는 어머니의 음성은 오히려 엄숙하였다. 그러나 어린애의 입은 봉하여진 듯이 열리는 일이 없었다. 병이 폐렴까지 된 뒤부터는 울지도 못하였다. 너무 답답할 때는 마치 어른같이 손으로 천천히 이불을 젖혀 놓으면서 기다랗게 한숨을 쉬며, 양손으로 두어 번 꺽꺽 허공을 잡아보는 뿐, 그 능변(能辯)이던 입에서는 한 마디의 말도 나오지 않았다. 그러나 어머니의 답답함도 결코 그 어린애의 답답함에 지지 않았다. 어린애가 답답함에 못 이겨 양손을 들고 꺽꺽 허공을 잡을 때마다 어머니도 안타깝고 답답함을 이기지 못하여 발가락을 까부라뜨리며 눈을 지리 감고 하였다.

어린애의 병이 폐렴으로 된 뒤부터는 애의 아버지는 병실에는 일체 들어오지도 않았다. 사랑에서 연방 어멈을 들여보내서 어린애의 병을 알아보는 뿐, 들어오지조차 못하였다.

간호부를 고빙하였다 하나, 간호부는 곁에서 심부름을 하는 것뿐 직접 어린애를 간호하고 보호하는 것은 어린애의 어머니였었다. 비록 간호부보다 그 솜씨는 숙련되지 못하다 하나 고등한 교양을 받은 은희는 간호부와 간호와 어머니의 간호가 병든 어린애의 마음에 주는 영향과 결과를 잘 앎으로였었다. 더구나 혈통상 아무 연락이 없는 다만 간호부의, 다만 한낱 의무적 간호에 사랑하는 아들의 목숨을 내어 맡길 수는 도저히 없었다. 사흘 낮과 사흘 밤을 무릎 한 번 움직이지 않고 미음을 먹어 가면서 은희는 어린애를 간호하였다. 지성은 감천이란 말이 거짓이 아닐진대, 하늘은 마땅히 은희의 정성에 감동치 않으면 안 될 것이었었다.

12

그러나 이러한 정성도 하늘은 몰라보았다. 어린애는 폐렴이 된 지 사흘째 되는 저녁, 마침내 가망이 없이 되었다. 은희가 십수 년 전에 동생 만수의 최후에서 본 바의 현상—답답한 듯이 혜적이던 온갖 행동을 멈추어 버리고 비교적 평온하고 온화한 모양—을 지금 다시 필립에서 발견한 것은 폐렴이 된 지 사흘째 되는 저녁이었었다.

사흘을 미음만 조금씩 먹어 가면서 한잠을 자지를 않고, 다리 한 번을 펴보지 못하고 병간호를 한 은희는, 이날은 벌써 자기로도 자기에 대한 온 판단력을 잃은 때였었다. 아직껏 답답함에 못 이겨서 혜적이던 어린애가 비교적 평온하게 될 때에, 은희는 이젠 가망이 없다고 생각할 뿐, 그냥 움직이지 않고 그 모양대로 앉아 있었다. 비교적 평온한 숨을 규칙 바르게 쉬는 어린애의 얼굴을 때때로는 안개를 격하여 보는 듯이, 때때로는 비상히 똑똑히 바라보면서 앉아 있는 은희의 머리는 각 일각 나락의 밑으로 떨어져 들어갔다.

"만수야, 너 필립하고 싸우지 마라."

때때로 이런 생각을 한 뒤에 펄떡 정신을 차렸다가는 무릎을 조금 움직일 뿐, 다시 어렴풋이 어린 필립을 내려다보고 하였다.

문득 필립의 주위에는 불이 있었다. 그것은 무서운 불이었었다. 시뻘겋게 불붙는 가운데 필립의 얼굴만 두드러지게 나와서 답답한 듯이 양손을 헤적이며 어머니를 찾고 있었다. 필립의 주위에 있는 불은 더욱 맹렬히 타올랐다. 필립의 옷에도 불이 당긴 모양이었었다. 몸이며 사위(四圍)를 온통 불에 둘러싸인 필립은 머리와 양손만 이불 밖으로 내어놓고 누구를 찾는 듯이―틀림없이 어머니를 찾는 듯이 헤적였다.

은희는 사랑하는 아들을 그 무서운 불에서 구하려고 맹렬히 어린 아이에게 달려들었다. 동시에 그는 새빨간 천이불을 덮고 고요히 누워 있던 어린아이의 뺨을 손으로 쓸어안았다. 그가 시뻘건 불이라 본 것은 전등에 반짝이는 비단 처네였었다.

필립이 눈을 떴다. 그의 눈에는 오래간만에 웃음의 그림자가 있었다.

일주일 내외에 무섭게 여윈 필립은 그 여윈 뺨에 주름을 내며 빙긋이 웃었다.

"엄마, 왜 그래?"

"응, 필립이냐. 자라, 나 여기 있다."

'유황불이다! 필립은 지옥에 간다. 나의 사랑하는 아들 필립은 영원히 솟아날 길이 없는 지옥의 유황불 구렁텅이에 빠진다.'

은희는 벌떡 몸을 일으켰다.

"간호부! 간호부!"

피곤함을 이기지 못하여 엎드려 잠이 들었던 간호부가 덤비는 대답으로 일어났다.

"네? 네?"

"나가서 선생님 좀 여쭈어."

선생님이라 함은 은희 자기의 남편을 가리킴이었었다. 선생님이라는 것이 의사를 가리킴인지 주인을 가리킴인지 잘 알아듣지 못한 간호부가 망설일 때에 은희가 덜컥 성을 내었다.

"선생님 이 애 어른 좀 여쭈어 와요! 잠만 쿨쿨, 에이 귀찮어."

무슨 영문인지는 모르지만 간호부는 주인 아씨의 분부대로 황망히 머리를 쓰다듬으면서 나갈 동안 은희는 안타깝고 급함을 견디지 못하겠다는 듯이, 손발을 오들오들 떨면서 미친 사람같이 휘번득이는 눈을 사랑하는 어린 아들의 위에 붓고 있었다.

13

"아무 철도 없는 어린아이, 아직 죄악이라는 것을 모르는 어린아이—아직 걸음걸이에도 온전히 기운이 들지 않은 잔약한 아이—세상의 복잡한 의의(意義)를 아직 알지 못하는 천진한 아이—이 아이가 죽으면 어디로 가나? 다행히 내세(內世)라는 것이 없으면이거니와, 불행히 내세라는 것도 있고, 내세에는 천당에 지옥이라는 것이 있다면 이 아이는 어디로 가나? 유황불 구덩이의 지옥? 혹은 사시장춘의 천당?

내세라는 것이 있고 천당

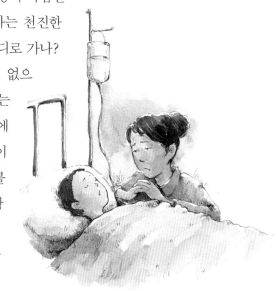

지옥의 구별이 있으며, 이 아이가 죽은 뒤에 아직 아무 죄악도 없었다는 이유 아래 천당으로 가게 되면 다행이거니와, 불행히 지옥으로 간다면 이를 어쩌나? 아직 걸음걸이에도 기운이 들지 못하였던 이 잔약한 아이가 영원히 유황불 구덩이에 들어간다면 이를 어쩌나? 이 애는 아직 세례를 받지 않았다. 비록 아직 아무 죄도 범치는 않았다 하나 천국에 들어가는 제일 도정인 세례도 받지 않았다. 이 애의 부모는 하나님을 두려워할 줄 모르는 무신론자다. 아니, 한때 가졌던 바의 신앙을 의식적으로 내어던진 반역자다. 처음부터 주의 도를 모른 것부터도 더욱 무서운 죄악이다. 이러한 부모의 자식으로 아직 세례도 받지를 못한 이 어린아이가 죽으면 어디로 가나?"

간호부의 전언에 의하여 그의 남편이 황황히 들어왔다.

"에? 에? 왜 그러우?"

미칠 듯이 휘번득이던 눈을 은희는 남편에게로 천천히 옮겼다.

"목사님 좀 여쭤다 주세요."

남편도 뜻 안 한 은희의 요구에 놀란 모양이었었다. 그의 눈도 커졌다.

"왜?"

"이 애가 임종이어요. 세례라도 줘야지……."

"?"

"이 어린 게 지옥에라도 가면 어떡합니까? 아무 철도 모르고 아직……."

은희는 말을 맺지를 못하였다. 그러나 남편은 아내의 말의 뜻을 알아채었다. 더욱 크게 한 눈을 아내에게서 위독한 어린애게로 잠시 옮겼다가 남편은 잠에서 깨듯 얼른 돌아섰다.

"그럼 내 얼른 다녀올게."

"얼른 다녀오세요. 모자……."

그러나 남편은 모자를 쓸 생각도 안 하였다. 그냥 휙 돌아선 채 꼬리가 빠지게 밖으로 나갔다. 곧 대문 소리도 철컹 하니 났다.

"원장님 좀 모셔올까요?"

간호부가 근심스레 가까이 와서 볼 때에, 은희는 증오로 불붙는 눈으로 간호부를 노려보았다. 그리고 부르짖었다.

"목사, 목사!"

그리고 그것으로도 시원치 않은 그는 행랑아범을 불러서 빨리 남편의 뒤를 따르게 하였다.

"달음박질해서 서방님이 미처 못 쫓아오신대두 혼자라도 앞서서 가서…… 목사님 좀 얼른 와주십사구…… 얼른? 늦으면…… 늦으면……."

늦으면 어떻게 하겠다는 적당한 저주의 문구가 생각나지 않은 그는 두어 번 침을 삼킨 뒤에 왈카닥 하니 문을 닫아 버렸다.

지금은 어디쯤, 지금은 어디쯤……. 한창 목사댁을 향하여 달려갈 행랑아범을 머리에 그려 놓고, 그 통과할 곳을 머리에 그리고 있는 은희는, 자기 집안의 시간이 지독히도 빨리 가는데 밖의 시간이 도무지 가지 않음이 안타깝기가 한량없었다.

두루마기를 입는 목사, 모자를 쓰는 목사, 신을 신는 목사……

'어서! 어서! 신이 바로 신겨지지 않거들랑 맨발로라도! 필립은 지금 임종이외다. 한 초를 다투지 않을 수가 없는 급한 경우이외다.

왜 두루막 고름 같은 것은 오면서라도 매지 않습니까.'

목사가 오기까지도 필립은 고요히 잠들어 있었다.

14

한 초를 유예할 수가 없는 은희는 들어서는 목사를 채근하여 어린 필립에게 세례를 주기로 하였다.

"성부와 성자와 성신의 이름으로 네게 세례를 주노라."

곱게 눕힌 뒤에 세 사람은 어린아이의 영혼을 위하여 기도드렸다.

"이 아이를 맡아 주시옵소서. 아버님의 뜻대로 지금 아버님께 돌려보내오니, 이 어린 영혼을 아버님의 나라에 받아 주시옵소서."

이러한 기도 은희는 아직껏 많고 많은 기도를 드렸지만, 이만큼 경건하고 엄숙하고 진심에서 우러나온 기도를 드려본 적이 없었다.

어린아이는 이 기도와 세례를 기다리노라고 쓸데없는 목숨을 아직껏 붙여 가지고 있었던 듯이, 세례와 기도가 끝난 뒤에 고요히 이 세상을 떠났다. 한 마디의 신음도 없이, 살결 희고 예쁜 얼굴에 미소를 띠어 가지고 이 세상을 떠났다.

그날 밤 간호부까지 돌려보내고, 부처 단 두 사람이서 어린애의 밤경을 하였다. 하얀 보자기로 덮어 놓은 어린 시체 앞에, 두 젊은 부부는 경건한 태도로 꿇어 앉아 있었다. 그들은 가장 사랑하던 아들을 잃은 애통 아래서도, 이상히도 지금 일종의 안심조차 느낀 것이었었다.

사랑하는 아들을 잃은 것은 쓸쓸하고 아프다. 그러나 그 애가 혹은 하늘나라에 들어가서 기쁘게 놀지도 모르겠다, 할 때에 그들은 애통 가운데서도 일종의 안심을 느낀 것이었었다.

"여보세요."

아내는 눈물 머금은 눈을 천천히 남편에게로 향하여 남편을 찾왔다.

"응?"

"우리도 이 다음 주일부터는 예배당에 다닙시다."

"그럽시다."

"천당 지옥이 없으면이거니와, 천당 지옥이 있고 우리 필립이가 천당으로 갔다 하면 얼마나 우리를 기다리겠어요? 그리고 우리가 다른 곳으로 가면 그 애가 얼마나 섭섭하겠어요. 우리가 지옥으로 간다는 것보다 그 애가 기다릴 생각을 하면 차마……."

아내는 목이 메려 해서 말을 맺지는 못하였다.

"그럽시다. 꼭 다닙시다. 그 애가 기다리는 건 둘째 두고라도 우리가 그 애를 천당에 두고 어떻게 다른 곳으로 가겠소? 나는 다른 데 못 가겠소."

남편도 이렇게 응하였다. 은희의 마음에는 지금 당장 절실한 필요 때문에 그 사이 오래 잃었던 신앙이 부활되었다. 사랑하는 아들과 갈라지기 싫은 어비이로서의 애정……여기서 생겨난 신앙이 그의 마음에 움돋았다. 자식에 대한 부모의 사랑은 가장 크다. 세상의 무엇보다 큰 이 애정에서 생겨난 신앙에 잠긴 은희의 얼굴은, 자식을 잃은 비통 가운데서도 장래에 대한 희망으로 적이 빛났다. 밤은 고요히 깊어갔다.

「1930년」

K박사의 연구

"자네 선생은 이즈음 뭘 하나?"

나는 어떤 날 K박사의 조수로 있는 C를 만나서 말끝에 이런 말을 물어보았다.

"노신다네."

"왜?"

"왜란?"

"그새 뭘 연구하고 있었지?"

"벌써 그만뒀지."

"왜 그만둬?"

"말하자면 장난이라네. 하기야 성공했지. 그렇지만 먹어 주질 않으니 어쩌나."

"먹다니?"

"글쎄, 이 사람아. 똥을 누가 먹어."

"똥?"

"자네 시식회(試食會)에 안 왔었나?"

"시식회?"

C의 말은 전부 '?' 였었다.

"시식회까지 모를 적에는 자네는 모르는 모양일세그려. 그럼 내 이야기를 해줄게 웃지 말고 듣게."

이러한 말끝에 C는 K박사의 연구며 그 성공에서 실패까지의 이야기를 들려 주었다.

맬더스라나.

"사랑은 기하학급으로 늘어가고 먹은 것은 수학급으로밖에는 늘지 못한다."고 이런 말을 한 사람이 있지 않나. 박사의 연구도 이 말을 근본 삼아 가지고 시작되었다네.

어떤 날(여름일세), 박사는 책을 보고 있고 나는 다른 생각을 하면서 같이 앉았었노라는데 박사가 머리를 번뜻 들더니,

"자네 똥 좀 퍼오게."

하데그려. 이게 무슨 말인지 알 수 있겠나. 그래서 똥이란 대변이냐고 물었더니 대변 아닌 똥도 있느냐고 하대. 그래서 무슨 검사라도 할 일이 있는가 하고,

"뉘 변을 말씀이외까?"

했더니 벌컥 성을 내면서 뉘 똥이든 퍼오라데그려. 너무 어망처망하여 가만 있었지. 글쎄(의사는 아니지만) 검사라도 할 양이면 뉘변이든 지적을 해야 하지 않는가. 그래서 박사 얼굴만 바라보고 있노라니깐 채근도 없어. 흥 잊었구나 하고 다시 앉으려 하니까,

"퍼왔나?"

하면서 일어서데그려. 자 이렇게 채근까지 하는 것을 보면 농담도 아니야. 할 수 없이 변소에 가서 냄새나는 것을 조금 퍼퍼다가 박사께 드렸네그려. 그것을 힐끗 보더니 조금 퍼왔다고 또 성을 내거든. 나도 슬그머니 결이 나데그려. 그래서 다시 가서 한 바가지 드북히 퍼왔지. 그러니깐야 만족하다는 듯이 웃더니 실험 옷의 팔을 걷으면서 나도 연구실로 가자고 그러대.

자네가 아다시피 내야 이학상(理學上) 지식이야 어디 조금이라도 있나. 단지 박사의 서기로 들어가 있는 사람이니깐 좌우간 알든 모르든 따라들어갔지. 박사는 똥을 떠가지고 현미경으로 시험관에 넣

어서 끓이며 세척(洗滌)하며 전기로 분해하며 별별 짓을 다 해보더니 그래도 마음대로 되지 않는지 저녁까지 굶어가면서 밤새도록 가지고 그러데그려. 아무리 전기 환기 장치를 했다 해도 그 냄새는 참 죽겠데. 코가 저리고 눈이 쓰리고 나는 참다 못해서 슬그머니 나와 버렸네그려. 그랬더니 새벽 두 시쯤 찾겠지. 그래서 가보니깐,

"이게 새 똥이냐, 낡은 똥이냐?"

하고 또 묻데그려. 내니 어찌 알겠나, 변소에서 퍼온 뿐이지. 변의 신구(新舊)야 알 리가 있겠나. 그래서 모르겠다고 그러니깐,

"낡은 겐 모양이군. 다 썩었어. 낡은 게야."

하고 혼자서 중얼중얼하더니 나더러 새 똥을 좀 누라데그려. 나도 성미가 그다지 곱지 못한 사람이라 마렵지 않노라고 해버리니깐 박사는 근심스러이 머리를 기웃기웃하더니,

"나두 그리 마렵지 않은걸."

하면서 그릇을 가지고 저편 방에 가더니 마렵지 않다던 사람이 웬걸 그다지 누었는지 한 그릇 무더기 담긴 것을 가지고 들어오데그려. 아, 우습기도 하고 잠 못 자는 것이 일변 성도 나고 그래서,

'밤참으로는 넉넉하겠습니다.' 고 쏘아 주려다가 그래도 박사가,

'마지메' 하게 들여다보고 있는 것을 보니깐 그러지도 못 하겠어. 그래서,

"전 먼저 자겠습니다."

하고 나와서 내 방으로 가서 자버렸지.

그 이튿날부터는 박사는 꼭 연구실에 틀어박히었는데 음식까지 그 냄새나는 방에서 먹고 하는데 오히려 불쌍하데.

땀을 뻑뻑 흘리면서 더러운 물건을 이리 주물고 저리 주무는 양은 우습기도 하거니와 한쪽으로 생각하면 그 사치하게 길러나고,

아무 고생이며 더러움을 체험해 보지 못한 박사가 연구 때문에 얼굴을 찌푸리고 냄새나는 방에서 음식까지 먹으며 밤잠까지 못 자며 돌아가는 것은 어떻게 엄숙해 보이기도 하고 존경할 생각도 나데.

　이러구러 몇 달이 지났네. 무얼 하는지는 모르지만 대변(大便)을 분석해 가지고 무슨 유효 성분을 얻어 보려는 것은 알겠데. 좌우간 낡은 똥은 쓸 수가 없다 해서 그 뒤부터 집안 하인의 변까지 죄 그릇에 누어서 박사의 연구실로 들어가게 되었네그려. 그러니깐 변소는 늘 소변밖에는 아무것도 없었지. 집안 사람이래야 박사와 나와 행랑 식구 세 사람과 식모 하나, 침모 하나와 사환애 둘이었는데, 때때로 그 아홉 사람의 것으로도 부족할 때가 있어, 그런 때는 박사는 가족이 이십 인이며 삼십 인이며 하는 사람들을 슬며시 부러워하는 기색까지 보이는데 연구 자료가 부족해서 박사가 안타까워하며 발을 동동 구를 때는 너무 미안스러워서 될 수만 있다면 서너 동이씩 만들어 보고 싶데.

그러는 동안에 시골 계신 할머님이 세상을 떠나서 나는 시골 가서 한 달쯤 있다가 가을에야 다시 올라왔네그려. 그래서 곧 박사네 집으로 가서 짐을 푼 뒤에 복동이(사환애)에게 물으니깐 박사는 역시 연구실에 있다 하기에 들어가서 인사를 드렸네. 박사는 무엇을 먹고 있었는데 몹시 반겨하면서 와서 같이 먹자고 그러데. 오래간만에 맡으니깐 냄새는 꽤 지독하데.

연구실 한편 모퉁이에 조그만 책상을 놓고 거기서 박사는 점심을 먹고 있는데 나도 오라기에 교자를 하나 끌고 그리로 갔지. 점심조차 떡 비슷한 것인데 맛은, '고기국물을 조금 넣고 만든 밥' 이랄까, 좌우간 그 비슷한 맛이 나는, 아직껏 먹어 보지 못한 물건이야.

그래서 혹은 양식인가 하고 두어 덩이 소금을 찍어서 먹으니깐,

"맛 좋지."

하고 묻데그려. 그래서 괜찮다고 하니깐,

"똥내도 모르겠지?"

하고 또 웃데그려.

"?"

아닌 게 아니라 냄새가 좀 나기는 하는 것을 이 방안의 공기 탓이라고 하고 그냥 먹었네그려.

그렇지만 박사의 그 말을 듣고 나니깐 혀 아래서 맑은 침이 핑그 르르 돌더니 걷잡을 새 없이 구역이 나겠지. 그래서 변소로 가려고 일어서려다가 그만 그 자리에 욱 하니 토해 버렸네.

"왜 그러나? 왜 그래, 야 복동아, 수남아."

하면서 박사는 일어서서 나를 붙들어다가 소파에 뉘이려는데그 려. 아, 곁도 나고 성도 나고 그래서 괜찮다고 하고 박사를 밀쳐 버리 고, '대체 그 먹은 것이 무엇인가'

하고 물었네. 둔감한 박사는 내가 토한 원인을 그때야 처음으로 안 모양이데그려.

"먹은 것? 응 그것 말인가? 그것 때문에 토했나? 난 또 차멀미로 알았군. 그건 순전한 자양분일세, 하하하하하(박사는 웃을 경우에는 웃을 줄을 모르고, 웃지 않을 경우에는 잘 웃는 사람이라네). 건락(乾酪), 전분, 지방 등 순전한 양소화물(良消化勿)로 만든 최신최량원식품 (最新最良願食品)."

"원료는…… 그……."

"그렇지, 자네도 아다시피 그…….

나는 그 말을 채 듣지도 않고 다시 일어서면서 토했지. 좀 메스껍 기도 하고 성도 나는 김에 박사의 얼굴을 향하여 토했네그려. 박사 도 놀란 모양이야.

"아, 이 사람두. 야, 수남아…… 복동아……."

그때 곁나는 것을 보아서는 박사를 한 대 쥐어박고 싶기는 하지 만 꿀꺽 참고 내 방으로 돌아와서 이불을 쓰고 눕고 말았지. 그 뒤 사흘 동안 음식 하나 못 먹고 앓았네. 글쎄, 구역에 음식을 어찌 먹 겠나. 아무것이라도 뱃속에 들어만 가면 잠시를 머물러 있지 않고 도로 입으로 나오데그려. 아무것을 먹어도 그 냄새가 나는 것 같아.

박사는 미안한지 진토제(鎭吐劑)를 주면서 잠시도 내 곁을 떠나지 않고 몸소 간호하겠지. 그러면서 연거푸 자양분만 뽑아서 정제한 것이니깐 아무 불쾌할 리가 없다고 설명해 주네그려. 아닌 게 아니라 그리고 보면 나도 미안한데. 무슨 악으로써 내게다가 그것을 먹인 바도 아니요, 박사 자기도 먹으면서 내게도 좀 준 것이니, 말하자면 원망할 것도 없어. 박사의 말마따나 무슨 부정한 것이 섞인 바도 아니요, 과학의 힘으로써 가장 정밀히 만든 것이겠으매 웬만한 음식점의 음식들보다는 훨씬 깨끗할 것일세. 그저 내 비위에 맞지 않는다는 것뿐이지…… 그것을 책임 관념상 박사가 그렇게 미안해하는 것을 보니깐 오히려 내가 미안해 오데그려. 그래서 사흘째 되는 날 일어났지.

"그 음식이 더럽다는 것이 아니라 내 비위에 맞지 않는 것뿐이니깐 그 마음상만 거치면 되겠지요."

그리고 일어나서 먹기 싫은 음식을 억지로 먹으면서 연구실에 드나들기 시작하였네그려. 처음에는 참 역하데. 박사는 점심은 역시 손수 만든 음식을 먹는데, 그것을 보기만 해도 구역이 탁탁 가슴에 치받치는데 참 못 견디겠어. 박사는 먹기는 먹으면서도 미안한지,

"이게 어떻담, 하하하하하."

하면서 먹곤 해.

그러는 가운데서도 박사는 실험을 거듭하여 몇 가지 조미료를 가해서 맛에 대한 연구를 쌓데그려. 그리고 한 가지의 조미료를 더 넣을 때마다 자기가 몸소 맛본 뒤에는 연대 감정인(連帶鑑定人)으로 차마 내게는 먹어 보래지 못하고 복동아, 수남아 하여가지고는 애들에게 먹어 보래지, 얼굴이 벌개지면서 주인의 명령이라 거역하지는 못하고 입에 조금 넣는 것처럼 한 뒤에는 삼키지도 않고,

"먼젓번 것보담도 좋은걸요."

하고는 달아나고 하는 양은 가련해. 그럴 때마다 정직한 박사는 '득의 만면' 해 가지고 그러려니 그러려니 하면서 상금으로써 그 애들에게 오십 전씩 준다네, '감정료' 지.

박사의 말을 의지하건데 똥에는 음식의 '불능소화물' 즉, 섬유며 '결체조직(結締組織)'이며 각물질(角物質)이며 '장관내분비물(場管內分泌物)의 불요분(不要分)' 즉 코라―고산(酸), 피스린 '담즙점액소(膽汁粘液素)'들 밖에 부패산물인 스카톨이며 인들이며 지방산들과 함께 아직 많은 건락(乾酪)과 전분과 지방이 남아 있는데 그것은 사람 사람에게서 따라서 혹은 시간에 따라 각각 다르지만 그 양소화물(良消貨物) 이삼 할에서 내지 칠 할까지는 그냥 남아서 항문으로 나온다네그려. 그리고 그 대변 가운데 그냥 남아 있는 자양분은 아무도 돌아보는 사람이 없이 헛되이 썩어 버리는데 그것을 어떤 방식으로 추출(抽出)할 수만 있다 하며는 그야말로 식료품 문제에 위협받는 인류의 큰 복음이 아닌가. 그래서 연지구지하여 그 방식을 발견하였다나. 말하자면 석탄의 완전연소와 마찬가지로 자양분의 완전소화를 계획하고 성공한 셈이지. 즉 대변을 분석해서 그 가운데 아직 삼 할 혹은 칠 할이나 남아 있는 자양분을 자아내어 그것을 다시 먹자는 말일세그려.

그러니까 사람이 하루에 세 끼씩 먹는 가운데 두 끼는 보통 음식을 먹고 한 끼분은 그 새로운 주식품을 먹으면 이 지구상의 식료원품이 삼 할 이상 늘어가는 셈 아닌가. 이 지구에 지금보다 인구가 삼 할쯤 한 오천만 명쯤은 더 많아져도 박사의 연구가 실현만 되면 걱정이 없는 셈일세그려. 맬더스도 이후에 이런 천재가 나타날 줄은 몰랐기에 그런 걱정을 했지.

좌우간 그러는 동안에 조미(調味)에 대한 연구까지 끝나지 않았겠나. 나는 첫 번 모르고 한 번 먹을 뿐 그 뒤에는 절대로 입에 대지도 않았고 박사도 내게는 권하지도 않았으니깐 모르지만 냄새는 마지막에는 꽤 좋은 냄새가 나데. 스끼야끼 비슷하고도 더 침이 도는 냄새야. 냄새만으로는 구미도 돌데. 그만큼 되었으니깐 이제 남은 것은 '발표'라 하는 과정일세그려. 박사는 어림도 없이 발명 경로를 신문에 발표한 뒤에 시식회(試食會)를 열겠다고 그래. 그것을 내가 우쩍 말렸지. 나는 먹어도 못 보았지만 짐작컨대 맛은 괜찮은 모양인데…….

그러니깐 그 맛있는 것을 먼저 먹여 놓은 뒤에 이것의 원료를 발표해야지, 먼저 원료를 발표하면 시식회에는 한 사람도 나오지도 않을 것일세그려. 그렇지 않나. 그래서 말렸더니 박사도 그럴 듯한지 내 의견대로 하자고 그러더구먼. 그리고 박사와 나와 의논한 결과 그 발명품의 이름은 박사의 이름을 따라 ××병(餠)이라 하기로 하고 그 ××병에 대한 성명서를 박사가 초(草)하였네. 지금 똑똑히 기억되지는 못하였지만 대략 이런 뜻이야.

생거(M. Sanger)라 하는 폭녀(暴女)가 나타나서 산아제한을 주장한 것을 일부 인도주의자는 눈살을 찌푸렸지만 거기도 상당한 근거가 있는 것을 어찌하랴. 위생 관념이 많아 가면서 연(年)년이 사람의 죽는 율은 주는데 그에 반하여 이 지구는 더 커지지 않으니까 여기 사람의 나아갈 세 가지의 길이 생겼으니 하나는, '도로 옛날로 돌아가서 이 세상의 위생이라 하는 것을 없이 하고 살인기관으로 전쟁을 많이 하여 사람의 수효를 도태하는 것'이요, 또 하나는,

'사람의 출세를 적게 하는 것'이요, 나머지는, '아직껏 돌아보지 않던 데서 식원료를 발견하는 것'이다. 여인인 생거는 이미 있는

인명을 없이 하자 할 용기는 못 가졌었다. 여인인 생거는 신국면 발견(新局面 發見)이라 하는 천재적 두뇌도 못 가졌었다. 그는 마지막으로 고식적 구제책을 발견하였으니 그것이 '산아제한론'이다.

그러나 독창력과 발명력을 가진 오인(吾人)은 그러한 고식책으로서는 만족하지 못할지니 오인의 연구는 여기서 비롯하였다. 오인의 매일 배설하는 대변에는 아직 많은 자양분이 남아 있으니 그 전분량의 삼 할 내지 칠 할―평균 잡아서 오 할 약(弱)이나 되는 자양분은 헛되이 땅 속에서 썩어 버린다(그리고 대변에 대한 분석표며 그 밖 숫자가 있지만 그것은 약해 버리세).

이것을 헛되이 썩혀 버릴 필요는 없다. 이것을 자아낼 수만 있다 하면 자아내어 가지고 오인의 식탁에 올리는 것이 오인의 가장 정당한 행위라 아니할 수 없다. 각가지로 각 방면에서 일어나는 온갖 고식적 문제도 그 근본을 캐자면 인류의 식료품 결핍이라는 무서운 예감 때문에 생겨난 신경과민적 부르짖음이라 할 수 있으니 인류의 생활이 유족하여지면 온갖 문제와 그 문제의 근본까지 저절로 사라질 것이다. 오인의 연구는 여기서 출발하였다.

(그리고 연구의 경로도 약해 버리지.)

이러한 동기 아래서 이러한 경로를 밟아서 생겨난 이 ××병을 귀하의 식탁에 바치노니 고평(高評)을 바란다. 운운.

이것을 인쇄소에 보내서 썩 맵시나게 인쇄를 해왔겠지. 그리고 크리스마스를 기회로 박사댁에서 시식회를 열기로 각 방면에 초대장을 보냈네그려. 그 초대장에는 그저 ××병이라 할 뿐, 원료며 그 동기에 대해서는 찍 소리도 없는 것은 다시 말할 필요도 없겠지.

크리스마스 한 사나흘 전부터는 꽤 분주하데. 겨울이라 대변의 자양분이 썩을 염려는 없어. 그래서 소제부에게 부탁해서 열 통을 사들였네그려. 그리고 그것을 분석하고 처리하고 하노라고 사나흘 동안은 박사, 나, 수남이, 복동이, 임시조수, 두 사람 모두 다 똥 속에서 살았네그려. 더럽기가 짝이 있겠나. 에이 구역야. 생각만 해도 구역이 나서 못 견디겠네. 박사도 미안하긴 한 모양이야. 누가 청하지도 않는데 연방 조선 호텔 한턱쓰지 하면서 복동아, 수남아 하면서 돌아가데그려.

크리스마스 전날은 밤까지 세워 가면서 모두 만들어 놓은 뒤에 당일 아침에는 집을 씻느라고 또 야단이지. 글쎄, 이 방 저 방 할 것 없이 모두 똥내가 배어든 것을 어찌하나. 아닌 게 아니라 독한 놈의 냄샌데 한번 배어든 다음에는 빠지질 않아. 물로 약품으로 씻다 못해서 마지막에는 향수를 막 뿌려서 냄새를 감추도록 해버렸지.

오후 한 시쯤 손님들이 왔네. 원래 착하고 교제성이 없는 박사는 정신을 못 차려 이리 왔다 저리 갔다 하며 일변 웃으며 연거푸 복동아, 수남아를 찾으며, 조수들을 꾸짖으며 어리둥둥한 모양이데.

신사 숙녀 한 오십 명쯤 초대한 사람이 거의 모인 뒤에 두 시에 식당은 열렸네. 박사의 취지 설명이 있는 뒤에 I신문사 주필 W씨의 답례로써 시식회가 시작되었어.

그런데 시작되자마자 어떤 신문기자 한 사람이 박사를 찾데그려.

"K박사."

"네?"

"이 ××병에서 향기롭지 못한 냄새가 좀 납디다그려."

"?"

이때의 박사의 얼굴의 변화는 내 일생에 잊지 못하겠네. 문득 하애지더니 웃음 비슷한 울음 비슷한 변한 얼굴을 하더니 별한 신음

을 하면서 벌떡 일어서서 연구실로 가. 그래서 나도 따라가려니까
박사는 가던 발을 돌이키며 나를 붙잡더니 내 귀에다 대고 작은 소
리라고 하기는 하지만 그리 작은 소리도 아니야. 그런 소리로써,

　"야단났네그려. 스카톨이나 인돌의 반응은 없었지?"

　하더군. 내야 인돌이 뭔지 스카톨이 뭔지 아나. 박사가 시키
는 대로 할 뿐이지. 더구나 반응인지야 알 리도 없잖아.

　그래서 박사의 그 표정을 보니깐 모른다고 그러지도 못해겠데.
그래서,

　"확실히 없었습니다."

　고 그랬네. 그러하니깐 그래도 아직 미안한지,

"야단났네. 큰일났어."

하면서 어쩔 줄을 모르데그려.

"아 선생님 걱정하실 게 뭡니까, 지금 모두들 맛있게 잡숫는데……."

사실 말이지, 한 사람이 그런 질문을 하기는 했다 하지만 다른 사람들은 모두 맛있게 먹고 있어. 내 말을 듣고 그 양을 보고서야 박사는 마음이 놓이는지 숨을 내어쉬며,

"좌우간 반응은 없었겠다. 확실히 없었어. 여보게 C군, 그 성명서 돌리게.

하데그려.

문제는 이게 문제일세. 한창 맛있게들 먹는 판에 당신네들이 먹고 있는 것이 똥이외다고 알게 하여 놓으면 무사할는지 이게 의문이야.

그러나 안 돌릴 수도 없고, 그래서 그 인쇄물을 갖다가 복동이와 수남이를 시켜서 돌렸네그려. 그러니깐 어떤 사람은 받아서 주머니에 넣고, 어떤 사람은 식탁 위에 놓고, 어떤 사람은 읽어 보는데 나는 슬며시 빠져서 다른 방으로 가버렸지. 달아는 났지만 그래도 마음이 놓이지 않아 귀를 기울이고 있노라니깐 무엇이 왝왝 하며 콰당콰당해 뛰어가 보았지. 하니깐 부인 손님 두 사람과 신사 한 사람이 입에 손수건을 대고 게워내는데, 그리고 몇 사람은 저편으로 변소 변소 하면서 달아나고, 다른 사람들은 영문을 모르고 중독되었다고 의사를 청하라고 야단인 가운데 박사는 방 한편 모퉁이에 눈만 멀찐멀찐하면서 서 있데그려. 이게 무슨 꼬락서닌가. 망신이데그려. 그래서 박사에게 가서 웬 셈입니까고 물었더니 박사는 우들우들 떨면서,

"야단났네. 망신이야, 큰일났어, 야 수남아."

하더니, 우물쭈물 저편 방으로 달아나 버리고 말데그려. 그래서 하는 수 있나. 그래도 이런 일이 생기지나 않을까 해서 내가 몰래 진토제를 준비해 뒀던 것이 있기에 내다가 임시 조수며 복동이, 수남이를 시켜서(초대받았던 의사 몇 사람까지 협력해서) 간호들을 한 뒤에 박사는 몸이 편치 않아서 못 나온다고 하고 사과를 한 뒤에 손님들을 보내 버렸지.

시식회는 이렇게 흐지부지 끝이 났네그려.

그런 뒤에 박사의 침실에를 가보았더니 박사는 몸에 신열까지 나고 헛소리를 탕탕하고 있지 않겠나. 나도 미안스럽기도 하거니와 딱하데. 그래서 얼음을 갖다가 박사의 머리를 식히면서 한참 간호하니깐야 정신을 좀 차려. 그리고 연하여 야단이다, 망신이다, 어쩌다를 연발하는데 거북상스럽데. 한참 정신없이 눈을 한군데만 향하고 있다가는,

"여보게 C군, 이 일을 어쩌나, 야단났네그려. 이런 괴변이 어디 있겠나?"

하고 하는데 난들 무어라고 대답하겠나.

"뭘 하리까?"

이런 대답은 하지만 참 거북상스럽기가 짝이 없데. 소외 사회의 일류라는 사람들을 초대해다가 똥을 먹여 놓았으니 이런 괴변이 어디 있겠나. 세상사에 어두운 박사는 이렇게까지 될 줄은 뜻도 안 하였겠지만 나 역시 뜻밖일세그려. 아니, 나는 이런 일이 있지 않을까 예감은 있었지만 박사의 그 걱정하는 태도를 보니깐 예상 이외로 나도 겁이 나데그려. 내 생각으로는 대상인 피해자(?)를 개인 개인으로 여겼지 그것이 합한 '사회' 라는 것을 생각 안 했네그려. 그러

니 이제 사회의 명사 숙녀들을 똥을 먹여 놓았으니 말썽이 안 생기겠나.

그러는 동안에는 연하여 신문 기자가 찾아오며 전화가 오는 것을 복동이를 시켜서 모두 거절하여 버린 뒤에 그날 오후 종일과 밤을 새워 가지고 협의한 결과 말썽이 좀 삭아지기까지 박사와 나와 어떤 시골에 한두 달 숨어 있기로 작정을 하였네. 그리고 목적지는 박사의 토지가 몇 백 정보(町步) 있는 T군의 박사의 사음의 집으로 작정하였네그려. 그리고 이튿날 아침 첫차로 그리로 뺑소닐쳤지.

그런데 우리의 생각으로는 신문에서 꽤 와자지그를 줄 알았더니 비교적 말이 없데그려. I신문 잡보란에 조그맣게 ××병 시식회(試食會)라 하는 제목 아래 간단히 기사가 날 뿐 그 괴상한 사건이며 ××병의 원료에 대해서는 한마디도 없어. 아마 신문사에서도 창피스럽던 모양이야. K역에서 내려서 T군에 가는 자동차를 기다리기 위해서 어떤 여관에서 묵은 뒤에 이튿날 아침에야 우리는 그 신문 기사를 보았는데 이 기사를 보더니 박사는 적이 안심이 되는지 처음으로 조금 웃데그려. 그러더니 갑자기 T군은 그만두고 그 역에는 멀지 않은 Y온천장으로 가자데그려. 내야 이의가 있을 리가 있나. 온천으로 갔지.

온천에서도 박사는 생각만 나면 그 이야기만 하자데그려.

"C군, 스카톨의 반응은 확실히 없었지? 혹은 좀 있었던가. 왜들 토해. C군, 반응은 확실히 없었나? 아무래도 있는 모양이야."

"반응은 있었는지 모르지만 혹은 없었다 해두 게우는 게 당연하지요. 누가……"

"C군!"

박사는 이런 때는 꼭 역정을 내데그려. 그러다 이렇게 되면 내성미도 그리 곱지는 못하니까 막 쏘아 주지.

"똥 먹구 구역 안 날 사람이 어디 있어요!"

"똥?"

한 뒤에는 일어서서 뒷짐을 지고 한참 그치데그려. 그러다가,

"자네 오핼세. 과학의 힘으로 부정한 놈은 죄 없애버린 게 왜 똥이야, 오핼세."

한 뒤에는 또 이유도 없이 하하하하 웃지.

"선생님, 그렇지 않아요. 분석해 보면 아무리 정한 게라 해두 똥으로 만든 것을 먹고야 왜 구역을 안 해요? 세상사는 그렇게 공식(公式)대로만 되는 것이 아니니깐요."

"공식? 아무리 생각해두 자네 오해야. 그렇진 않으리."

"그럼 왜들 게웠어요?"

"글쎄, 반응은 없었는데, 혹은 있었던가……"

단순한 박사는 아직껏 손님들의 게운 이유를 스카톨이나 인돌이 좀 남아서 대변 특유의 냄새가 난 데 있는 줄만 알데그려.

하인은 연정(戀情)을 '오매불망'이라고 형용했지만 박사와 ×× 병의 새야말로 오매불망인 모양이야. 우두커니 앉았다가도 문득 스카톨이 있었나 하고는 한숨을 쉬고 하데. 자다가도 세척(洗滌)이 부족한 모양이야, 하면서 벌떡 일어나데그려. 곁에서 보는 내가 참 미안하고 딱하데. 너무 민망스러워서.

"선생님, 인전 그 생각을 잊어버리시구려."

하며는,

"잊지 않자니 헐 수 있나?"

하고는 또 한숨을 쉬데. 여간 민망스럽지 않았네. 사실 말이지 귀한 발견이야, 귀한 발견이 아닌가. 아무도 돌아보지 않고 헛되이 땅 속에서 썩어 버리는 폐물 가운데서 평균 오 할약(五割弱)의 귀중한 자양분을 얻어낸다 하는 것은 인류 경제 문제의 얼마나 큰 발견인가. 우리의 인습 때문에 비위가 받지를 않으니 말이지, 그것을 만약 어떤 사람이 원료를 비밀히 해가지고 대량으로 만들어서 판다 할지면 우리 인류에게 얼마나 큰 공헌인가. 그래서 어떤 날 저녁을 먹다가 박사에게 그 떡을 학문광(學問狂)의 나라 독일학계에 발표해 보면 어떻겠느냐고 물어보았지. 하니깐 대답도 없어. 그리고 나도 그 말만 한 뿐 잊어버리고 말았었는데 박사는 잊지 않았던 모양이야.

그날 밤 한 잠 들었다가 목이 너무 말라 깨어서 물을 먹으려는데 박사가 그냥 안 잤댔는지,

"독일도 틀렸어."

하데그려. 나야 자다 주먹이라 무슨 뜻인지를 알겠나. 그래서 그저 네네 하면서 물을 먹고 다시 누우니까,

"××병은 독일도 재미가 없어."

하고 다시 주를 놓데그려. 그 소릴 들으니까 펄떡 졸음이 천 리 밖으로 달아나는데 그렇지 않아도 이즈음 늘 민망스럽던 판에 박사가 밤에 잠도 안 자고 그 생각을 하고 있었나 하니깐 막 눈물이 나오려데그려. 그래서 왜 그렇느냐고 물으니까,

"독일서는 공기에서 식품을 잡는 것을 연구해서 거의 성공했다니까 이것은 그다지 센세이션을 일으킬 것이 못 될 것 같아."

하면서 또 한숨을 쉬데그려. 나도 할말이 없어서 그것도 그렇겠습니다, 하고 다시 먹먹히 있노라니깐 또 찾지 않겠나.

"C군, 자나?"

"네?"

"안 자나?"

"네."

"일본은 어떨까, 나라는 좁고 백성은 많은⋯⋯"

"말씀 마십쇼. 일인에게는 소위 결백이라는 게 있지 않습니까? 어림도 없습니다."

"그래도 일인들은 더러운 목간물을 벌컥벌컥 들이마시지 않나?"

"그게야⋯⋯ 그래도 ××병은 안 먹습니다."

"안 먹을까⋯⋯"

"안 먹지 않고요."

박사는 또 한숨을 쉬데.

"선생님, 그것을 미국에다 발표해 보면 어떻겠습니까?"

"미국놈은 먹어 줄까?"

"먹을진 모르지만 그놈들은 아무것이든 신기한 것과 과학이라는 데는 머리를 싸매고 덤벼드는 놈이니깐 혹은 좋다할지도 모르지요."

"글쎄⋯⋯"

이러한 말을 주고받고 하다가 아무런 해결을 얻지 못하고 자고 말았지.

온천에는 한 달 남짓이 묵어 있었는데 박사의 ○○병에 대한 집착은 조금도 줄지 않데그려. 그 지독한 집착이야⋯⋯ 이러구러 한 달 넘어나 지난 뒤에 인제는 돌아가자고 온천을 출발해서 K역까지 왔다가 여기까지 온 이상에는 박사의 토지도 돌아볼 겸 T군까지 다녀가자는 의논이 생겨서 우리는 T군으로 갔었네 그려.

양력 이월 초승인데 혹혹 쏘는 바람을 안고 자동차로 두 시간이나 흔들리면서 T군까지 가니깐 정신이 다 없어지데. 눈이 보이지를 않고 다리가 뻣뻣하며 코가 굳어진 것 같고 몸의 혈액 순환까지 멎은 것 같애. 그것을 겨우 자동차에서 내려서(면장 노릇하는) 박사의 사음의 집을 찾아갔지. 머리가 휑한 정신이 없는 것을 그 집을 찾아들어가니깐 반갑게 맞으면서 자기네들은 모두 건넌방으로 건너가며 큰 방을 우리에게 내어 주어. 그래서 우리는 들어가서 다짜고짜로 자리를 펴고 누웠지.

  방을 절절 끓여 놓고 두어 시간 자고 나니깐 정신이 좀 들데. 박사도 그때야 정신이 드는지 부스스 일어나더니 토지를 돌아보러 나가자데그려. 세수들을 하고 옷을 든든히 차린 뒤에 사음의 아들을 불러서 앞세우고 그 집을 나서려는데 개가 한 마리 변소에서 뛰쳐 나오면서 컹컹 짖겠지. 보니깐 변소에서 똥을 먹고 있던 모양이라 입에 잔뜩 발라 가지고 그 더러운 입을 쩍쩍 벌리며 따라오데그려. 사음의 아들은 개를 쫓아 버리느라고 야단인데 박사에게 나는, 개도 ○○병을 먹다가 온다고 그러니깐 박사는 눈살을 찌푸리더니,

  "에 더러워. C군, 실험실과는 다르네. 이놈의 개 오지 마라. 가!"

  하며 슬슬 피하며 나가는 모양은 요절하겠데. 박사의 토지라는 것은 꽤 크데. 이백 몇 십 정보라는데 말은 쉽지만 눈으로 덮인 무연한 벌판인데 어디까지가 경계인지 좀체 모르겠데. 그것을 한번 다 돌아보고 사음의 집까지 돌아오니깐 벌써 저녁때가 되었어. 몸도 녹일 틈이 없이 저녁상을 들여왔데그려. 시장하던 김이라 상을 움켜안고 먹었지. 더구나 내가 좋아하는 개고기가 있데그려. 그래서 밥은 제쳐놓고 고기만 뜯어먹고 있었지. 박사도 괜찮은 모양이야. 글쎄 한 달 넘어를 일본 여관에 묵노라고 고기는 맛까지 거의

잊게 되었네그려. 그런판이니까 오래간만에 만나는 고기라 박사도
한참 고기만 뜯더니,

"C군"

하고 찾데그려.

"왜 그러십니까?"

"이런 시골서도 암소를 잡는 모양이야."

"……?"

"고기 맛이 썩 부드러운데 암소 고기야."

"선생님, 개고기올시다."

"개?"

"아까 그 짖던 개요. 돌아올 때는 안 보이지 않습니까."

"아까 그? 그 똥 먹던?"

"그럼요."

박사는 덜컥 젓가락을 놓데그려. 그러더니 얼
굴이 차차 하얘지더니 힐끔 저편으로 돌아앉
겠지.

그리고 힉힉 두어 번 숨을 들여쉬이더
니 확 하니 모두 토해 버리데그려.

왜 그러십니까고 나도 먹던 것을 집
어치우고 박사에게로 가서 잔등을 쓸어 주
니까 가만 있게, 하면서 연하여 힉힉 소리를
내데그려. 그것을 한 십분 동안이나 쓸어주니
깐 좀 진정되는지,

"안됐네. 이것 주인 몰래 치우세."

하면서 손수 걸레로 모두 훔쳐서 문 밖

에 내어놓기에 나는 그것을 집어다가 대문 밖에 멀리 내버리고 도로 들어오니깐 박사는,

"에 속이 편찮어. 야— 수남아— 상 치워라."

하더니 베개를 내리고 벌떡 눕고 말데그려. 상을 치운 뒤에 사음이 불을 켜가지고 들어왔는데 박사는 돌아누운 대로 그냥 모른 체하기에 몸이 곤하신 모양이라고 사음을 내보내고 나도 베개를 내려서 드러누웠더니 한참 있다가 박사가 돌아누운 대로 찾아,

"C군."

"네?"

"개고기하고 돼지고기하고 어느 편이 더 더러울까?"

"글쎄, 돼지가 더 더러울걸요."

"그럴까. 둘 다 마찬가지겠지. 마찬가지야. 쇠고기두 마찬가지구."

혼잣말같이 이렇게 중얼거리더니 또 잠잠해지데. 나도 곤하던 김이라 어느 틈에 잠이 들었는지 모르지. 좌우간 나는 입은 채로 잠이 들고 말았는데 아마 박사가 그렇게 한 게야. 자리를 모두 펴고 옷을 벗겨서 이불 속에 집어넣었데그려. 내야 알 리가 있나. 이튿날 아침에 깨어서야 처음 알았지.

이튿날 아침 눈을 부스스 뜨니깐 박사는 언제 깼는지 벌써 깨어 있다가 내가 눈을 뜨는 것을 보고 C군, 하데그려. 그래서 대답을 하니까,

"일인도 안 먹을 게야."

또 자다 주먹일세그려.

"네?"

"××병은 일인도 안 먹을 게야. 목간물은 벌컥벌컥 먹어두."

314

"네…… 아마……."

"돼지고긴 좋아두 개고긴 못 먹겠거든. 자네 개고기 잘 먹나?"

"육중문왕(肉重文王)입니다."

"그럴 게야."

하더니 한숨을 내어쉬데그려.

그때부터 박사의 입에서는 ××병의 문제는 없어졌네그려.

그 뒤에 집에 돌아와서도 박사는 ××병의 문제는 집어치우고 전자(電子)와 원자(原子)의 관계의 연구를 쌓는 중이니깐 이제 언제 거기 대한 발명이나 발견이 나올 테지. 그리고 이번 것은 그 ××병과 같이 실패에 안 돌아가기를 진심으로 바라네.

이것이 C가 들려준 바 K박사의 연구의 성공에서 실패로 또다시 일전(一轉)하여 회개까지의 경로였었다.

「1929년」

# 시골 황서방

황서방이 사는 ×촌은, 그곳서 그 중 가까운 도회에서 오백칠십 리가 되고, 기차 연변에서 삼백여 리며, 국도(國道)에서 일백오십 리가 되는 산골 조그만 마을이었었다.

금년에 사십여 세에 난 황서방이, 아직 양복쟁이라고는 헌병과 순사와 측량기수밖에는 못 본 만큼 그 ×촌은 궁벽(窮僻)한 곳이었었다. 그리고 또한 그곳에서 십리 안팎 되는 곳은 모두 친척과 같이 지내며 밤에 마을을 서로 다니느니 만큼 인가가 드문 곳이었었다. 산에서 호랑이가 내려와서 사람을 물어 갈지라도, 그 일이 신문에도 안 나리만큼 외딴 곳이었었다. 돈이라 하는 것은, 십 원짜리 지전을 본 것을 자랑삼으니만큼, 그 동리는 생활의 위협이라는 것을 모르는 마을이었었다.

한 마디로 말하자면, 그 동리는 순박하고 질소(質素)하고 인심 후하고 평화로운 원시인의 생활이라 하여도 좋을 만한 살림을 하는 마을이었었다.

이러한 ×촌에, 이즈음 한 가지의 괴변이 생겨났다.

×촌에 이즈음, 소위 도회 사람이라는 어떤 양복쟁이가 하나 뛰쳐 들었다. 그 사람은 황서방의 집에 주인을 잡았다.

그 동리 사람들은 모두 황서방네 집으로 쓸어들었다. 그리고 그 도회 사람의 별스러운 옷이며 신이며 갓을(염치를 불구하고) 주물러 보며, 마치 그 사람은 조선말을 모르리라는 듯이, 곁에 놓고 이리저리 비평을 하며 야단법석이었다.

황서방은 자랑스러운 듯이(우연히 제 집으로 뛰쳐들어온) 그 손님에게 구린내 나는 담배며, 그때 갓 쪄온 옥수수며를 대접하며, 모여드는 동리 사람에게 그 도회 사람이 자기 집에 들어올 때의 거동을 설

명하며 야단하였다.

며칠이 지났다.

그 도회 사람이 모여드는 이 지방 사람에게 설명한 바에 의지하건대, 그는 '흙냄새'를 그려서 이곳까지 왔다 한다.

여러분들은, 흙냄새라는 것을…… 그 향기로운 흙냄새를 늘 맡고 계셨기에 이렇게 몸이 튼튼합니다. 아아, 그 흙의 향내……. 여보시오, 도회에 가보오. 에이구! 사람 냄새, 가솔린 냄새, 하수도 냄새, 게다가 자동차, 마차, 인력거가 여기 번쩍, 저기 번쩍……참 도회에 살면 흙냄새가 그립소. 땅이 활개를 펴고 기지개를 하는 봄날, 무럭무럭 떠오르는 흙의 향내를 늘 맡고 사는 당신네들의 행복은 참으로 도회인은 얻지 못할 행복이외다. 몇 해를 벼르다가 나는 종내 참지 못하여 이렇게 왔소. 이제부터는 나도 당신들의 동무요…….

도회 사람은 이렇게 말하였다.

황서방은 이 도회 사람(우리는 그를 Z씨라 부르자)의 말 가운데서 세 마디를 알아들었다.

자동차와 인력거―황서방이 이전에 무슨 일로 백오십 리를 걸어서 국도(國道)까지 갔을 때(그때는 밤이었는데), 저편에서 시뻘건 두 눈깔을 번득이며, 이상한 소리를 내면서 달려오는 괴물을 보았다. 영리한 황서방은 물론 그것이 사람이 타고 다니는 것임을 짐작하였다. 그러나 ×촌에 돌아온 뒤에는, 황서방의 입을 통하여 퍼진 소문으로는 그것이 한 괴물로 보였다. 방귀를 폴싹폴싹 뀌며, 땅을 울리면서 달아나는 괴물로 소문이 퍼진 것이었었다.

인력거라는 것은 그 이튿날 보았다.

그리고, 그 두 가지는 다(Z씨의 말을 듣고 생각하여 보매) 도시 사람의 생명을 위협하는 무서운 물건일 것이었다.

또 한 가지, 사람의 냄새가 역하다는 것, 사실 ×촌에 잔칫집이라도 있어서 수십 인씩 모이면, 역하고 고약한 냄새가 그 방안에 차고 하던 것을 황서방은 보았다. 그러매, 몇십만(십만이 백의 몇 곱인지는 주판을 놓아 보지 않고는 똑똑히 모르거니와)이라는, 짐작컨대 억조 동그라미와 같이 우글거릴 도회에서는 상당히 역한 냄새가 날 것이었다.

그 밖에는, 황서방에게는 한 마디도 모를 말이었다. 흙냄새가 그립다 하나, 흙냄새도 상당히 구린 것이었다. 봄날 흙냄새는(거름을 한 지 오래지 않으므로) 더욱 구린 것이다.

전차, 하수도, 가솔린, 이런 것은 어떤 것인지 황서방은 짐작도 못하였다.

그러나, 황서방은 Z씨의 말을 믿었다. 저는 시골밖에는 모르고, Z씨는 시골과 도회를 다 보고 한 말이매, 그 사람의 말이 옳을 것은 당연할 것이다. 흙냄새가 아무리 구리다 할지라도 도회 냄새보단 좋을 것이다라고 황서방은 믿었다.

길에 하루종일 자빠져 있으니, 시골서는 자동차에 치일 걱정이 있겠소? 순사에게 쫓겨갈 걱정이 있겠소?

그것도 또한 사실이고 당연한 말이었었다. 황서방은, 그러한 시골서 태어난 자기를 행복스럽다 하였다. 그러나, 서너 달 뒤에 그 Z씨는 시골에 대하여 온갖 욕설을 다하고, 다시 도회로 돌아갔다. Z씨는, '몰랐거니와 흙냄새도 매우 역하다' 하였다. 도회에서는, 하루 동안에 한나절씩만 주판을 똑딱거리면 매달 오천 냥(백원)씩 들어오는데, 여기서는 땀을 뻘뻘 흘리며 손을 상하며 일을 하여야 일

년에 겨우 오천 냥 돌아오기가 힘드니 시골이란, 재간 있는 사람이란 못 살 곳이라 하였다. 십 리나 백 리라도 걸어서밖에는 다닐 도리가 없으니 시골은 소, 말이나 살 곳이라 하였다. 기생이 없으니 점잖은 사람은 못 살 곳이라 하였다. 읽을 책도 없으니 학자는 못 살 곳이라 하였다. 양요리가 없으니 귀인은 못 살 곳이라 하였다.

이 말을 듣고, 황서방은 Z씨가 간 다음 며칠 동안을 눈이 퀭하니 밥도 잘 안 먹고 있었다.

Z씨의 말은 모두 다 또한 참말이었다. 아직껏 곁집같이 다니던 최풍헌의 집이, 생각하여 보면 참 진저리나도록 멀었다. 시오리(十五里)! Z씨가 진저리를 친 것도 너무 과한 일은 아닐 것이다.

이야기로 들은 바, 기생이라는 것이 없는 것도 또한 사실이었다.

재미있는 책이라고는 《임진록》 한 권이(그것도 서두와 꼬리는 없는 것) X촌을 중심으로 한 삼십 리 이내의 다만 하나의 책이었다.

그러나 그 근처 일대에 주판 잘 놓기로 이름난 황서방이 도회에서는(Z씨의 말에 의하건대) 매달 오천 냥 수입은 될 황서방이, 손에 굳은살이 박히며, 땀을 흘리며, 천신만고하여 일 년에 거두는 추수가 육천 냥 내외였다. 게다가 감자를 먹고…… 거름을 주무르고…….

두 달이 지났다.

그때는 황서방은 자기의 먹다 남은 것이며 집이며 세간을 모두 팔아 가지고 도회로 온 지 벌써 한 달이나 된 때였다.

황서방이 도회로 가지고 온 돈은 육천 냥이었다. 그 가운데서 집세로 육백 냥이 나갔다. 한 달 동안 구경하며 먹어 가는데 이천 냥이 나갔다.

여름밤의 도회는 과연 아름다웠다. 불, 사람, 냄새, 집, 소리 모든 것은 황서방을 취하게 하였다. 일곱 냥 반을 주고 아이스크림도 사 먹어 보았다. 또한 소리, 불, 사람, 냄새…… 보면 볼수록 도회의 밤은 사람을 취하게 하였다. 아이스크림, 빙수, 진열장, 야시…… 아아, 황서방은 얼마나 이런 것을 못 보는 최풍헌이며 김서방을 가련히 생각했으랴.

동물원도 보았다. 전차도 잠깐 타보았다. 선술집의 한 잔의 맛도 괜찮은 것이고, 길에서 파는 밀국수의 맛도 또한 황서방에게는 잊지 못할 것이었다.

도회로 오기만 하면 만나질 줄 알았던 Z씨를 못 만난 것은 좀 섭섭하였지만, 그것도 황서방에게는 그다지 불편 되는 일은 없었다.

아아, 도회, 도회…… 과연 시골은 사람으로서는 못 살 곳이었다.

황서방이 도회로 온 지 넉 달이 되었다. 이젠 밑천도 없어졌다.

"이제부터!"

황서방은 의관을 정히 하고 큰거리로 나가서 어떤 큰 상점을 찾아갔다. 그리고 자기는 주판을 잘 놓는데 써달라고 부탁을 하였다. 그러나 뜻밖으로 황서방은 거절당하였다.

황서방은 다른 집으로 찾아갔다. 그러나 거기서도 또한 거절당하였다.

저녁때 집에 돌아올 때는 그의 얼굴은 송장

과 같이 퍼렇게 되었다.

이런 일이 어디 있나? 첫마디로 승낙할 줄 알았던 일이 오늘 처음으로 이십여 집을 다녔으나 한 곳에서도 승낙 비슷한 것도 못 받고, 거지나 온 것 같이 쫓겨나왔으니, 이젠 어찌한단 말인가?

이튿날의 경과도 역시 같았다. 사흘, 나흘, 황서방의 밑천은 한푼도 없어졌는데, 매달 오천 냥은커녕 오백 냥으로 고용하려는 데도 없었다.

굶어? 황서방은 이젠 할 수 없이 굶게 되었다. 아직 당하여 보기는커녕 말도 못 들었던 '굶는다' 는 것을 황서방은 맛보게 되었다.

그런들 사람이 굶기야 하랴? 황서방은 사람의 후한 인심을 충분히 아는 사람이었다. 아직껏 그런 창피스런 일은 하여 본 적이 없지만, ×촌에서 이십 리 떨어져 있는 ○촌에 쌀 한 말 얻으러 갈지라도 꾸어 주는 것을 황서방은 안다. 사람이 굶는다는데 쌀 안 줄 그런 야속한 놈은 없을 것이다.

황서방은 곁집에 갔다. 그리고, 자기는 이 곁집에 사는 사람인데 여사여사하다고 사연을 말한 뒤에, 좀 조력을 하여 달라는 이야기를 장차 끄집어내려는데, 그 집에서는 벌써 눈치를 채었는지,

"우리도 굶을 지경이오!"

하고 제 일만 보기 시작하였다.

황서방은 그것도 그럴 일이라 생각하였다. 사실 그 집도 막벌이하는 집이었다.

황서방은 다시 한 집 건너 있는 큰 기와집으로 찾아갔다. 그가 중대문 안에 들어설 때에 대청에 걸터앉아 양치를 하고 있던 젊은 사람(주인인지)이 웬 사람이냐고 꽥 소리를 질렀다.

"네? 저……뭐……."

황서방은 다시 나오고 말았다.

황서방은 마침내 도회라는 것을 알았다. 도회에서 달아나던 Z씨의 심리도 알았다. 그러나 Z씨가 다시 도회로 돌아온 그 심리는? 그것도 Z씨가 도로 도회로 돌아올 때에 한 말을 씹어 보면 알 것이다. 도회는 도회 사람의 것이고, 시골은 시골 사람의 것이다. 천분, 천분을 모르고 남의 영분에 침입하였던 황서방은 이렇게 실패하였다.

황서방은 이제 겨우 자기의 영분을 깨달았다. 그리고 사람은 저할 일만 할 것임을 깨달았다.

이튿날 새벽, 황서방은 해를 등지고 주린 배를 움켜쥐고 K국도를 더벅더벅 ×촌을 향하여 걷고 있었다.

「1925년」

金東仁의 작품세계
　―단편《감자》를 중심으로

〈文學評論家 ― 申 東 漢〉

　우리 나라 신문학 초창기에 이광수(李光洙)의 계몽주의 문학을 부정하여 예술지상주의를 표방하고 자연주의 문학을 들고 나온 작가 김동인(金東仁)은 1900년 평양(平壤) 상수리(上需里)에서 대지주의 차남으로 태어났다. 아호를 금동(琴童)이라 불렀다.

　그는 1912년 기독교계통의 숭실(崇實) 소학교를 마친 후 다음 해에 숭실중학교에 입학했으나 중퇴하였다. 1914년에 일본으로 건너가 도쿄(東京) 학원 중학부에 들어갔으나 이 학교의 폐쇄로 다시 메이지(明治) 학원 중학부로 옮겼다.

　1917년 메이지 학원을 졸업하자 부친의 사망으로 일시 귀국하였고 다음해 4월에 평양의 부호상인의 딸인 김혜인(金惠仁)과 결혼한 후 다시 일본으로 건너가 도쿄의 가와바타(川端) 미술학교에 입학하였다.

　이 무렵부터 본격적인 문학수업을 시작하여 1919년 2월에 우리 나라 최초의 문학동인 모임을 발기하여 전영택(田榮澤), 주요한(朱耀翰), 김환(金煥) 등과 함께 일본 요코하마(橫濱)에 있는 복음(福

音)인쇄소에서 한국 최초의 문학동인잡지 〈창조(創造)〉를 만들어 냈다. 이 한글로 된 잡지에 그는 처녀작 《약한 자의 슬픔》을 발표하였다.

이 해 3월에 3·1운동이 일어나자 김동인은 가와바타 미술학교를 중퇴하고 귀국하였는데 같은 해에 출판법 위반혐의로 투옥되었다가 4개월을 복역하고 풀려났다.

그는 귀국 후에도 계속 문예동인지 〈창조〉의 발간에 힘을 기울였고 1920년에는 〈창조〉잡지 2호에 단편 《피아노의 울림》과 중편 《마음이 옅은 자여》를 발표하였다.

1921년에는 스스로가 본격적인 단편소설로 크게 자처한 《배따라기》를 〈창조〉지 9호에 발표하는 한편 계속해서 단편 《목숨》, 《딸의 업을 이으려고》, 《전제자(專制者)》등의 작품을 발표하였다.

이 무렵부터 집안의 살림이 기울고 첫사랑의 실패와 결혼생활의 권태 등이 겹쳐 서울 명월관(明月館)의 기생 등과 사귀며 방탕한 생활에 빠져 들었다. 스스로 주재하던 잡지 〈창조〉도 재정난으로 폐간하기에 이르렀다.

　1923년에는 단편 《이 잔(盞)을》,《태형(笞刑)》 등을 발표하여 1924년 8월에는 잡지 〈창조〉의 후신인 〈영대(靈臺)〉를 다시 창간하여 주재하고 유서(遺書) 를 발표하였다.

　1925년에는 중편 《정희》, 단편 《명문(明文)》,《시골 황(黃)서방》 등과 그의 대표적인 단편으로 평가받는 작품 《감자》,《눈보라》 등의 작품을 발표하였다. 이 해에는 또 그가 주재하던 잡지 〈영대〉가 제5호를 마지막으로 폐간되었다.

　1926년 기울어져 가는 집안 형편을 일으켜 세우려고 평양의 보통강(普通江) 수리공사에 손을 댔다가 실패하고 빚더미에 올라 평양에 있던 누이의 집으로 옮겨 앉는 곤경을 겪게 되었다.

　그는 그후 살림을 부인에게 맡기고 서울에 올라와 유랑생활을 하였다. 그 후 평양에 돌아가 보니 부인이 가출하고 없었다. 그는 수소문 끝에 일본까지 찾으러 가서 겨우 딸만 데리고 왔다.

　1928년에는 영화 흥행사업에도 손을 댔으나 역시 실패하고 이

여파로 근 3년 동안 문학작품을 발표하지 못했다. 그러다가 1929년부터 다시 창작생활에 힘을 기울이기 시작하여 단편 《송동이》와 중편 《여인 을 발표하고 최초의 장편 역사소설 《젊은 그들》을 동아일보에 연재하고 장편 소설 태평행(太平行) 을 중외일보(中外日報)에 연재하는 한편 문학평론 《근대소설고(近代小說考)》를 발표하면서 그의 문학세계는 깊이와 무게를 지니게 되었다.

1930년에는 단편 《죄와 벌》, 《배회(徘徊)》, 《증거(證據)》, 《순정(純情)》, 《구두》, 《포플러》, 《벗기운 대금업자(貸金業者)》, 《신앙(信仰)으로》, 《광염(狂炎) 소나타》, 《광화사(狂畵師)》 등 탐미주의적 경향을 띤 여러 작품을 발표하고 장편 《여인(女人)》을 삼문사(三文社)에서 발간하였다. 이 해 4월에는 평양 숭의고녀(崇義高女)를 나온 김경애(金敬愛)와 재혼하여 가정의 안정을 되찾기도 했다.

1931년에는 가족을 이끌고 서울로 올라와 행촌동(杏村童)에 살림을 차리고 단편 《발가락이 닮았다》, 《거지》, 《잡초(雜草)》, 《박첨지의 죽음》 등의 단편과 장편 《대수양(大首陽)》 등을 발표하여 원고

료 수입으로 생계를 꾸려 나갔다.

1932년에는 단편《붉은 산》,《적막한 저녁》,《삼천리(三千里)》등과 장편《아기네》를 동아일보에 연재하고 이 해에 조선일보 학예부장으로 1개월여 동안 일을 하기도 했으며 역사소설《해지는 지평선(地平線)》을 발간했다.

1933년에는 역사 장편소설《운현궁(雲峴宮)의 봄》을 조선일보에 연재하고 단편《화중난무(花中亂舞)》등을 발표했다. 이 해에 모친이 사망하였는데 이 충격으로 불면증에 걸려 수면제 과용으로 마약중독의 증세를 갖게 되었다.

1934년에는 춘원(春園) 이광수의 문학을 공박하는 유명한 문학평론 〈춘원연구(春園研究)〉를 잡지 〈삼천리(三千里)〉에 연재하여 큰 화제를 불러 일으켰고 1935년에는 중편《왕부(王府)의 낙조(落照)》를 발표하고 월간잡지 〈야담(野談)〉을 발간, 주재하였다.

1936년에는 《이광수·김동인 소설집》을 조선서관(朝鮮書館)에서 책으로 묶어내고 다음 해에는 잡지 〈야담〉에서 손을 뗐다.

1938년에 단편《대탕지(大湯地) 아주머니》,《가신 어머님》,《가두(街頭)》등을 발표하고 장편《제성대(帝星臺=후에 견훤(甄萱)으로 제목을 바꿈)》를 잡지〈조광(朝光)〉에 연재하였다.

1939년에는 중편《김연실전(金姸實傳)》을 발표하고 박문서관(博文書館)에서《김동인단편집》을 책으로 발간했다. 또 이 해 6월 평론가 박영희(朴英熙), 시인 임학수(林學洙) 등과 함께 소위 '북지황군위문단(北支皇軍慰問團)'의 일원으로 중국을 다녀왔으나 종군기를 쓰라는 강요에 기억력이 흐려 쓸 수 없다고 집필을 거부하였다.

1941년에는 단편《곰네》를 발표하고 이듬해 4월 잡지〈삼천리(三千里)〉에 '임전보국단(臨戰報國團)'을 비난하는 글을 발표하여 천황불경죄(天皇不敬罪)로 체포되어 서대문 형무소에 수감되어 3개월간의 옥고를 치렀다. 풀려난 후 한동안은 허탈과 실의에 빠져 마약중독으로 폐인이 되다시피 했다.

해방 후에는 대동일보(大東日報)에 스스로의 과오를 준열히 비판하는 글을 쓰고 1946년에 마지막 단편《망국인기(亡國人記)》를 발표했다. 1948년 재기를 다짐하는 야심적인 장편 역사소설《을지문덕(乙支文德)》을 태양신문에 연재했으나 135회를 쓰고 심한 뇌막염으로 집필을 중단하고 이때부터 반신 불수로 거동을 못한 채 병석에 누워 있다 6·25동란에도 그리고 1·4후퇴 당시에도 피난도 못 가고 1951년 1월 5일 세상을 떠났다.

이렇게 신문학 초창기로부터 선구자의 큰 길을 닦으며 문학에 일생을 바친 작가 김동인의 일생은 파란만장의 역정이었다고 할 수 있다.

그는 우리 나라 문학에 서구의 자연주의문학을 받아들인 최초의 작가였으며 소설의 문장혁신에도 커다란 공을 세웠다. 소설에서의 구어체(口語體) 문장을 처음으로 확립했고, 제3인칭의 '그의' 칭호를 소설에서 자리잡게 하였으며 단편소설의 기틀을 세우는 데 무엇보다도 큰 구실을 하였다.

그의 대표적인 단편으로 꼽히는 작품《감자》는 1925년 잡지〈조선문단(朝鮮文壇)〉에 발표한 것이다. 이 작품은 발표 당시 자연주

의에 바탕을 둔 단편으로 크게 호평을 받았다.

　가난하기는 해도 순박한 농가에서 제대로 자란 복녀가 열다섯 살 때 동네 홀아비에게 돈 80원에 팔려 시집을 갔지만 남편 되는 사람은 무능하고 게으르다. 부부는 남의 집 행랑살이와 막벌이로 굴러다니다 칠성문 밖 빈민굴로 밀려나 살게 된다.

　이러한 《감자》의 여주인공 복녀는 가난에 쫓겨 돈을 위해서는 몸도 맡기는 신세가 되고 어느 날 밤 중국인의 감자밭에 들어가 감자를 훔치다가 들켜 몸을 허락하여 풀려난 끝에 그 중국인과 관계를 계속하다 중국인이 마누라를 새로 얻자 결혼식날 덤벼들다 낫에 찔려 죽는 비극을 맞는다. 그러나 이 살인도 돈으로 무마된다는 내용으로 가난한 하층민의 서글픈 이야기를 자연주의적인 문학수법으로 리얼하게 그려 커다란 화제를 불러 일으켰다.

　단편 《배따라기》는 1921년 김동인 자신이 주재하던 잡지 〈창조〉 9호에 발표된 작품이다. 작가 자신이 이 작품부터 자기는 본격적인 단편을 쓴 것으로 자부한다는 말을 할 만큼 자신에 넘쳐 쓴 작품이

다.

　우리 나라 전설에서 소재를 구해 온 것으로 조그만 어촌에 두 형제가 사는데 형은 장가를 들었지만 아우와는 무척 사이좋게 지냈다.

　이런 형제간처럼 형부부 사이도 무척 화목했다. 또 형수와 시동생 사이도 유난히 원만했다. 그러나 형수와 시동생의 사이를 형이 의심하기 시작한다. 이래서 부부간에 싸움이 벌어지기도 한다.

　어느 날 형이 장에서 아내에게 줄 거울을 사가지고 집에 오니 방 안에서 아내와 아우가 쥐를 잡느라고 옷매무새가 흐트러져 있었다. 이 모습을 목격한 형은 크게 오해하여 두 사람을 두들겨 패고 아내를 내쫓는다.

　며칠 후 아내의 시체가 강물에 떠오른다. 동생도 자취를 감추자 형은 잘못을 뉘우쳐 뱃사공이 되어 돌아다니다 배가 파선되어 아우의 간호를 받는다. 다시 없어진 아우를 찾아 형은 배따라기의 노래를 부르며 20년의 세월을 뱃사공으로 지내는 애절한 내용으로 우리의 민족정서를 낭만적이면서도 탐미적으로 엮어나간 작품이다.

단편《붉은 산》은 해방 전 만주 땅이 일제의 침략 아래 있을 때 우리 농민이 그곳에서 중국지주 밑에서 소작인으로 살며 착취당하는 이야기다. 마침 그곳에 들른 한국인 의사가 동네에서 불량한 유랑인으로 소문난 익호라는 인물이 중국지주가 소작인의 소출이 적다고 매질 끝에 살해당한 동네사람의 앙갚음을 하러 갔다가 거꾸로 죽도록 얻어맞고 돌아오는 모습을 지켜보는 가운데 마지막으로 죽어가며 붉은 산과 흰 옷을 입에 올리는 데서 뜨거운 민족주의의 의식을 일깨우게 하는 감동적인 작품이다.

　김동인은 이와같이 뛰어난 단편작품과 함께 여러 장편소설을 썼고 문학이론에 관한 글도 발표하여 우리 문학에 지워질 수 없는 커다란 금자탑을 세웠다.

김동인(金東仁)의 연보

1900년 평남 평양 진석동에서 부농(富農)인 김대윤씨와 옥씨 사이에 5남매 중 차남으로 태어남. 아호는 금동.

1916년 일본에 유학, 동경 명치학원 중학부 졸업.

1917년 동교 졸업하고 천단미술학원에 입학, 화가가 될 꿈은 길렀으나 문학에 탐닉, 독서와 습작에 열중.

1919년 2월, 순문학 운동의 봉화인 신문학 최초의 동인지 〈창조〉를 전영택, 주요한 등과 더불어 사재(私財)로써 발간하다. 3월, 기미만세(3·1) 운동이 일어나다. 출판법 위반죄로 투옥됨. 4개월 복역후 출감. 천단미술학원 중퇴.

처녀작 《약한 자의 슬픔 (중편)》을 〈창조〉 창간호에 발표.

1920년 단편 《피아노의 울림》과 중편 《마음이 옅은 자여》를 〈창조〉 2집에 발표.

1921년 한국 근대 단편소설의 효시인 《배따라기》를 〈창조〉 9집에 발표.

단편 《유성기》를 발표. 경영난으로 〈창조〉 폐간.

1922년 단편 《목숨》, 《딸의 업을 이으려고》, 《전제자》를 발표.

1923년 단편 《눈을 겨우 뜰 때》, 《이 잔을》, 《태형》 등을 발표.

1924년 〈창조〉의 후신인 〈영대〉지를 주재.

단편집 《목숨》을 간행. 단편 《유서》, 《명문》, 《감자》, 《눈보래》, 발표. 중편 《정희》발표.

1925년 단편 《시골 황서방》을 발표. 1월 〈영대〉 제5호로 폐간.

1928년 《소설 작법》을 〈조선지광〉에 집필.

1929년 장편 《젊은 그들》을 〈동아일보〉에 연재.

단편 《여인》, 《송동이》, 《K박사의 연구》를 발표.

문학평론 〈근대소설고〉를 발표.

1930년 단편 《죄와 벌》, 《배회》, 《증거》, 《순정》, 《구두》, 《포플러》, 《벗기운 대금업자》, 《신앙으로》, 《광염 소나타》, 《광화사》 등 일련의 탐미주의적인 작품을 발표. 장편 《여인》을 삼문사에서 간행.

1931년 단편 《발가락이 닮았다》, 《거지》, 《잡초》, 《박첨지의 죽음》을 발표. 장편 《대수양》을 발표. 서울 행촌동으로 이사.

1932년 단편 《붉은 산》, 《적막한 저녁》을 〈삼천리〉에 발표. 장편 《아기네》를 동아일보에 연재.

1933년 〈조선일보〉 학예부장으로 취임했으나 작가의 할 일이 아니라고 1주일 만에 퇴사.
　　　　장편 《운현궁의 봄》을 〈조선일보〉에 연재.

1934년 평론 춘원연구 를 〈삼천리〉지에 연재.

1935년 중편 《왕부의 낙조》, 《거인은 움직인다》 발표. 월간지 〈야담〉을 발간.

1936년 〈이광수 · 김동인 소설집〉을 조선서관에서 간행.

1938년 장편 《제성대》를 〈조광〉에 발표. 단편 《태양지 아주머니》, 《가신 어머님》, 《가두》 등
　　　　을 발표. 문학평론 《춘원연구》 발표.

1939년 중편 《김연실전》을 발표. 《김동인 단편집》을 박문서관에서 간행.
　　　　6월, 박영희 · 임학수의 소위 '북지황군 위문'에 협력, 만주를 다녀옴. 종군기를 비
　　　　롯한 친일의 글을 일제가 요구했으나 완강히 거절.

1941년 단편 《곰네》 발표.

1942년 4월, 천황불경죄로 서대문 형무소에 수감되어 3개월간 옥고를 치름. 석방된
　　　　후 허탈과 실의의 생활, 마약 중독으로 한때 거의 폐인이 됨.

1945년 야사류를 집필. 〈대동일보〉에 좌익을 준열히 비판.

1946년 단편 《망국일기》를 발표.

1948년 〈태양신문〉에 재기를 다짐하고 야심작인 장편 《을지문덕》을 연재 중 심한 뇌막염
　　　　때문에 135회로써 중단. 이래 반신 불수로 기동조차 못함.

1951년 6 · 25 동란 중 1 · 4 후퇴 시 지병 때문에 서울에 남아 있다가 숨을 거둠.

일신베스트북스02
감자, 배따라기

저   자 : 김동인
발행인 : 남   용
발행처 : 일신서적출판사
주   소 : 서울시 마포구 신수동 177-3
전   화 : 703-3001~5
팩   스 : 703-3009
등   록 : 1969년 9월12일 제 10-70호

ISBN 89-366-0362-0
      89-366-0360-4(세트)
ⓒ ILSIN PUBLISHING Co. 1990.